을 유 세 계 문 학 전 집 · 2 1

워싱턴 스퀘어

워싱턴 스퀘어

WASHINGTON SQUARE

헨리 제임스 지음·유명숙 옮김

 을유문화사

옮긴이 유명숙

미국의 노스캐롤라이나 주립대(채플 힐)에서 박사 학위를 받았고, 현재 서울대학교 영어영문학과 교수이다. 19세기 영시 전공이지만, 메리 셸리의 『프랑켄슈타인』, 토마스 하디의 『테스』 등 소설에 관한 논문도 썼다. 지은 책으로 낭만기, 낭만주의 시와 낭만주의 담론의 관계를 다루는 『역사로서의 문학』(근간)이 있고 옮긴 책으로 『워더링 하이츠』 등이 있다.

을유세계문학전집 21
워싱턴 스퀘어

발행일 · 2009년 6월 25일 초판 1쇄 | 2019년 7월 20일 초판 2쇄
지은이 · 헨리 제임스 | 옮긴이 · 유명숙
펴낸이 · 정무영 | 펴낸곳 · (주)을유문화사
창립일 · 1945년 12월 1일 | 주소 · 서울시 마포구 월드컵로16길 52-7
전화 · 02-733-8153 | FAX · 02-732-9154 | 홈페이지 · www.eulyoo.co.kr
ISBN 978-89-324-0351-9 04840　978-89-324-0330-4(세트)

차례

워싱턴 스퀘어 • 7

주 • 291

해설: 『워싱턴 스퀘어』 – 한 여인의 초상 • 293

판본 소개 • 307

헨리 제임스 연보 • 309

1

금세기* 전반의 어느 시기, 더 구체적으로 말하면 중반에 가까운 시기에, 상당한 성공을 거둔 의사가 뉴욕 시에 살고 있었다. 그는 특출한 의사들에게 언제나 경의를 표해 온 미국에서도 더 유별나게 존경을 받은 의사였다. 의사라는 직업을 다른 어느 곳보다도 높이 평가하는 미국에서 의술은 '진보적'이라는 형용사에 값한다는 점을 성공적으로 입증해 보였다. 사회적으로 인정을 받으려면 돈을 벌든가, 버는 것처럼 보여야 하는 나라에서 의술은 두 가지 공인된 신망의 근거를 결합한 것으로 여겨졌다. 실용적인 분야에 속하는 직업인 데다가 — 실용적이라는 것이 미국에서는 대단한 장점이다 — 과학의 후광까지 입었으니, 여가와 기회가 있는 사람들만이 지식을 추구하는 것이 아닌 곳에서 의술은 진가를 인정받은 것이다.

슬로퍼 씨의 명성에서 중요한 요소는 학식과 의술이 균형을 잘 이루고 있다는 것이었다. 그는 학자적인 의사라고 부를 만했다.

그렇다고 그의 처방이 추상적인 것은 아니었다. 그는 항상 약을 먹으라고 했다. 아주 철저하다는 느낌을 주지만, 그렇다고 불편할 정도로 이론적인 것도 아니었다. 때로 환자에게 필요한 것보다 더 자세한 설명을 제공하기도 했다. 허나 (다른 의사들이 그렇듯) 설명에만 의존하지 않고 항상 읽기 힘든 처방전을 남겼다. 어떤 의사들은 아무 설명 없이 처방전을 남기기도 했는데 ― 이것이 제일 저속한 방법이다 ― 그는 이런 부류도 아니었다. 내가 영리한 사람을 묘사하고 있음을 알 수 있으리라. 그리고 바로 이런 이유로 슬로퍼 씨는 지역의 명사가 되었다.

우리가 관심을 갖는 시기에 그는 50세 정도였고 그의 인기는 절정에 달했다. 그는 매우 재치가 있었고, 뉴욕 최상층의 사교계에서 세상사에 정통한 사람으로 통했다. 그리고 사실 그는 넘치게 정통했다. 오해의 소지가 있을까 봐 서둘러 덧붙이는데, 협잡꾼 기질은 전혀 없었다. 그는 완벽하게 ― 정직성을 완벽하게 보여 줄 기회가 없었을 정도로 ― 정직한 사람이었다. 그에게 매우 호의적인 그의 환자들은 미국에서 '가장 똑똑한' 의사의 진료를 받는다고 자랑하기를 좋아했고, 그는 사람들이 한 목소리로 그에게 부여한 재능을 매일 입증했다. 그는 관찰자였고 철학자이기도 했다. 그리고 너무도 자연스럽게, 너무도 쉽게 영민함이 빛났기 때문에 (그에 대한 중평이 그랬다) 감탄을 자아내기 위해 기지를 발휘하는 적이 없었고, 2류의 명사들이 하듯 잔재주나 가식을 부리지 않았다. 물론 그에게 행운이 따랐고 번영으로 가는 길이 그에게는 꽃길이었음은 부정하기 어렵다. 그는 스물일곱 살에 캐서린

해링턴이라는 뉴욕의 아주 매력적인 아가씨와 사랑에 빠져 결혼했는데, 그녀는 매력적이었을 뿐 아니라 상당한 지참금을 갖고 왔다. 슬로퍼 부인은 상냥하고 우아하고 교양 있고 세련되었으며, 1820년에 작지만 전도유망한 수도*에서 가장 예쁜 아가씨 중의 하나였다. 당시의 뉴욕 시는 배터리 공원* 근처, 만이 내려다보이는 곳에 밀집해 있었는데, 외곽의 경계인 운하로*는 풀이 무성한 길이었다. 스물일곱 살밖에 안 되었지만 오스틴 슬로퍼는, 연 1만 달러*의 상속녀인 데다 맨해튼에서 가장 매혹적인 눈을 가진 상류사회 아가씨의 수많은 구혼자를 물리친 것이 의아하지 않을 정도로 이미 명성을 쌓았다. 아내의 매혹적인 눈과 이에 부수하는 자질들이 약 5년간 이 젊은 의사에게 아주 큰 만족을 안겨 주었다. 그는 가정에 충실했고, 매우 행복한 남편이었다.

부유한 여자와 결혼했다고 그가 자신의 계획을 수정하지는 않았다. 그는 아버지가 타계하면서 남긴 얼마 안 되는 유산을 형제들과 나눠 가진 것 외에는 자산이 없는 것처럼 확고한 목표를 갖고 자신의 직업에 정진했다. 그는 의술을 돈벌이보다 배움과 실천의 기회로 삼았다. 흥미로운 것을 배우고 쓸모 있는 일을 하기 — 이것이 거칠게 말하자면, 그가 계획한 대강의 인생 프로그램이었다. 아내가 돈이 많다는 우연 때문에 그 정당성을 수정할 필요를 그는 추호도 느끼지 않았다. 그는 환자 진료를, 그가 기분 좋게 의식하는 능력을 발휘하기 좋아했다. 의사 말고 하고 싶은 일이 없음이 너무도 분명했기 때문에 의사 일을 계속했던 것이다. 물론 최상의 조건에서 그렇게 했다. 가산이 넉넉하기 때문에 고되고 힘든 일을 할 필요는 없었고, 상류 계층과 친분이 있는 아내 덕분에 많은 환자가 찾아왔는데, 이들의 증세가 하층 계급의 그것보다 그 자체로서 더 흥미로운 것은 아니었지만, 최소한 더 일관성은 있었다. 그는 경험을 원했고, 20년이 경과하는 동안 많은 경험을 얻었다. 개중에는, 경험에 내재하는 가치야 여하 간에, 반갑지 않은 그런 경험도 있었다고 덧붙이지 않을 수 없다. 쉽게 열광하지 않는 우리의 의사가 남다른 재능이 있다고 굳게 믿었던 아들 — 그의 첫 아이가 어머니의 극진한 간호와 아버지의 의술로 최선을 다했음에도 세 살의 나이에 죽은 것이다. 2년 후에 슬로퍼 부인이 둘째 아이를 낳았는데, 의사의 관점에서 보면, 그 보잘것없는 아이의 성별이 가슴에 묻은 첫 번째 아이 — 그가 멋진 남자로 만들어야지 하고 다짐했던 아들 — 를 대신하기에는 불충분했다. 딸이 태어난 것만으로도 낙담할 지경이었는데, 이것이 최악의 상황은 아니었다. 아이가 태어나고 1주일 후, 흔히 말하듯, 조섭을 잘하고 있던 젊은 엄마가 갑자기 우려할 만한 증세를 보인 것이다. 1주일도 안 되서 오스틴 슬로퍼는 홀아비가 되었다.

생명을 구하는 것이 직업인 사람으로서 자신의 가족에 관한 한 그의 실적은 분명 부진했다. 영민한 의사가 3년 안에 아내와 아들을 잃었다면 의술이나 애정이 부족한 것 아니냐는 비판을 받을 각오를 해야 하리라. 하지만 우리의 친구는 이런 비판을 모면했다. 말하자면 그는 자책을 제외한 모든 비판을 모면했다. 하지만 그 자책이 가장 효과적이고 강력했다. 그는 내면적 질책의 무게를 짊어지고 여생을 보냈고, 그의 아내가 죽던 날 밤 가장 강력한 손이 그에게 가한 가책의 상흔을 안고 살았다. 내가 이미 말했듯, 그를 높이 평가한 사교계는 냉소적이 되기에는 그를 너무 동정했다. 그의 불행은 그를 더 흥미롭게 만들었고, 그가 인기를 얻는 데 도움이 되었다. 의사 집안도 음험한 병을 피할 수 없는 것 아닌가. 슬로퍼 씨는 내가 언급한 두 사람 말고 다른 환자들도 잃었는데, 가족을 잃은 것이 명예로운 선례가 되었다. 어린 딸이 남았고, 원한 바는 아니지만 최선을 다하기로 그는 다짐했다. 어린 시절 아이는 무궁무진한 권위를 행사하는 아버지의 음덕을 입었다. 아이는 당연히, 가여운 엄마의 이름을 물려받았고, 의사는 갓난쟁이일 때도 캐서린을 애칭으로 부른 적이 없었다. 그녀는 매우 튼튼하고 건강한 아이로 자라났다. 그녀의 아버지는 딸을 바라보면서 종종 이렇게 혼잣말했다. 애가 튼튼하기는 하니 적어도 잃을 걱정은 하지 않아도 되겠다고. '애가 튼튼하기는 하니'라고 말한 것은, 사실을 말하자면 ─ 하지만 이 사실은 좀 미뤘다 이야기하려고 한다.

2

아이가 열 살쯤 되었을 때, 그는 누이인 라비니아에게 살림을 맡겼다. 슬로퍼 집안에 딸이라고는 두 명뿐이었는데, 둘 다 일찍 결혼했다. 아몬드 부인이 된 언니 쪽은 성공한 상인의 아내였고, 다복한 가정의 엄마였다. 그녀는 건강미가 넘쳤는데, 정말이지 잘생기고, 편안하고, 합리적인 여자였고, 영리한 오빠가 좋아하는 누이였다. 여자에 관한 한 아주 가까운 친척이라 하더라도 호불호가 분명했던 그는 라비니아보다 아몬드 부인을 더 좋아했다. 그녀는 화려한 수사를 구사하는 병약하고 가난한 목사와 결혼해서 33살의 나이에 아이도 없고 재산도 없이 ─ 화려한 수사를 구사하던 페니먼 목사의 말투가 막연한 향취로 남아 있는 것을 빼면 아무것도 없이 ─ 과부가 되었다. 좋아하는 누이는 아니었지만, 그는 뉴욕으로 오라고 했고, 라비니아는 퍼킵시*의 시골구석에서 10년간 결혼 생활을 한 여자가 그럴 법하듯 얼른 그의 제안을 받아들였다. 의사는 누이와 계속 같이 살 생각은 없었다. 가구 없는 셋

집을 구할 때까지 그의 집을 거처로 삼으면 어떻겠느냐 제안한 것이다. 페니먼 부인이 가구 없는 셋집을 구하려는 시도를 했는지는 알 수 없으나, 적당한 집을 찾지 못한 것은 확실하다. 그녀는 오빠의 집을 거처로 삼아 붙박이가 되었다. 캐서린이 스무 살이 되었을 때 라비니아 고모는 그녀의 주변에서 가장 이목을 끄는 존재로 남았다. 이 문제에 대해 페니먼 부인은 조카딸의 교육을 책임지기 위해 남았다고 설명했다. 그녀는 오빠를 제외한 모든 사람에게 이렇게 말했는데, 의사는 언제라도 자신이 재미있게 답변할 수 있는 질문을 하지 않았다. 페니먼 부인에게 인위적인 자신감은 충분히 있었다. 그럼에도 꼭 집어 말할 수 없는 이유로 자기가 캐서린의 교육을 책임지고 있다는 식으로 오빠에게 말하지는 않았다. 그녀는 유머 감각이 별로 없었지만, 이런 실수를 하지 않을 정도의 유머 감각은 있었고, 그녀의 오빠로 말하자면, 유머 감각이 많아서 평생 그에게 얹혀살아야 할 그녀의 처지를 눈감아주었다. 그래서 그는 페니먼 부인의 암묵적 제안 — 즉, 엄마가 없는 불쌍한 아이 곁을 똑똑한 여자가 지켜 주는 것이 필요하다는 제안에 암묵적으로 동의했다. 누이의 지적 광휘에 눈이 부셔 본 적이 없는 그로서는 암묵적으로 동의했을 뿐이었다. 사실 캐서린 해링턴과 사랑에 빠졌을 때를 제외하면, 그는 어떤 종류의 여성적 자질에 눈이 부셔 본 적이 없었다. 그는 흔히 말하는 숙녀들의 의사였지만, 남자보다 복잡한 것으로 알려진 여성에 대한 그의 개인적 평가는 그렇게 높은 것은 아니었다. 여성의 복합성에서 배울 것이 있다고 보기보다는 호기심을 느끼는 쪽이라고 할까? 그는 이성(理性)의 아름다움을 믿었는데, 여성 환자들을 관찰하면서는 그의 이런 심미안이 거의 충족되지 않았다. 그의 아내는 합리적인 여자였지만, 예외적으로 빛을 발한 쪽이었다. 이것이 으뜸가는 그의 확신이지 싶다. 물론 이런 확신은 홀아비 생활의 외로움을 경감하거나 단축하는 데 도움이 되지 않았다. 그리고 아무리 좋게 보더라도 캐서린의 잠재력과 페니먼 부인의 조력을 인정하는 데 방해가 되었다고 해야 할 것 같다. 어쨌거나 6개월이 지나고 난 다음 그는 누이와 같이 사는 것을 기정사실로 받아들였으며, 캐서린이 나이가 들자 결국 그나마 동성의 말동무가 있는 것이 좋다고 생각하게 되었다. 그는 라비니아에게 극도로 공손하게, 빈틈없이 형식을 갖춰 공손하게 대했다. 그녀는 그가 화를 내는 것을 평생 한 번밖에 본 적이 없었다. 작고한 그녀의 남편과 신학 토론을 하다 울화통을 터뜨렸던 것이다. 그는 그녀와 신학을 토론한 적이 없었고, 아니, 아무 것도 토론하지 않았다. 캐서린에 관한 그의 요구를 명료한 최후통첩의 형식으로 아주 분명하게 알리는 것으로 족했다.

한번은, 딸이 열두 살쯤 되었을 때, 그는 그녀에게 말했다.

"캐서린을 영리한 여자로 만들어 봐, 라비니아. 난 내 딸이 영리한 여자로 자라면 좋겠구나."

페니먼 부인은 이 말에 잠시 생각에 잠긴 표정을 지었다. "오빠," 그녀가 물었다. "착한 것보다 영리한 게 낫다고 생각해요?"

"착해서 무엇에 쓰려고?" 의사가 물었다. "영리하지 않으면 착해 봐야 아무 소용 없어."

페니먼 부인은 이런 주장에 토를 달 이유가 없었다. 자신이 다

방면에 소질이 있어 쓸모 있는 사람이라고 생각했으니 말이다.

"물론 캐서린이 착하기를 바라지." 그 다음날 의사가 말했다. "그러나 바보가 아니라고 덜 착해지는 것은 아니야. 캐서린이 악한 사람이 될 거라는 걱정은 안 해. 악의라고는 약에 쓰려고 해도 없는 아이니 말이다. 프랑스 사람들의 표현을 빌면, '좋은 식빵처럼 좋은' 아이인데, 지금으로부터 6년 후 내 딸을 버터 바른 좋은 식빵에 비유하고 싶지는 않구나."

"캐서린이 무미건조한 애가 될까 봐 걱정하는 거예요? 오빠, 버터를 바르는 사람은 저예요. 그러니까 걱정할 필요는 없어요." 캐서린이 규수로서 교양을 갖추도록 책임을 맡은 페니먼 부인이 말했다. 그녀는 캐서린이 약간의 소질을 보이는 피아노 연습을 감독하고, 춤 레슨을 받는 데 동행했다. 고백컨대, 캐서린은 춤에서 전혀 두각을 보이지 못했다.

페니먼 부인은 키가 크고 마른 체격에 피부는 희지만 다소 빛바랜 느낌을 주는 여자였다. 아주 붙임성이 있고 체면을 깍듯이 차렸으며, 가벼운 읽을거리를 즐기고, 쓸데없이 빙빙 돌려 말하는 성격이었다. 낭만적이고 감상적이고 사소한 비밀을 신비화하는 것을 즐겼지만, 그녀의 비밀이란 것이 곯아 버린 달걀처럼 비현실적이었기 때문에 남에게 해를 끼치는 것은 아니었다. 그녀는 완전히 정직하지는 않았다. 하지만 감출 것이 아무 것도 없는지라 이런 결점이 큰 문제가 되지 않았다. 그녀는 애인이 있었으면 했으리라. 가명으로 편지를 써 가게에 놓고 오는 식으로 서신 왕래를 하고 싶었으리라. 하지만 그녀의 상상력이 애인과의 교제를 그 이상으로 끌고 가지는 못했을 것이다. 페니먼 부인에게 애인이 생기지는 않았지만, 매우 날카로운 통찰력의 소지자인 그녀의 오빠는 그녀의 이런 성향을 간파했다. '캐서린이 열일곱 살쯤 되면,' 그는 혼자 생각했다. '라비니아는 콧수염을 기른 젊은이가 캐서린과 사랑에 빠졌다고 생각할 거야. 사실이 아닌 건 말할 나위 없지. 콧수염의 유무를 떠나서 캐서린과 사랑에 빠질 젊은이가 없을 테니까. 하지만 라비니아는 캐서린에게 귀에 못이 박히도록 이야기할걸. 은밀하게 만나라는 제안이 캐서린에게 먹히지 않으면 나한테 쫓아오겠지. 캐서린은 어안이 벙벙할 거야. 고모의 말을 믿지도 않을 거고. 딱한 우리 딸내미가 낭만적이지 않은 것이 걔의 마음의 평화를 위해서는 다행인 게야.'

캐서린은 건강하고 발육이 좋은 아이였지만, 엄마의 미모는 흔적도 찾기 힘들었다. 못생긴 것은 아니었다. 평범하고 무난하게 온화한 얼굴이었을 뿐이다. 그녀에 대한 최대의 찬사는 '고상한' 얼굴을 가졌다는 것이다. 그리고 상속녀임에도 아무도 그녀를 예쁘다고 띄워 주지 않았다. 딸의 도덕적 순수성에 대한 아버지의 견해는 충분히 정당한 것이었다. 그녀는 남달리, 흔들림 없이 선했다. 다감하고, 유순하고, 순종적이고, 진실을 말하는 습관이 있었다. 어렸을 때는 상당히 말괄량이였다. 소설의 여주인공에 대해서 이런 고백을 하는 것은 좀 거북하지만, 식탐이 약간 있었다고 덧붙여야 하겠다. 내가 알기로 찬장에서 건포도를 훔쳐 먹은 적은 없었지만, 용돈을 크림 케이크 사먹는 데 탕진하곤 했다. 하지만 어린 시절을 다루는 어떤 전기 작가도 솔직하게 서술하기로 들면 이런 문제에 비판적 태도를 취하지 못하리라. 캐서린은 분명 영리한 것과는 거리가 멀었다. 공부를 빨리 따라가지 못했고, 사실 다른 모든 것에 있어서도 마찬가지였다. 그렇다고 보통 이하로 머리가 모자랐다는 이야기는 아니다. 그녀는 또래들과 교양 있는 대화를 나눌 수 있을 정도로 지식을 축적했다. 하지만 또래들 사이에서 그녀가 별로 중요한 위치를 차지하지 못했음을 인정해야만 하겠다. 뉴욕에서 캐서린 같은 처녀가 중요한 위치를 차지할 수 있다는 것은 널리 알려진 사실이다. 그러나 자신을 내세우기를 몹시도 꺼리는 캐서린은 주목을 받고 싶은 생각이 없었다. 흔히 사교적 모임이라고 부르는 데서 그녀는 대체로 뒤편에서 몸을 숨기고 있었다. 그녀는 아버지를 끔찍이도 좋아했지만, 아주 어려워하기도 했다. 그녀는 아버지가 이 세상 누구보다도 똑똑하고 잘생기고 고명한 사람이라고 생각했다. 아버지에 대한 그녀의 이런 평가는 애정의 실천과 완벽하게 맞아떨어져서 그 가엾은 아이의 열렬한 효심에 섞여 있는 두려움의 작은 떨림들이 효심을 무디게 하기보다는 더 강렬하게 만들었다. 그녀의 가장 간절한 소망은 아버지를 기쁘게 해드리는 것이었고, 그녀에게 있어 행복은 그를 기쁘게 하는 데 성공했다고 생각하는 것이었다. 그녀는 어느 정도 이상으로는 성공하지 못했다.

　의사는 대체로 딸에게 아주 잘해 주었다. 그녀도 이 점을 잘 알고 있었고, 정말이지 아버지에게 그 이상의 기쁨을 드리는 것을 진짜 삶의 목표로 삼아도 좋다고 생각했다. 물론 그녀로서는 자신이 그의 기대에 턱없이 못 미친다는 사실을 — 의사가 서너 번 이 점을 기의 대놓고 이야기했지만 ─ 알 도리가 없었다. 캐서린은 평화롭게, 그리고 순조롭게 자랐다. 하지만 열여덟 살이 되었을 때도 페니먼 부인은 그녀를 영리한 여자로 만들지 못했다. 슬로퍼 박사는 딸을 자랑하고 싶었을 것이다. 그러나 가여운 캐서린은 자랑할 만한 것이 없었다. 물론 부끄러워할 것도 없었지만, 의사에게는 그것으로 충분하지 않았다. 자존심이 강한 사람인 그로서는 그의 딸이 남달리 출중하기를 원했으리라. 그녀의 어머니가 생전에 가장 매력적인 여자였으니, 그녀도 예쁘고, 우아하고, 똑똑하고, 뛰어나야 맞는 것 아니겠는가. 그녀의 아버지로 말할 것 같으면, 자신의 가치를 알고 있는 사람이었다. 그는 평범한 아이를 낳았다는 사실에 짜증이 나는 순간이 있었고, 그의 아내가 이 사실을 알기 전에 죽은 것에 안도하는 순간들이 있을 지경이었다. 그가 이런 사실을 받아들이는 데 당연히 오랜 시간이 걸렸고, 캐서린이 처녀로 자라고 난 다음에야 완전히 결판이 난 것으로 간주하게 되었다. 그는 희망을 걸 여지가 있을 때까지 버텼다. 결코 서둘러 결론에 도달하지 않았다. 페니먼 부인은 종종 캐서린이 기막히게 좋은 성격을 가진 아이라고 단언했지만, 그는 이런 식의 단언이 무엇을 의미하는지 알았다. 그에게 해석하라고 하면 캐서린은 고모가 감상적인 멍청이라는 사실을 알아채지 못할 만큼 현명하지 못한 것이고, 이런 지적 한계가 페니먼 부인의 마음에 드는 것은 당연한 것 아니겠는가. 하지만 두 남매가 캐서린의 한계를 과장했다고 하지 않을 수 없다. 고모를 사랑하고 감사하는 마음을 갖고 있었지만, 캐서린은 고모를 대할 때 아버지에 대한 그녀의 경애심을 특징짓는 온순한 두려움의 편린도 느끼지 않았다. 고모에게는 아버지와 같은 무한한 무엇이 없었다. 캐서린은 말하자면 그녀의 전부를 단박에 파악했고, 환영에 현혹되지 않았다. 반면에 아버지의 대단한 능력은 멀리 뻗어 나가 빛나는 미지의 저편으로 사라지는 것 같았다. 캐서린의 지적 능력으로는 그를 따라잡을 수 없다고 느꼈던 것이다.

슬로퍼 씨가 가엾은 딸아이에게 실망감을 토로하거나, 아버지의 기대에 못 미치는구나라는 생각이 조금이라도 들게 행동했다고 추정하지 않으면 한다. 그와는 반대로, 딸애를 부당하게 평가 절하할 수도 있다는 생각에 그는 귀감이 될 만큼 열성적으로 아버지로서의 의무를 다했고, 그녀가 진실하고 사랑에 넘치는 아이라는 점을 인정했다. 게다가 그는 철학자였다. 실망에 잠겨 수많은 시가를 태웠고, 충분한 시간이 흐르자 익숙해졌다. 그는 약간 궤변을 펼쳐 자신은 아무 것도 기대하지 않았노라고 스스로를 달랬다. "나는 캐서린에게 아무 것도 기대하지 않아." 그는 자신에게 말했다. "그러니 예상을 뒤엎는다면 깔축없는 이익이고 그러지 못한다고 하더라도 손해는 아닌 셈이지." 캐서린이 열여덟 살이 되었을 즈음의 이야기이니, 그녀의 아버지가 성급하지 않았다는 것을 알 수 있다. 이때가 되면 그녀가 예상을 깨는 놀라움을 야기하지 못할뿐더러, 그녀가 놀라움을 느낄 수 있을지도 의심스러울 지경이었다 ─ 너무 조용하고 반응이 없었기 때문이다. 자기 생각을 거칠게 표현하는 사람들은 그녀를 둔감하다고 했다. 하지만 그녀가 반응을 보이지 않는 것은 수줍었기 때문에, 불편할 정도로 고통스럽게 수줍었기 때문이다. 사람들이 이 점을 알려는 넙이 없었기 때문에 그녀를 눈감하다고 생각하곤 했다. 사실을 알고 보면 그녀는 세상에서 가장 다감한 존재였다.

3

어려서 키가 꽤 클 것 같던 캐서린은 16살이 되자 더 이상 자라지 않았다. 타고난 자질들이 대체로 그러하듯 그녀의 키도 특별할 것이 없었다. 그렇지만 남달리 튼튼하고 다부진 몸매에, 다행히도 그녀는 아주 건강했다. 슬로퍼 박사가 철학자라고 내가 이미 지적했지만, 가여운 아이가 골골하고 병치레나 했다면, 그가 철인적 태도를 견지했으리라고 장담할 수 없다. 건강해 보이는 것이 그녀가 아름답다고 주장할 수 있는 주요 근거였다. 흰 피부에 홍조 띤 그녀의 맑고 탱탱한 피부는 보기 좋았다. 그녀의 눈은 작고 온화했고, 이목구비는 좀 투박했지만 머리카락은 밤색이고 부드러웠다. 가혹하게 평하는 이들은 무덤덤하게 못생긴 여자애라고 했고, 상상력이 있는 쪽은 조용하고 숙녀다운 여자애라고 했다. 하지만 어느 쪽도 그녀에 대해 이러쿵저러쿵 할 정도의 관심은 없었다. 그녀가 아가씨가 되었다는 사실을 충분히 인정하게 되었을 때 — 그녀 자신이 이 사실을 깨닫기까지 한참 걸렸다 — 그녀는 갑자기 옷에 대한 강렬한 취향을 드러냈다. 강렬한 취향이 딱 맞는 표현이다. 작은 글자로 써야 할 것만 같은 마음이 드는데, 이 문제에 관한 한 그녀의 판단은 완벽하다고 하기 어려울 뿐 아니라 종종 혼란과 당혹감을 드러냈다. 그녀가 옷치장을 아주 즐기게 된 것은 말주변이 없는 사람이 스스로를 드러내고자 하는 욕구였다. 그녀는 옷으로 표현하고자 했으며, 말로써 하지 못하는 것을 과감한 의상으로 보상하고자 했던 것이다. 그러나 그녀가 옷을 통해 자신을 표현했다면, 사람들이 그녀를 영리한 사람으로 생각해 주지 않는 것도 무리는 아니었다. 그녀가 상당한 재산을 상속받을 것으로 되어 있지만 ― 슬로퍼 씨가 의사로 연 2만 달러의 수입을 올린지 꽤 오래 되었고 절반은 저축하고 있었다 ― 그녀가 가용할 수 있는 돈의 액수는 대부분의 덜 부유한 집안의 딸들이 쓰는 용돈을 크게 웃돌지 않았다고 덧붙여야 할 것 같다. 당시의 뉴욕에서는 공화주의의 검약이라는 사원의 제단에 성화를 피운 곳들이 있었다. 슬로퍼 씨는 딸이 이런 온화한 종교의 여사제로 고전적인 우아함을 드러내기를 원했으리라. 자신의 딸이 못생긴 데다가 지나치게 옷치장을 한다고 생각하면 혼자 있다가도 얼굴을 찡그릴 지경이었다. 그도 삶에서 즐길 수 있는 것들을 좋아했고, 상당히 즐기기도 했다. 하지만 그는 졸부 티 나는 것을 끔찍이도 싫어했는데, 그의 지론은 사교계에 그런 현상이 만연하고 있다는 것이었다. 게다가 30년 전 미국에서 사치의 기준은 절대로 지금처럼 높지 않았고, 캐서린의 영리한 아버지는 젊은 사람들의 교육에 관해서는 구식의 입장을 취했다. 그 문제에 대해 특별한 이론(理論)이 있는 것은 아니었다. 아직은 자기 보호를 위해 줄줄이 이론을 꿰어야 할 필요성이 생기기 이전이었다. 다만 잘 자란 규수가 재산의 절반을 등에 걸쳐서는 안 된다는 것이 타당하고 합리적이라고 생각할 따름이었다. 캐서린의 등판은 넓었고 상당히 많은 재산을 걸칠 수도 있었지만, 아버지가 안 좋아하실 것이 마음에 걸려 사치를 부릴 생각을 하지 못했다. 스무 살이 되어서야 큰맘 먹고 금술로 장식한 붉은색의 사틴 야회복을 샀는데, 그녀가 여러 해 동안 마음속으로 탐을 낸 물건이었다. 이 야회복을 떨쳐입자 그녀는 서른 살로 보였다. 특이하게도 시선을 끄는 옷을 좋아하는 취향임에도 교태라고는 눈곱만치도 없었다. 이런 옷을 입을 때 그녀의 걱정은 자신보다는 옷이 좋아 보여야 할 텐데 하는 것이었다. 이 점에 있어서는 명시적인 기록은 없지만, 그렇게 추정해도 되리라고 본다. 그녀의 고모인 아몬드 부인이 연 작은 파티에 캐서린은 내가 방금 언급한 호화로운 의상을 걸치고 참석했다. 이때 그녀는 스물한 살의 나이였고, 아몬드 부인의 파티는 매우 중요한 사건의 발단이었다.

이 일이 있기 약 3, 4년 전에 슬로퍼 씨는, 뉴욕에서 고급 주택가로 일컬어지는 곳으로 이사했다. 결혼 후 그는 줄곧 화강암 관석들과 현관문 위로 큰 부채꼴 채광창이 있는 붉은 벽돌집에서 살았다. 시청에서 걸어서 5분 거리의 이 동네는 — 사회적 관점에서 보면 — 1820년경이 전성기였다. 이후 유행의 물결은 끊임없이 북쪽으로 향했는데, 뉴욕이란 도시가 좁은 수로를 따라 뻗어 있기 때문에 그럴 수밖에 없었다. 시끄러운 차량의 소음이 브로드웨이

양편으로 멀리 울려 퍼지게 되었다. 의사가 거처를 옮겼을 때는 이미 흥정 소리가 요란해졌고, 이 소리는 이 운 좋은 섬의 상업적 발전에 관심이 많은 모든 훌륭한 시민의 귀에는 음악처럼 들렸다. 슬로퍼 씨는 이런 현상에 직접적인 관심은 없었다. 해가 지나갈수록 환자의 절반이 과로한 사업가로 바뀌는 걸 보고 조금 더 직접적인 관심이 생겼을지 모르지만. 어쨌든 (역시 화강암 관석과 큰 부채꼴 채광창으로 장식된) 그의 이웃집들이 대부분 사무실이나 창고, 선박 대리점으로 개조되거나, 아니면 저속한 상업적 용도로 전용되기 시작하자, 그는 조용한 거처를 찾아보기로 결심하게 되었다. 1835년에 조용하고 품위 있는 은거의 이상은 워싱턴 스퀘어 공원 부근*에서 찾을 수 있었다. 우리의 의사 선생은 그 곳에 응접실 앞 쪽으로 큰 발코니가 있고, 흰 대리석 계단이 흰 대리석으로 덧댄 현관문으로 이어지는, 정면이 넓은 신식의 근사한 집을 지었다. 40년 전만 해도 주변에 닮은꼴이 많은 이런 건물을 건축 과학의 최종 결실로 여겼고, 이들은 오늘날까지도 매우 견고하고 훌륭한 거처로 남아 있다. 이 건물들 앞쪽으로 값싼 식물들이 지천인 광장이 펼쳐져 있었고, 나무 울타리로 둘러싸여 있어서 전원적이고 아늑하게 보였다. 모퉁이를 돌아서면 좀 더 근엄한 지역인 5번가가 시작되었는데, 고귀한 운명에 걸맞게 널찍했고 자신만만한 분위기를 풍겼다. 대다수의 뉴요커들은 어린 시절의 따스한 추억 때문인지 뉴욕에서 이 지역을 제일 좋아한다. 이곳은 이 길쭉하고 시끄러운 도시의 다른 지역에서는 느끼기 힘든 안정감이 있었다. 세로로 쭉쭉 뻗은 대로들의 위쪽 거리에서는 찾기 힘든 원숙하고 풍요롭고 고상한 분위기 — 문화 같은 것이 있었다고 할까. 확실한 소식통을 통해 이미 알고 있겠지만, 다양한 흥밋거리를 제공하는 것처럼 보이는 세상에 당신이 첫 발을 내디딘 곳이 바로 이곳이었다. 당신의 할머니가 고색창연한 고립 상태에서 아이의 상상력과 입맛을 사로잡는 시혜를 베풀며 산 곳이 바로 이곳이었다. 보모와 함께 걸음마를 떼며 첫 산보를 시작하면서 가죽나무의 이상한 냄새를 맡은 곳도 이곳이었다. 그 당시 광장의 주요 가로수였던 가죽나무가 풍기는 역한 냄새가 싫었겠지만, 또 한편 아직 싫다고 생각할 만큼 비판적인 나이도 아니었으리라. 마지막으로 회초리를 든 가슴도 크고 엉덩이도 큰 나이 지긋한 부인이 운영하는 첫 번째 학교도 이곳에 있었다. 푸른 색 찻잔과 짝이 맞지 않는 잔받침에 차를 마시곤 했던 그녀는 당신의 관찰력과 감각의 외연을 넓혀 주었다. 어쨌든 우리의 여주인공이 삶의 대부분을 보낸 곳이 이곳이었다. 지형에 대한 설명을 삽입한 것을 이렇게 해명하기로 한다.

아몬드 부인은 도시의 훨씬 북쪽, 차도라고 할 수 있는 길이 겨우 생긴, 번지수가 높은 동네에 살았다. 도시의 확장이 계획적 양상을 띠기 시작하면서 보도 옆에 (보도가 있는 경우) 포플러 나무들이 자라서 그 그늘이 띄엄띄엄 급경사진 네덜란드식 지붕과 뒤섞여 있었고, 돼지와 닭들이 하수구에서 장난치는 곳이었다. 이제 뉴욕의 거리 풍경에서 이런 그림 같은 전원적인 요소는 완전히 사라져 중년층의 기억에나 남아 있다고 해야 할 텐데, 이들은 지금 과거를 상기시키면 얼굴을 붉힐 그런 지역에 살고 있으리라. 캐서린은 사촌이 아주 많았다. 그 숫자가 결국 이홉에 이른 아몬드 고모의 아이들과 아주 친하게 지냈다. 어린 시절에는 사촌들이 그녀를 좀 어려워했다. 그녀는 시쳇말로 교양을 아주 많이 쌓은 것으로 알려졌으며, 페니먼 이모와 가깝다는 점에서 위엄의 후광을 받은 것이다. 어린 아몬드들에게 이모는 동정보다는 찬탄의 대상이었다. 그녀의 행동거지는 낯설면서도 외경심을 불러일으켰고, 상복에 — 페니먼 부인은 남편과 사별한 후 20년 동안 상복을 입다가 갑자기 모자에 분홍색 꽃을 달고 나타났다 — 예측 불허로 복잡하게 달려 있는 버클과 유리구슬 장식, 핀 등 때문에 친밀함을 느끼기 어려웠다. 그녀는 좋은 뜻에서든 나쁜 뜻에서든 아이들을 너무 심각하게 받아들여서, 그들에게서 심오한 것들을 기대하는 듯 압력을 가했다. 그녀를 만나러 가는 것은 교회에 가서 앞줄에 앉아 있는 것 같았다. 하지만 아몬드 가의 아이들은 얼마 지나지 않아 페니먼 이모가 캐서린의 존재에 부수적일 뿐 본질이 아니라는 사실을 알게 되었다. 캐서린이 토요일을 사촌과 보내러 오면, 돼지 꼬리 가라사대 같은 놀이는 물론 심지어는 목마 넘기도 함께 할 수 있다는 것을 알게 되었다. 이런 놀이를 하면서 아이들은 쉽게 친해졌고, 여러 해 동안 캐서린은 어린 사내 친척들과 형제처럼 친하게 지냈다. 어린 사내 친척들이라고 말하는 것은 아몬드 집안 아이들 중 일곱 명이 사내애이기 때문이다. 캐서린은 바지를 입어야 가장 편안하게 할 수 있는 놀이를 좋아했다. 하지만 아몬드 집안의 남자 아이들의 바지가 조금씩 길어졌고, 곧 자기 갈 길을 찾아 흩어졌다. 캐서린보다 손위의 아이들 중 사내애들은 대학에 가거나 회계 사무소에 취직을 했다. 여자애들 중 하나는 나이가 차자마자 결혼했고, 다른 하나도 곧바로 약혼했다. 내가 언급한 작은 파티는 아몬드 부인이 딸의 약혼을 축하하기 위해 연 것이었다. 스무 살 먹은 건장한 증권업자와 결혼을 하기로 되었는데, 모두 아주 잘된 일이라고들 생각했다.

4

어느 때보다도 더 많은 버클과 팔찌를 단 페니먼 부인은 당연히 조카를 대동하고 파티에 왔다. 우리의 의사 선생도 저녁 늦게 들여다보겠노라고 약속했다. 저녁 내내 진행될 예정인 무도회가 시작되고 얼마 지나지 않아 메리언 아몬드는 키가 큰 청년을 데리고 캐서린에게 다가왔다. 메리언은 그 청년이 캐서린과 통성명하기를 간절히 원하는데 자신의 약혼자인 아서 타운젠드의 먼 종형제라고 소개했다.

메리언 아몬드는 날씬한 몸매에 큰 장식 리본을 달고 있는 열일곱 살의 예쁘고 아담한 아가씨였는데, 행동거지의 우아함은 결혼으로 더 향상될 여지가 없을 정도였다. 인사를 나눠야 할 사람들이 너무 많아 춤 출 시간이 없을 것이라고 말하면서 부채를 흔들며 손님을 맞는 그녀의 태도는 벌써 안주인 같았다. 그녀는 약혼자의 사촌뻘에 대해서 한참을 이야기한 다음, 다른 일들을 처리하기 위해 돌아서면서 부채로 그를 톡 쳤다. 캐서린은 그녀가 하는 말을 전부 알아듣지는 못했다. 메리언의 여유와 샘솟는 듯한 화제에 감탄하고, 또 눈에 띄게 잘생긴 젊은이를 바라보느라고 정신이 팔렸기 때문이다. 그녀는 소개받은 사람들의 이름을 기억하지 못하는 편이지만, 이 젊은이가 메리언의 약혼자인 증권 중개인과 성이 같다는 사실을 놓치지 않았다. 캐서린은 사람을 처음 만나 소개받을 때마다 평정을 잃었다. 그녀에게는 어려운 순간이, 다른 사람들, 예컨대, 지금 소개받은 이 남자에게는 전혀 어렵지 않은 것이 놀라웠다. 그녀는 무슨 말을 해야 할지, 아무 말도 하지 않으면 어떻게 될지 걱정이 되었다. 타운젠드 씨는 서로를 알고 지낸지 1년은 지난 양 편안한 미소를 띠고 이야기를 시작해 그녀가 당혹감을 느낄 시간을 주지 않았다.

"정말 멋진 파티예요! 정말 매력적인 집이에요! 정말 흥미로운 가족입니다! 사촌이 아주 예뻐요!"

그 자체로서 심오할 것이 없는 진술들을 타운젠드 씨는 별 의미 없이, 친근감을 증진하기 위해 말하는 듯했다. 그는 캐서린의 눈을 들여다보았고, 그녀는 아무 응대도 하지 않고 그를 바라보며 귀를 기울였다. 그는 특별히 대답을 기대하지 않은 듯, 여전히 편안하고 자연스럽게 다른 화제로 옮겨갔다. 캐서린은 꿀 먹은 벙어리가 되었지만, 당황하지는 않았다. 이야기하는 그를 그냥 바라보는 것이 맞는 것 같았다. 이런 상황을 자연스럽게 만든 것은 그가 너무 잘생겨서, 아니, 그녀가 속으로 생각한 바에 따르면, 너무 아름다워서였다. 음악이 잠시 멈췄다가 갑자기 다시 울려 퍼졌다. 그때 그는 더 뚜렷이 미소를 지으며 춤을 같이 추는 영광을 누릴 수 있겠냐고 물었다. 이런 질문에 소리 내어 답하지 못한 그녀는 그가 팔로 그녀의 허리를 휘감아 안도록 내버려 두었고 — 그러는 동안 어느 때보다도 더 허리가 신사의 팔이 머물기에는 특이한 부위라는 생각을 했다 — 그 순간 그는 폴카 리듬에 맞춰 빙글빙글 방을 돌며 그녀를 리드했다. 춤이 끝나자 그녀는 얼굴이 붉게 상기되었음을 느꼈고, 외면을 한 채 부채질을 하면서 부채에 그려진 꽃을 바라보았다. 그가 다시 춤을 추겠냐고 물었을 때 그녀는 아직도 꽃에 시선을 주면서 대답하기를 망설였다.

"춤을 추니까 어지러워요?" 그는 아주 다정한 어조로 물었다.

그제야 캐서린은 고개를 들어 그를 올려다보았다. 그는 정말이지 아름다웠고, 얼굴이 조금도 상기되지 않았다. "네," 그녀가 대답했다. 춤을 춘다고 어지러워 본 적이 없으니 왜 그렇게 대답했는지 알 수 없었다.

"아, 그렇다면 앉아서 이야기나 합시다. 앉을 만한 자리를 찾아볼게요."

그는 좋은 곳, 아주 멋진 곳 — 딱 두 사람을 위한 작은 소파를 찾아냈다. 이제 방은 사람들로 가득 찼다. 춤을 추는 사람들의 수가 늘었고, 사람들이 등을 돌리고 그들 앞에 빽빽이 서 있어서 캐서린과 그녀의 말동무는 주목을 받지 않고 아늑하게 자리 잡았다. "여기서 이야기를 나눕시다." 이렇게 말했지만 여전히 그가 혼자 이야기를 했다. 캐서린은 등을 기대고 앉아 눈을 그에게 고정시켰고, 그가 너무 똑똑하다는 생각에 미소가 번졌다. 그의 이목구비는 그림에 나오는 젊은이 같았다. 캐서린은 거리에서 마주친 혹은 무도회에서 만난 젊은 뉴요커들 중 그렇게 섬세하고 조각한 듯 완벽한 얼굴을 본 적이 없었다. 그는 키가 크고 날씬했지만, 아주 강인해 보였다. 캐서린은 그가 조각상 같다고 생각했다. 하지만 조각상은 저렇게 이야기할 수 없을 테고, 무엇보다도, 저렇게 기막힌 눈빛을 띨 수 없으리라. 그는 다음과 같은 요지로 말했다. 아몬드 부인의 집에 처음 왔기 때문에 이방인 같은 기분이 들었는데, 캐서린이 그를 불쌍하게 여겨 주어 감사하다. 아서 타운젠드의 종형제로 그렇게 가까운 친척은 아니고 팔촌쯤 되는데, 처가 사람들에게 소개한다고 아서가 데리고 왔다. 사실 그는 뉴욕에서도 이방인이었다. 뉴욕이 그의 고향이지만, 여러 해 떠나 있었다. 그는 기묘한 오지에 살기도 하면서 여기 저기 떠돌아 다녔고, 돌아온 지한두 달밖에 안 되었다. 뉴욕은 아주 유쾌한 곳이지만, 외로움을 느낀다.

"아시겠지만 잊혀지는 건 금방이거든요." 그는 기분 좋은 눈길로 캐서린을 바라보며 미소 지었다. 그는 무릎 위에 팔꿈치를 놓은 채 몸을 돌려 약간 앞으로 고개를 비스듬히 숙였다.

캐서린은 그를 한 번 본 사람은 누구도 잊을 수 없을 것이라고 생각했다. 이런 생각을 했지만, 소중한 것을 간직할 때 그렇게 하듯, 마음에만 품고 있었다.

그들은 얼마 동안 거기 앉아 있었다. 그는 아주 말솜씨가 좋았다. 가까이 있는 사람들에 대해 물었고, 그들 중 몇몇은 누구라고 추측했는데 아주 우스꽝스럽게 틀리곤 했다. 그는 전혀 거리낌 없이, 단정적으로, 머리에 떠오르는 대로 그들을 비판했다. 캐서린은 어느 누구도 — 더구나 젊은이가 그런 식으로 말하는 것을 들은 적이 없었다. 소설에 나오는 젊은이가 말할 것 같은 식이었다. 아니, 연극에서, 조명이 비추는 무대 위에서라고 말하는 것이 낫겠다. 관객을 바라보며 모든 사람의 주시를 받으면서 어떻게 평정을 유지하나 궁금해지듯 말이다. 그렇다고 타운젠드 씨가 배우 같다는 것은 아니다. 그는 아주 진지하고 아주 자연스러워 보였다. 이렇게 흥미진진하게 이야기를 듣고 있는 중에 사람들 사이를 헤치고 다가온 메리언은 아직도 같이 있는 둘을 발견하고 장난스럽게 탄성을 질렀다. 사람들이 그 소리에 돌아보자 캐서린은 얼굴을 붉히지 않을 수 없었다. 메리언은 이야기를 가로막고 타운젠드 씨에게 — 그녀는 이미 결혼을 해서 그가 친척이 된 듯 그를 대했다 — 자기 엄마한테 가보라고, 지난 반시간 동안 그를 아버지에게 소개하기 위해 찾고 있었노라고 말했다.

"우리는 다시 만나게 될 거예요." 그가 자리를 뜨면서 한 말을 캐서린은 매우 독창적인 발언이라고 생각했다.

그녀의 사촌이 팔짱을 끼더니 좀 걷자고 했다. "모리스를 어떻게 생각하는지 물어볼 필요가 없겠네." 그녀가 말했다.

"그게 그 사람 이름이야?"

"이름을 어떻게 생각하느냐고 묻는 게 아니라 그를 어떻게 생각하느냐고 묻는 거야." 메리언이 말했다.

"특별할 게 뭐가 있겠어." 난생 처음 자신의 감정을 감추면서 캐서린이 대답했다.

"모리스에게 그 말을 해줄까 보다!" 메리언이 외쳤다. "약이 될 텐데 말이야. 무지하게 잘난 척하거든."

"잘난 척?" 캐서린은 그녀를 뚫어져라 쳐다보며 말했다.

"아서가 그러더라. 아서는 그를 잘 알잖아."

"아, 그 사람에게 말하지 마!" 캐서린은 애걸하듯 중얼거렸다.

"잘난 척한다고 말하지 말라고! 벌써 열두 번도 더 그렇게 말했는걸."

이 당돌한 고백에 경악한 캐서린은 아담한 체구의 사촌을 내려다보았다. 메리언이 곧 결혼할 것이라 그렇게 자신만만한지, 그녀도 약혼을 하게 되면 그렇게 행동해야 하는 건지 궁금해지기도 했다.

반시간 후에 그녀는 페니먼 고모가 창문 쪽에 앉아 머리를 약간 한 쪽으로 기울이고 금테의 외알 안경을 눈에 댄 채 방을 탐사하는 것을 보았다. 고모 앞에 캐서린에게 등을 돌린 한 신사가 약간 몸을 숙이고 서 있었다. 그녀는 그의 등을 본 적이 없었지만 금방 알아보았다. 메리언의 권유로 그녀의 곁을 떠났을 때 그는 예의 바르게 등을 돌리지 않은 채 물러갔던 것이다. 모리스 타운젠드 ― 누군가 그녀의 귀에 대고 반시간 동안 반복해 말한 듯 그 이름은 이미 아주 친숙해졌다 ― 모리스 타운젠드는 그녀에게 했듯 고모에게 파티에 참석한 사람들에 대한 인물평을 하고 있었다. 그가 재치 있게 말하면 동감이라는 듯 고모가 미소를 띠었다. 이 광경을 보자마자 캐서린은 자리를 피했다. 그가 고개라도 돌려서 그녀를 보는 것을 원하지 않았기 때문이다. 하지만 그가 그녀와 매일 얼굴을 맞대고 사는 고모와 이야기한다는 것 자체가 그녀에게 기쁨을 주었다. 그가 그녀의 곁에 가까이 있는 것 같았고, 자신에게 이야기를 걸어오면 그에 대해 생각하는 것이 쉽지 않을 것이라는 생각이 들었다. 그리고 고모가 그를 좋아하고, 그의 말에 충격을 받거나 놀라지 않은 것도 선물을 받은 것 같은 기분이 들었다. 돌아가신 고모부를 기준으로 하는지라 — 페니먼 부인은 남편이 대화의 천재였다고 말하곤 했다 — 고모의 눈이 아주 높다고 생각했기 때문이다. 아몬드 가의 사내아이들 — 캐서린이 붙인 별명이었다 — 중 한 명이 우리의 여주인공에게 쿼드릴을 추자고 청해서 적어도 15분간은 그녀의 발이 바삐 움직였다. 이번에는 어지럽지 않았다. 그녀의 머리는 아주 맑았다. 춤이 막 끝났을 무렵 사람들 한 가운데서 그녀는 아버지와 정면으로 맞닥뜨렸다. 슬로퍼 씨는 늘 그렇듯 약간 미소를 띠고 있었다 — 그는 활짝 웃는 법이 없었다. 그의 맑은 눈과 깔끔하게 면도한 입가에 장난스러운 미소를 살짝 띠고 — 딸의 진홍색 야회복을 바라보았다.

"이 굉장하신 분이 정말로 내 딸이란 말인가?" 그가 말했다.

그렇다고 대답하면 그는 깜짝 놀랄 작정이었다. 그가 반어적인 형식을 취하지 않고 딸에게 말을 거는 적이 거의 없는 것은 틀림없는 사실이다. 그가 그녀에게 말을 걸 때마다 그녀는 기쁨을 느꼈다. 하지만 따로 떼어 낸 기쁨을 누린 셈이었다. 언제나 아이러니의 가벼운 우수리와 자투리들이 여분으로 남았는데, 자신이 사용하기에 너무 미묘해 그것들을 어떻게 해야 할지 몰랐다. 하지만 자신의 이해력이 일천한 것이 안타까운 캐서린은 그냥 버리기에는 그것들이 너무 소중하다고 생각했다. 그녀의 머리로 이해할 수 없지만, 인류의 지혜의 총량에 기여하리라고 믿었다.

"저는 굉장하지 않아요." 다른 옷을 입을 걸 그랬다고 생각하면서 그녀가 온화하게 대답했다.

"넌 화려하고, 부유하고, 사치스러워 보인다." 그녀의 아버지가 대꾸했다. "1년에 8만 달러 수입이 있는 것 같구나."

"그건 사실이 아닌 걸요—" 캐서린의 대꾸는 비논리적이었다. 미래의 재산에 대한 그녀의 개념은 아직 아주 막연했다.

"그게 사실이 아니면 그런 것처럼 보이면 안 되지. 파티가 재미있었냐?"

캐서린은 잠시 망설이다가 고개를 돌리며 중얼거렸다. "저 조금 피곤해요." 이 파티가 캐서린의 삶에서 중요한 시발점이라고 말한 바 있다. 태어나서 두 번째로 그녀는 우회적인 대답을 한 것인데, 감정을 숨기기 시작했다는 것이 의미심장하다. 캐서린은 사실 그렇게 쉽게 피로를 느끼지 않았다.

그럼에도 마차를 타고 집으로 돌아가는 길에 그녀는 피로에 지친 양 조용했다. 슬로퍼 씨가 누이인 라비니아에게 말하는 투는 캐서린을 대할 때와 많이 닮아 있었다.

"네게 연애 걸던 그 젊은이가 누구냐?" 이윽고 그가 물었다.

"오라버니도 참!" 페니먼 부인이 나무라듯 중얼거렸다.

"유별나게 다정하게 굴더라. 반시간 남짓 내가 지켜봤는데 네게 아주 헌신적이던데."

"제가 아니라 캐서린을 위한 헌신이었답니다." 페니먼 부인이 말했다. "캐서린 이야기만 한 걸요."

귀를 기울이고 있던 캐서린은 심약하게 "아이 고모는!" 하고 말했다.

"아주 잘생긴 데다 아주 똑똑해요. 자신의 생각을 아주 잘 ─ 기막히게 잘 표현합니다."

"그렇다면 저 위풍당당한 아가씨와 사랑에 빠진 건가?" 의사가 유머러스하게 물었다.

"아버지!" 마차가 어두운 것에 열렬하게 감사하며 캐서린이 아까보다도 더 심약하게 말했다.

"그건 모르겠고요. 캐서린의 드레스가 아름답다고 하더라고요."

캐서린은 어둠 속에서 "내 드레스만?" 하고 중얼거리지는 않았다. 고모의 공표는 내용이 빈약해서라기보다는 의미가 풍성해서 그녀를 놀라게 했다.

"알다시피 네가 1년에 8만 달러의 수입이 있다고 생각한 거야." 그녀의 아버지가 말했다.

"그가 그런 생각을 한다고 믿을 수 없어요." 페니먼 부인이 말했다. "그러기엔 너무 품격이 있어요."

"그런 생각을 안 할 만큼 엄청나게 품격이 있나 보지!"

"네, 그래요!" 캐서린은 자기도 모르는 새 외쳤다.

"난 네가 잠든 줄 알았구나." 그녀의 아버지가 대꾸했다. "때가 되었어!" 그가 혼잣말로 덧붙였다. "라비니아는 캐서린을 위해 로맨스를 꾸며대겠지. 이 아이한테 그런 장난을 치다니 부끄러운 일이야. 그 신사의 이름이 뭐라고 했지?" 그가 큰 소리로 물었다.

"이름을 듣지 못했는데 묻지 않았어요. 날 소개해 달라고 청했대요." 페니먼 부인이 약간 우쭐대며 말했다. "제퍼슨이 얼마나 말을 우물거리는지 알잖아요." 제퍼슨은 아몬드 씨였다. "캐서린, 그 신사의 이름이 무엇이냐?"

마차의 덜거덕 소리가 아니었다면 핀이 떨어지는 소리가 들릴 정도의 침묵이 1분 동안 흘렀다.

"저도 몰라요, 라비니아 고모." 캐서린이 아주 조그만 목소리로 대답했다. 그리고 언제라도 빈정댈 준비가 되어 있는 그녀의 아버지는 그럼에도 그 말을 믿었다.

5

그가 했던 질문의 답은 3, 4일 후 모리스 타운젠드가 그의 사촌과 함께 워싱턴 스퀘어를 방문했을 때 얻게 되었다. 페니먼 부인은 마차를 타고 돌아오는 길에 이름도 모르는 이 호감 가는 젊은이에게 워싱턴 스퀘어의 집에 오면 조카와 함께 기쁘게 맞이하겠노라고 암시했음을 그녀의 오빠에게 말하지 않았다. 그녀는 일요일 오후 늦게 두 신사가 나타났을 때 크게 기뻤고, 약간 의기양양해지기까지 했다. 아서 타운젠드랑 함께 왔기 때문에 그의 방문이 자연스럽고 편안했다. 아서 타운젠드는 곧 사돈지간이 될 것 아니던가. 그가 메리언과 결혼하게 되었으니 방문을 하는 것이 예의에 맞는다고 페니먼 부인은 캐서린에게 말했다. 늦가을에 벌어진 일이라, 캐서린과 그녀의 고모는 어스름이 짙어질 즈음 집 뒤편의 거실 벽난롯가에 함께 앉아 있었다.

아서 타운젠드가 캐서린의 몫이 되었다면, 그의 동행은 페니먼 고모 옆 소파에 자리를 잡았다. 캐서린은 어느 누구도 가혹하게 비판하는 적이 없었다. 젊은 남자들과 이야기하기를 좋아하는 그녀를 즐겁게 하기는 어렵지 않았다. 하지만 그날 저녁 두 손으로 무릎을 비비며 불빛을 바라보고 있는 메리언의 약혼자의 말상대를 하고 있자니 막연하게 까탈스러운 기분이 들었다. 캐서린은 대화를 이어가려고 노력하는 시늉도 하지 않았다. 그녀의 관심은 방의 반대편에 고정되었다. 타운젠드 씨와 고모의 대화에 귀를 기울이고 있었던 것이다. 이따금 그는 그가 하는 말을 캐서린도 들었으면 좋겠다는 듯 그녀를 바라보고 미소를 지었다. 캐서린은 자리를 옮겨 더 잘 보고 들을 수 있게 그들 곁으로 가까이 가고 싶었다. 하지만 당돌해 보일까 봐 — 적극적으로 보일까 봐 걱정이 되었다. 게다가 메리언의 왜소한 약혼자에 대한 예의가 아니었다. 그녀는 왜 다른 신사가 고모를 선택했는지, 젊은이들이 특별히 관심을 보이지 않는 고모에게 그렇게 할 말이 많은지 의아했다. 그녀는 라비니아 고모를 질투하지는 않지만 약간은 부러웠고 무엇보다도 의아했다. 모리스 타운젠드는 그녀의 상상력을 무한히 발현할 수 있는 대상이었기 때문이다. 그의 사촌은 메리언과의 결혼을 염두에 두고 산 집과 가사의 편이를 위해 도입할 설비를 묘사하고 있었다. 메리언이 더 큰 집을 원했으나 아몬드 부인이 작은 집을 권했고, 자기 자신으로 말하자면 뉴욕에서 가장 멋진 집을 장만했다고 확신한다는 등등.

"상관없어요." 그가 말했다. "고작해야 3, 4년 살 집이니까요. 그 기간만 채우고는 이사할 겁니다. 뉴욕에서는 다들 3, 4년마다 이사를 해요. 그래야 최신 설비를 즐길 수 있으니까요. 도시가 너무 빨리 자라고 있어서 따라잡으려고 애써야 한답니다. 뉴욕은 점점 위쪽으로 올라가고 있어요. 메리언이 외로울 걸 걱정하지 않았다면 제일 위쪽에 집을 장만했을 거예요. 그리고 기다리는 거죠. 10년만 기다리면 모두들 따라오게 되어 있어요. 하지만 메리언은 이웃이 있어야 한다고 해요 — 개척자가 되고 싶지 않다고 합니다. 최초의 정착민이 되려면 미네소타로 가는 것이 낫다나요. 우리는 조금씩 위쪽으로 이사 갈 겁니다. 한 동네서 살다 좀 지루해지면 조금 더 높은 곳으로 올라가는 거죠. 그러면 항상 새 집에 살 수 있어요. 새 집에 사는 것은 큰 이점이랍니다. 더 개선된 설비를 갖춰 살 수 있으니까요. 5년을 주기로 죄다 새로 발명이 되고 있잖아요. 신상품을 따라잡는 건 근사한 일이지요. 저는 모든 종류의 신상품을 따라잡으려고 노력한답니다. '점점 더 높은 곳으로' — 젊은 부부에게 좋은 좌우명이라고 생각하지 않으세요? 그 시 이름이 뭐였죠? 뭐라고 하더라? 엑셀시오르!"*

캐서린은 전날 밤 모리스 타운젠드는 이런 식으로 말하지 않았다는 생각을 했다. 그리고 지금 그와 마주앉아 있는 행운을 누리는 고모에게 이런 식으로 말하지 않을 것이라고 생각하는 정도의 관심만 그녀의 젊은 방문객에게 기울였다. 그러다 그녀의 야심만만한 친척이 갑자기 흥미로운 화제를 꺼냈다. 캐서린이 모리스 타운젠드의 존재에 신경을 쓰고 있음을 의식하고 설명할 필요를 느낀 것이다.

"모리스가 자기도 데려가 달라고 부탁했어요. 그렇지 않았다면 이렇게 실례를 무릅쓰지는 않았을 겁니다. 몹시 와보고 싶어하더라고요. 아주 사교적인 친구잖아요. 제가 캐서린 양에게 먼저 물어봐야 한다고 했더니, 페니먼 부인의 초대를 받았다고 하더라고요. 그런데 하고 싶은 일이 있으면 어떤 말이라도 할 친구예요. 하지만 페니먼 부인이 실례라고 생각하지 않으시는 것 같네요."

"고모나 저나 다시 만나게 돼서 좋은 걸요." 캐서린이 말했다. 그리고 그에 대해 더 이야기하고 싶었지만 뭐라고 말해야 할지 몰랐다. "타운젠드 씨를 그전에는 만난 적이 없어요." 이윽고 그녀가 말했다.

아서 타운젠드는 눈을 크게 떴다.

"지난 번 파티에서 반시간 이상 이야기를 나눴다고 하던 걸요?"

"지난 번 파티 이전에는 만난 적 없다고요. 그때 처음 만났거든요."

"아, 뉴욕에 없었어요. 세상이 좁다고 떠돌아 다녔지요. 이곳에는 아는 사람들이 많지 않답니다. 하지만 아주 사교적이라 모든 사람을 알고 싶어해요."

"모든 사람을요?" 캐서린이 말했다.

"모든 훌륭한 사람들 말이에요. 모든 예쁜 아가씨들 — 페니먼 부인같이!" 그리고 아서 타운젠드는 혼자 웃었다.

"우리 고모는 타운젠드 씨를 아주 좋아하세요."

"대부분의 사람들이 그를 좋아해요 — 아주 똑똑하거든요."

"외국인 같아요." 캐서린이 넌지시 말했다.

"글쎄, 전 외국인을 알고 지낸 적이 없어요." 무지를 선택했음을 암시하는 듯한 어조로 아서 타운젠드가 말했다.

"저도 그래요." 캐서린은 좀 더 겸허하게 실토했다. "외국인들은 일반적으로 똑똑하다고 하더라고요."

"이 도시 사람들이 똑똑한 걸로도 난 충분해요. 자기들이 내 머리 꼭대기에서 놀고 있다고 생각하는 사람들이 있지만, 착각이라고요."

"똑똑할수록 좋은 거 아닌가요?" 캐서린이 더 겸허하게 말했다.

"잘 모르겠어요. 어떤 사람들은 모리스가 지나치게 똑똑하다고 해요."

캐서린은 대단히 관심을 갖고 그의 말에 귀를 기울였다. 모리스 타운젠드에게 결점이 있다면 당연히 그것일 수밖에 없다고 생각했다. 그러나 그렇게 말하지는 않았고, 잠시 후 그녀는 말했다. "이제 돌아왔으니, 타운젠드 씨가 계속 뉴욕에 머무를까요?"

"아!" 아서가 말했다. "할 일을 구하면 눌러앉겠지요."

"할 일이라니요?"

"어디든 직장을 구하거나 사업을 시작하거나 해야지요."

"직장이 없나요?" 캐서린이 말했다. 그녀는 상류층 젊은이가 이런 상황에 처해 있는 것을 들어본 적이 없었다.

"없어요. 둘러보고 있는데 마땅한 일자리를 찾지 못했나 봐요."

"안됐군요." 캐서린은 이렇게 말하지 않을 수 없었다.

"본인은 별로 신경 안 써요." 아서가 말했다. "느긋한 걸요. 서둘러 일자리를 찾을 생각이 없답니다. 아주 까다롭거든요."

캐서린은 그가 까다로운 것이 당연하다고 생각했다. 그리고 이 점을 다각도로 반추하기 위해 잠시 생각에 빠졌다.

"아버지가 일자리를 주면 — 아버지 회사에 취직하면 안 될까요?" 급기야 그녀가 물었다.

"아버지가 안 계세요 — 누나밖에 없어요. 누나야 큰 도움이 안 되지요."

캐서린은 자신이 그의 누이라면 그런 속설이 틀렸음을 입증할 것 같았다. "누나가 — 좋은 분이에요?" 그녀가 곧 되물었다.

"모르겠어요 — 아주 고상한 분이라고 해요." 아서가 말했다. 그러고 나서 그는 건너편에 앉아 있는 모리스 쪽을 바라보면서 웃었다. "저 말이야. 우리 네 이야기 하고 있어." 이렇게 덧붙였다.

모리스 타운젠드는 페니먼 부인과의 담소를 멈추고 살짝 미소를 띤 채 정면으로 바라보았다. 그리고 갈 채비를 하는 듯 일어섰다.

"그런 후의에 보답하지 못하겠네 — 너에 관한 한 말이야." 모리스가 말했다. "하지만 슬로퍼 양이라면 문제가 다르지."

캐서린은 그의 짧은 발언이 기막히게 잘 표현되었다고 생각했지만, 그의 말에 당황해서 그녀도 일어섰다. 모리스 타운젠드는 미소를 띠고 그녀를 바라보았다. 그리고 작별 인사로 손을 내밀었다. 그는 그녀와 한 마디도 나누지 않은 채 가려는 것이었다. 하지만 그렇다 하더라도 그의 얼굴을 볼 수 있어 기뻤다.

"자네가 한 말을 캐서린에게 해줄 거네 — 가고 난 다음!" 페니먼 부인은 의미심장한 웃음을 터뜨리며 말했다.

캐서린은 얼굴을 붉혔다. 그들이 그녀를 놀리고 있다는 그런 느낌이 들었기 때문이다. 이 아름다운 젊은 남자가 도대체 무슨 말을 했을까? 그녀가 얼굴을 붉혔지만, 그는 아주 다정하게, 아주 정중하게 그녀를 계속 쳐다보았다.

"당신과는 이야기를 나누지 못했네요." 그가 말했다. "그러려고 온 것인데…… 그렇지만 다음번에 방문할 좋은 핑곗거리가 되겠지요. 작은 구실이지만요 ─ 구실을 대야 한다면 말이에요. 제가 가고 난 다음 고모님께서 뭐라고 하실지 걱정 안 해요."

이렇게 말하고 두 젊은이는 작별을 했다. 그러고 난 다음 캐서린은 아직도 홍조를 띤 채 페니먼 부인을 향해 진지한 의문의 시선을 보냈다. 그녀는 원하는 것을 알기 위해 교묘한 술책을 쓰는 일 따위는 할 줄 몰랐다. 그리고 내 흉을 본 것이 틀림없다고 생각하는 척 농담하듯 운을 뗄 줄도 몰랐다.

"제게 무슨 이야기를 해주시겠다는 거예요?"

페니먼 부인은 미소를 띠고 고개를 한들한들 흔들며 가까이 다가와 그녀를 요리조리 뜯어본 다음 그녀의 목에 달린 리본의 매듭을 한 번 비틀었다.

"얘야, 이건 굉장한 비밀이야. 하지만 결혼을 전제로 사귀고 싶다는구나."

캐서린은 심각하게 평정을 유지했다. "그 사람이 그렇게 말하던가요?"

"딱히 그렇게 말한 것은 아니란다. 하지만 그렇게 추측할 여지를 남기더라. 내 추측은 거의 틀리는 법이 없거든."

"저랑 사귀고 싶다는 건가요?"

"아가씨, 물론 나랑 사귀겠다는 건 아니랍니다. 꽃다운 처녀가 아닌 내게 보통 젊은이보다 백배는 더 친절하게 굴더라만, 그 친구 나 말고 딴 사람을 염두에 두고 있는 것 같던데?" 그러고 난 다음 페니먼 부인은 조카딸에게 부드럽게 살짝 키스했다. "그에게 자비를 베풀려무나."

캐서린은 멍하니 쳐다보았다 — 그녀는 당황했다. "무슨 말씀인지 모르겠어요." 그녀가 말했다. "그 사람은 절 모르잖아요."

"오, 아냐. 네가 생각하는 것보다 널 잘 안단다. 내가 너에 대해서 다 말해 주었거든."

"고모!" 그녀의 행동이 믿음을 배반한 것인 양 캐서린이 중얼거렸다. "전혀 모르는 사람이잖아요 — 우리는 그 사람을 알지 못해요." 이 가엾은 처녀가 '우리'라고 말할 때 한없는 겸양이 배어 있었다.

하지만 페니먼 고모는 이를 무시하고 약간 신랄하게 말했다. "사랑하는 나의 조카딸 캐서린, 네가 그 사람을 사모하는 걸 너도 잘 알고 있잖니."

"고모!" 캐서린은 다시 이렇게 중얼거릴 뿐이었다. 그녀는 그를 사모한다고 할 수 있다 — 하지만 그녀로서는 대놓고 이야기할 거리라는 생각은 들지 않았다. 갑자기 환영처럼 나타난 이 눈부신 낯선 사람이, 그녀의 목소리를 거의 들어본 적이 없는 이 사람이 그녀에게 그런 유의 관심을, 페니먼 부인이 방금 사용한 그런 낭만적 어구로 표현되는 그런 관심을 갖고 있다면, 그것은 라비니아 고모의 활동적인 두뇌의 허구적 산물일 수밖에 없다고 그녀는 생각했다. 모든 사람이 고모를 강력한 상상력을 가진 여자로 알고 있지 않은가.

6

페니먼 부인은 다른 사람도 자기처럼 상상력이 풍부하다고 당연히 받아들일 때가 있었다. 그래서 반시간 후에 그녀의 오빠가 귀가했을 때 바로 이런 원칙에 입각해 말을 꺼냈다.

"그 젊은이 방금까지 여기 있었어요. 오빠를 못 만나고 가서 아쉽네요."

"도대체 내가 누굴 못 만났다는 거야?" 의사가 물었다.

"모리스 타운젠드요. 우리 집을 방문했는데, 아주 즐거웠어요."

"도대체 모리스 타운젠드가 누구냐?"

"고모는 그 신사 — 제가 이름을 기억하지 못했던 그 신사를 말씀하시는 거예요." 캐서린이 말했다.

"엘리자베스의 파티에 왔던, 캐서린에게 반한 그 신사 말이에요." 페니먼 부인이 덧붙였다.

"아, 그의 이름이 모리스 타운젠드인가 보지? 그래, 너한테 청혼하러 온 거냐?"

"아이, 아버지!" 캐서린은 대답을 대신해 이렇게 중얼거렸다. 그리고 어스름이 어둠으로 깊어진 창가로 몸을 돌렸다.

"오빠 허락 없이 청혼하지는 않겠지요." 페니먼 부인이 아주 우아하게 말했다.

"그런데 네 허락은 이미 받은 것 같구나." 그녀의 오빠가 대답했다.

자신의 허락만으로는 충분하지 않은 것 아니냐는 듯 라비니아는 선웃음을 쳤다. 캐서린은 유리창에 이마를 댄 채 오가는 이런 재치 있는 문답 한 마디 한 마디가 그녀의 신경을 콕콕 찌르지 않는다는 듯 서름서름하게 귀를 기울이고 있었다.

"다음에 그가 오면," 의사가 덧붙였다. "날 부르는 게 좋겠다. 그가 날 만나고 싶어할 것 같으니."

모리스 타운젠드는 닷새 후에 다시 왔다. 그러나 슬로퍼 씨가 출타 중이었기 때문에 그를 부를 수는 없었다. 하인이 젊은이의 명함을 갖고 들어왔을 때 캐서린은 고모와 같이 있었다. 고모는 자기가 나설 일이 아니니 조카딸에게 혼자 응접실에 가야만 한다고 역설했다.

"이번에는 너를 위해서야 — 너만을 위해서라고." 그녀가 말했다. "지난 번 나와 대화를 나누었던 건 준비 작업이었어. 내 신뢰를 얻기 위해서였지. 정말이지, 오늘도 방해물이 될 **용기**가 없단다."

그리고 이것은 완벽하게 사실이었다. 페니먼 부인은 용기 있는 여자는 아니었다. 모리스 타운젠드는 강렬한 에너지가 느껴지는 인물로, 놀라운 풍자의 힘을 가졌고, 날카롭고, 단호하고, 똑똑한 성격의 젊은이라 요령 있게 내처해야 할 것 같았다. 그녀는 혼잣말로 그가 '오만' 하다고 중얼거렸고, 그 단어의 소리와 함축된 의미가 마음에 들었다. 그녀는 조카딸을 조금도 질투하지 않았다. 페니먼 씨와 아주 행복한 결혼 생활을 보냈지만, 마음 속 깊은 곳에서 '내가 저런 짝을 만났어야 했는데' 라는 생각이 들도록 내버려 두었다. 그녀는 그가 페니먼 씨보다 훨씬 더 오만한 것이 분명하다고 생각하다가 결국 당당하다로 표현을 바꿨다.

그래서 캐서린은 타운젠드 씨를 혼자 맞이했다. 그녀의 고모는 방문객이 돌아갈 때도 나와 보지 않았다. 타운젠드 씨는 오래 머물렀다. 건물 정면 응접실의 제일 큰 팔걸이의자에 한 시간 이상 앉아 있었다. 이번에는 익숙해진 듯 훨씬 편해 보였다. 의자에 느긋이 기대, 단장으로 가까이에 있는 쿠션을 툭툭 치고, 방 구석구석을 둘러보며 캐서린을 포함해 방에 있는 물건들을 관찰했는데, 삼가는 기색도 없이 캐서린을 주시했다. 정중한 헌신의 미소를 담은 잘생긴 눈은 캐서린에게는 거의 장엄하게 아름다워 보였다. 그의 눈은 시에 나오는 젊은 기사를 떠올리게 만들었다. 그렇다고 특별히 기사같이 말하지는 않았다. 그는 가볍고 편안하고 상냥하게, 현실로 화제를 돌려 그녀에 관해 여러 가지 질문을 했다. 그녀의 취향이 어떤지, 좋아하는 것이 무엇인지, 어떤 습관이 있는지를 물었다. 그는 매력적인 미소를 띠고 그녀에게 말했다. "당신에 대해 이야기해 봐요. 간략하게 스케치를 해주세요." 캐서린은 할 말이 거의 없었다. 그녀는 스케치하는 데 소질이 없었다. 하지만 그가 작별을 고하기 전에 그녀는 극장 가는 것을 몹시 좋아하지만 거의 가지 못하고, 오페라 음악 ― 특히 벨리니와 도니체티의 음악 ― 을 좋아하지만 손풍금 연주가 아니면 거의 들을 기회가 없다는 사실을 털어놓았다. (문화적 암흑시대*에 이런 취향을 갖게 되었음을 감안해 이 구식의 아가씨를 용서해 주어야 한다.)

그녀는 특별히 문학을 좋아하는 것은 아니라고 고백했다. 모리스 타운젠드는 책은 지루하다고 맞장구쳤다. 다만 그 사실을 알게 되기까지 아주 많이 읽어야 한다고 덧붙였다. 그는 책에서 묘사한 곳에 가보았는데, 조금도 비슷하지 않았다고 했다. 자기 눈으로 보는 것 ― 그것이 가장 중요하다. 그는 언제나 자기 눈으로 보려고 했다. 유명한 배우들은 하나도 빠짐없이 연기하는 것을 무대에서 보았다. 런던과 파리의 손꼽히는 극장에 다 가보았다. 하지만 배우들도 작가들과 똑같다. 언제나 과장한다. 그는 무엇이든 자연스러운 것이 좋다. 이렇게 말하다 갑자기 말을 멈춘 그는 특유의 미소를 띠고 캐서린을 바라보았다.

"제가 그래서 당신을 좋아한다니까요. 당신은 정말 자연 그대로예요. 실례일지는 모르지만," 그가 덧붙였다. "저도 자연 그대로이거든요."

그리고 그의 실례를 용서할지 여부를 생각할 시간을 갖기 이전에 ― 나중에 여유가 생겼을 때 캐서린은 용서했다고 생각했는데 ― 그는 음악에 대해 이야기하기 시작했고, 음악이 그의 삶에서 가장 큰 기쁨이라고 말했다. 그는 파리와 런던에서 모든 대단한 가수들 ― 파스타, 루비니와 라블라슈* ― 이 노래하는 것을 들었고, 그렇게 하고 나서야 비로소 노래가 무엇인지 안다고 말할 수 있다는 것이었다.

"저도 노래를 좀 해요." 그가 말했다. "언제 한번 들려 드릴게요. 오늘 말고 다음번에요."

그러고 나서 그는 가겠다고 일어섰다. 그는 그녀가 반주를 해준다면 노래를 하겠노라고 덧붙이는 것을 깜빡했다. 거리로 나서고 난 다음에야 그 생각이 났지만, 애석해할 일은 아니었다. 캐서린이 이런 실수를 눈치 채지 못했기 때문이다. 그녀는 '다음번'이라는 말에 듣기 좋은 울림이 있다는 생각뿐이었다. 그 말이 미래로 열려 있는 것 같았다.

그녀는 부끄럽고 불편한 마음이 들었지만, 그렇기 때문에 더욱더 아버지에게 모리스 타운젠드가 다시 왔었다는 이야기를 해야 한다고 생각했다. 그녀는 이 사실을 아버지가 귀가하자마자 뜬금없이, 거의 거칠게 알렸다. 그렇게 그녀의 의무를 다하고 난 다음 그녀는 얼른 방에서 나가려고 했다. 그러나 충분히 빨리 빠져나가지는 못했다. 문에 도달한 순간 아버지가 그녀를 멈춰 세운 것이다.

"그래, 오늘은 그 사람이 청혼하더냐?" 의사가 물었다.

그녀는 아버지가 이렇게 말할까 봐 걱정하고 있었다. 그럼에도 대답을 준비하지 못했다. 물론 아버지가 농담으로 그렇게 말씀하시는 것이 분명하니 농담으로 받아들일 수 있으면 좋겠다는 생각을 했다. 그렇지만 부정으로 답하더라도 조금 단정적으로, 조금 날카롭게 말하고 싶었다. 그러면 아버지가 다시는 그런 질문을 하지 않을 것 같았다. 그녀는 — 그녀를 불행하게 만드는 — 그 질문이 싫었다. 그러나 캐서린은 결코 날카로울 수가 없었다. 손잡이를 잡은 채 그녀는 잘 비꼬는 아버지를 바라보며 잠시 서 있다 헛웃음을 쳤다.

'단언컨대,' 의사는 혼자 생각했다. '내 딸은 재치라고는 없어!'

그가 이런 생각을 하자마자 캐서린은 할 말이 생각났다. 그녀는 그의 말을 대충 농담으로 받아들이기로 했다.

"아마 다음번에는 청혼을 하겠지요." 그녀는 아까처럼 웃으면서 이렇게 말하고 얼른 방 밖으로 나갔다.

의사는 딸의 뒤통수를 바라보며 진심인가 하는 의문이 들었다. 곧바로 자기 방으로 간 캐서린은 그제야 아버지가 그 질문을 다시 해주었으면 하는 생각이 들었다. 그러면 이렇게 대답할 것이다. "아, 네. 모리스 타운젠드 씨가 청혼했는데 제가 거절했어요."

의사는 다른 곳에 알아보기로 했다. 그의 집을 들락거리는 이 잘생긴 젊은이에 대해서 정보를 얻어야겠다는 생각이 든 것은 당연하다. 그는 누이 중 손위인 아몬드 부인과 이야기를 해보기로 했지만 일부러 가지는 않았다. 그렇게 급할 것은 없었다. 하지만 기회가 닿는 대로 그렇게 하려고 메모를 해놓았다. 의사는 안달을 부리거나 조급해하거나 흥분하는 법이 없었다. 그러나 그는 모든 것을 적어놓았고, 정기적으로 메모한 것을 찾아 읽었다. 그 중에 그가 아몬드 부인에게서 얻어낸 모리스 타운젠드에 관한 정보도 있었다.

"라비니아가 벌써 물어보러 왔었어요." 그녀가 말했다. "아주 흥분 상태더라고요. 전 이해가 안 가요. 그 젊은이가 흑심을 품은 사람이 라비니아는 아니잖아요. 라비니아는 정말 특이해요."

"엘리자베스." 의사가 대답했다. "지난 12년간 라비니아랑 살았는네 내가 그걸 모르겠니?"

"어쩜 그렇게 꾸며대기를 좋아하는지 모르겠어요." 아몬드 부인이 말했다. 그녀는 라비니아의 특이함을 오빠랑 토의할 기회가 있으면 늘 즐거워했다. "타운젠드 씨에 대해서 물어봤다고 오빠에게 이야기하지 않았으면 좋겠다고 하더라고요. 하지만 이야기하겠다고 했어요. 언제나 모든 걸 감추려고 한다니까요."

"그렇지만 또 어떨 때는 아주 불쑥 생뚱맞은 말을 뱉기도 하잖니. 라비니아는 회전 등대 같아. 눈부신 광휘와 칠흑 같은 어둠이 번갈아 나타난다니까! 그런데 뭐라고 이야기해 주었냐?" 의사가 물었다.

"오빠한테도 똑같은 이야기를 해야 할 것 같네요. 아는 게 거의 없어요."

"라비니아가 실망했겠다." 의사가 말했다. "그 친구가 낭만적인 범죄를 저질렀으면 좋아라 했을 텐데. 하지만 그렇게 생겨 먹은 걸 어떻게 하겠냐. 그 젊은이가 네 딸의 미래를 맡기려고 하는 아이의 사촌이라고 하더구나."

"아서는 아이가 아니에요. 얼마나 늙은이인데요. 우리는 그렇게 늙지 못할 걸요! 라비니아가 감싸는 그 친구는 먼 친척뻘이에요. 성은 같지만, 이런 타운젠드도 있고 저런 타운젠드도 있나 봐요. 아서의 어머니가 그렇게 이야기하더라고요. 그녀는 〈분파〉라고 하더라고요 ─ 방계, 직계, 열등한 분파 ─ 무슨 왕가나 되는 것처럼 말이에요. 아서네 집안이 행세하는 분파이고, 가엾은 라비니아의 젊은이는 그렇지 못한 거죠. 이 점을 빼면 아서의 어머니도 그에 대해서 아는 것이 거의 없어요. 그가 〈방탕〉했다는 막연한 이야기 정도? 하지만 그의 누나는 좀 안면이 있어요. 아주 참한 여자지요. 몽고메리 부인이라고 하는데, 재산이라고는 거의 없는, 아이가 다섯 딸린 과부예요. 2번가에 살고 있어요."

"몽고메리 부인은 그에 대해서 뭐라고 하더냐?"

"이름을 떨칠 수도 있는 재능이 있다고 하더라고요."

"그런데 게으르다 이거지?"

"그렇게 말하지는 않았어요."

"가문의 자존심이겠지." 의사가 말했다. "직업이 뭔데?"

"직업이 없어요. 할 일을 찾고 있대요. 한때 해군에 복무했다고 들은 것 같아요."

"한때? 나이는 몇인데?"

"30 가까이 된 것 같아요. 아주 어렸을 때 해군에 입대한 것 같아요. 아서가 그러는데 유산을 약간 물려받아서 제대를 했는데, 몇 년 안 되서 다 탕진했대요. 전 세계를 여행했고, 해외에서 살기도 하면서 즐기며 지냈나 봐요. 나름의 이론에 입각해 체계적으로 그렇게 한 것 같더라고요. 아서 말로는 진지하게 새로 시작하려는 의도로 미국으로 돌아온 지 얼마 안 되었다나 봐요."

"그럼 캐서린에 대해서도 진지한 거냐?"

"왜 믿기 어려운 일인 듯 그러시는지 모르겠네요." 아몬드 부인이 말했다. "오빠는 캐서린의 진가를 알아준 적이 없는 것 같아요. 걔가 연수 3만 달러의 상속녀라는 사실을 기억하셔야 해요."

의사는 누이를 잠시 바라보다 아주 가벼운 쓰라림의 기미를 드러내며 이렇게 말했다. "최소한 넌 내 딸의 가치를 평가해 주는구나."

아몬드 부인은 얼굴을 붉혔다.

"재산이 캐서린의 유일한 장점이라는 뜻은 아니에요. 재산이 큰 장점이라고 말하는 것뿐이에요. 아주 많은 젊은이들이 그렇게 생각한답니다. 내가 보기에 오빠는 그 점을 제대로 인식하는 것 같지 않아요. 언제나 캐서린이 결혼도 못 할 거라는 암시를 흘리시잖아요."

"나의 암시들은 너와 마찬가지로 애정의 표현이다. 엘리자베스." 의사가 솔직하게 속내를 털어놓았다. "많은 재산을 상속 받을 것임에도 캐서린에게 청혼자가 몇 명이나 있었냐? 얼마나 많은 관심의 대상이 되었냐고? 캐서린이 결혼을 못 할 거야 없겠지만, 결코 매력적인 아가씨는 아니야. 라비니아가 집에 남자가 찾아온 걸 갖고 기뻐서 어쩔 줄 모르는 것이 왜이겠냐. 이전에는 한 명도 없었기 때문이지. 예민하고 감상적인 라비니아가 이런 일에 익숙하지 않기 때문에 상상력이 과잉으로 작동하는 거라고. 뉴욕의 젊은이들이 돈을 밝히지 않는다는 점은 사줘야 할 것 같아. 너의 딸들같이 예쁘고 생기발랄한 아가씨들을 좋아하니 말이다. 캐서린은 예쁘지도 생기발랄하지도 않아."

"캐서린은 아주 잘하고 있어요. 자기 나름의 스타일이 있는 걸요. 스타일이라고는 없는 우리 메리언보다 낫지요." 아몬드 부인이 이렇게 말했다. "캐서린에게 구혼자가 없었던 것은 적령기 청년들보다 손위로 보이기 때문이랍니다. 체격이 큰 데다 화려한 옷을 입어서 젊은 청년들은 약간 겁을 먹는 것 같아요. 이미 결혼한 것처럼 보이기도 하죠. 젊은 청년들이 유부녀에 관심을 가질 리 있나요. 그리고 그 친구들이 돈을 밝히지 않는 것 같다면," 의사의 현명한 누이가 말을 이었다. "너무 일찍 결혼하기 때문이에요. 일반적으로 스물다섯 이전에 결혼하잖아요. 계산의 시기 이전 ― 순진하고 순수한 시기이지요. 조금만 더 기다리면 캐서린의 인기가 올라갈 거예요."

"계산속에 따라? 아주 고마운 말이구나." 의사가 말했다.

"40쯤 된 똑똑한 남자가 나타날 때까지 기다려 봐요. 캐서린을 보고 아주 좋아할 거예요." 아몬드 부인이 말을 이었다.

"타운젠드라는 젊은이는 그 정도로 나이 먹은 것은 아니란 말이냐? 그의 동기가 순수할 수도 있겠구나."

"순수할 가능성도 아주 커요. 동기가 순수하지 않을 거라고 단정하는 건 옳지 않아요. 라비니아는 순수하다고 확신하고 있고, 그리고 아주 매력적인 젊은이니까 좋은 쪽으로 생각해 주세요."

슬로퍼 씨는 잠시 생각에 잠겼다.

"그 친구 지금 어떻게 먹고 사냐?"

"모르겠어요. 누나 집에서 살고 있다고 했잖아요."

"아이 다섯 딸린 과부라고 했잖아? 누나한테 **얹혀**사는 거라는 거야?"

아몬드 부인은 갑갑하다는 듯 일어서 이렇게 말했다. "몽고메리 부인한테 직접 물어보는 게 낫지 않겠어요?"

"그 지경에 이를 수도 있을 것 같다." 의사가 말했다. "2번가라고 했지?" 그는 2번가라고 메모했다.

7

누이와는 심각하게 대화를 나누었지만, 그가 사태를 심각하게 받아들인 것은 결코 아니다. 사실 그는 이 모든 상황이 무엇보다도 재미있었다. 캐서린의 장래에 관해 마음이 산란하거나 잠을 못이룬 것은 전혀 아니라는 것이다. 오히려 상속녀인 딸이 처음으로 남자의 관심을 끌었다고 온 집안이 난리 법석을 떠는 것이 조롱거리가 될까 봐 경계하는 쪽이었다. 더 나아가, 그는 누이 라비니아가 영리한 타운젠드 씨를 주인공으로 내세운 이 작은 드라마를 ─ 이것이 드라마라면 ─ 여흥으로 즐겨야지라고 마음을 먹을 정도로 느긋했다. 그는 아직까지는 대단원의 막을 내리라고 강요할 의도가 없었다. 엘리자베스가 권했듯, 그 젊은이의 미심쩍은 부분에 대해서 좋은 쪽으로 생각할 용의도 얼마든지 있었다. 그래 봐야 큰 위험부담은 없었다. 스물두 살의 나이에 캐서린은 다소 나이들어 보이는 꽃다운 처녀였다. 힘을 주어 잡아당겨야 꺾일 꽃이라는 이야기이다. 모리스 타운젠드가 가난하다는 사실 이 반대의 이유가 되지는 않았다. 의사는 딸이 재력이 있는 사람과 결혼해야 한다고 마음먹은 것은 아니었다. 그녀가 물려받을 재산은 두 명의 분별 있는 사람을 먹여 살리기에 충분하다는 것이 그의 생각이었고, 빈털터리라 하더라도 괜찮은 남자라는 것을 보여주는 구혼자가 있다면 그의 개인적 자질로 평가를 할 용의가 있었다. 그것 외에 다른 이유도 있었다. 의사는 재산을 노리는 남자들이 그의 문전에 진을 친 적이 없는 만큼 금전적 동기가 있다고 속단하는 것은 통속적이라고 생각했다. 마지막으로, 그는 캐서린이 내면의 덕성만으로 진정한 사랑을 받을 수 있을지 정말 궁금했다. 가엾은 타운젠드 군이 겨우 집에 두 번 왔을 뿐이라는 점에 생각이 미치자 실소하지 않을 수 없었다. 그리고 페니먼 부인에게 다음에 그가 오면 저녁 식사에 초대해야 할 것이라고 말했다.

그는 곧 다시 찾아왔고, 페니먼 부인은 물론 아주 기쁘게 이 임무를 수행했다. 모리스 타운젠드는 언제나처럼 품위 있게 초대를 받아들였고, 며칠 후 저녁 식사를 하게 되었다. 의사는 젊은이만 초대해서는 안 된다고 스스로 다짐했는데, 그것이 사리에 맞았다. 혼자 초대하면 지나치게 장려하는 듯한 모양새가 될 것이기 때문이다. 그래서 두세 사람을 더 초대했다. 표면상으로는 그렇지 않았지만 만찬의 진정한 이유는 모리스 타운젠드였다. 그가 좋은 인상을 주려 한다고 생각할 만한 근거는 충분했다. 결과적으로 그렇게 하지 못했다면, 그가 상당한 지적 노력을 기울이지 않아서는 아니었다. 의사는 식사 중 그에게 거의 말을 걸지 않았지만 주의 깊게 관찰했고, 여자들이 자리를 뜬 동안 포도주를 권하며 여러 가지 질문을 했다. 모리스는 사양을 모르는 젊은이였고, 보르도산 적포도주가 고급이라는 사실에 충분히 고무되있다. 의사의 포도주는 훌륭했고, 포도주를 홀짝거리면서 모리스는 지하실을 가득 채우고 있는 좋은 술 — 지하실 가득 있는 것이 분명했다 — 이 장인(丈人)될 사람의 큰 매력이라는 생각을 했다고 독자에게 전해도 되지 않을까 싶다. 의사는 손님의 감식안에 깊은 인상을 받았다. 보통 젊은이가 아닌 것을 알 수 있었다. '재능은 있어.' 캐서린의 아버지가 생각했다. '확실히 재능은 있어. 쓰기로 마음만 먹는다면 머리도 아주 좋아, 그리고 보기 드물게 잘 빠졌어. 여자들이 좋아할 그런 체격이지. 하지만 마음에 들지는 않는군.' 그렇지만 의사는 이런 생각을 털어놓는 대신 외국을 화제로 삼아 손님들과 이야기를 나눴는데, 그의 관찰에 의하면 모리스는 그가 '소화'할 준비가 된 것보다 더 많은 정보를 쏟아 냈다. 슬로퍼 씨는 여행을 거의 하지 않았지만, 그의 말 많은 손님이 풀어내는 이야기를 다 믿지는 않기로 했다. 의사는 관상을 좀 본다고 자부했다. 젊은이가 여유 만만하게 담소를 나누고, 시가 연기를 내뿜으며 포도주 잔을 다시 채우는 동안, 의사는 아무 말 없이 그의 표정 풍부한, 빛나는 얼굴에 눈길을 고정했다. '악마보다도 더 뻔뻔하게 자신만만하군!' 의사의 생각이었다. '저런 배짱은 처음 보네. 그리고 이야기를 꾸며내는 재주는 기막힌걸. 아는 것은 많아. 내가 저 나이에는 저렇게 아는 것이 많지 않았는데. 머리가 좋다고 했던가? 그렇다고 해야 할 것 같군. 백포도주 한 병, 적포도주 한 병 반을 마시고도 조리가 있으니!'

저녁 식사를 마친 다음, 모리스 타운젠드는 붉은 공단 드레스를 입고 벽난로 앞에 서 있는 캐서린 쪽으로 다가갔다.

"그는 날 좋아하지 않아요. 조금도 좋아하지 않아요." 그가 말했다.

"누구 이야기예요?" 캐서린이 물었다.

"당신 아버지요. 비범한 분이네요."

"어떻게 알았어요." 캐서린이 얼굴을 붉히며 말했다.

"느낌이 그래요. 난 아주 예민하거든요."

"잘못 알았을 수도 있어요."

"아, 좋아요! 아버지께 여쭤 보세요, 그럼 알게 될 거예요."

"그렇게 말씀하실 거라면, 차라리 아버지께 여쭤 보지 않겠어요."

모리스는 짐짓 우울한 표정으로 그녀를 바라보았다.

"아버지의 뜻을 거역하는 것에서 기쁨을 느끼지는 않겠지요?"

"전 아버지의 뜻을 거역하지 않아요." 캐서린이 말했다.

"아버지가 날 욕하는 걸 듣고 변호하기 위해 입을 열지 않으실 건가요?"

"우리 아버지가 당신을 욕할 리 없어요. 잘 아시지도 못하는 걸요."

모리스 타운젠드는 크게 웃음을 터뜨렸고, 캐서린은 다시 얼굴을 붉혔다.

"아버지에게 당신 이야기를 하지 않을 거예요." 그녀는 당황한 마음을 감추기 위해 이렇게 말했다.

"그렇게 해요. 하지만 그건 내가 듣고 싶은 말이 아니에요. 나는 당신이 이렇게 말하면 좋겠어요. 〈아버지가 좋아하시지 않는 것이 무슨 상관이에요?〉"

"오, 상관이 있지요. 그렇게 말할 수 없어요." 캐서린이 외쳤다.

그는 살짝 미소를 띠고 그녀 쪽으로 눈길을 보냈다. 의사가 그때 그를 주시하고 있었다면 사교적으로 부드러운 그의 눈에서 섬세한 신경질이 스쳐 가는 것을 보았으리라. 하지만 그의 대답에는 이런 신경질이 — 호소력 있는 작은 한숨으로 표현된 것을 제외하면 — 전혀 배어 나오지 않았다. "아, 그래요. 아버님 마음을 돌려야겠다는 희망을 버려서는 안 되겠네요."

그날 저녁 늦게 그는 페니먼 부인에게 더 솔직한 심경을 피력했다. 그렇게 하기 전에 그는 캐서린의 소심한 청을 받아들여 노래를 두세 곡 불렀다. 이렇게 해서 그녀의 아버지의 마음을 돌릴 수 있겠거니 생각한 것은 아니었다. 그의 목소리는 부드럽고 밝은 테너였는데, 그가 노래를 마쳤을 때 모든 사람이 — 열중한 채 침묵을 지킨 캐서린을 제외하고 — 감탄사를 터뜨렸다. 페니먼 부인은 그가 노래하는 방식이 '너무나 예술적'이라고 선언했고, 슬로퍼 씨도 '마음을 끄는 — 아주 마음을 끄는 노래'라고 크고 분명하지만 건조한 어조로 말했다.

"그는 날 좋아하지 않아요 — 조금도 좋아하지 않아요." 모리스 타운젠드는 조카딸에게 말했던 것과 똑같은 방식으로 고모에게 말했다. "그는 내가 몽땅 틀렸다고 생각해요."

페니먼 부인은 조카딸과 달리 설명을 요구하지 않고 모든 것을 이해한다는 듯 상냥하게 미소를 지었다. 캐서린과 또 다른 점은 그의 말에 토를 달지 않았다는 것이다. "오, 그게 무슨 문제람?" 이렇게 부드럽게 속삭였을 따름이다.

"아, 고모님은 적절한 말씀을 하시네요!" 항상 적절한 말을 한다고 자부하는 페니먼 부인은 모리스의 말에 크게 흡족했다.

그의 누이 엘리자베스를 만났을 때 의사는 라비니아가 총애하는 젊은이를 만났다는 사실을 알려주었다.

"외관상," 그가 말했다. "보기 드물게 좋은 체격이야. 해부학자로서, 그렇게 아름다운 골격을 보는 것은 진짜 기분 좋은 일이지. 그런데 사람들이 모두 그 친구 같다면 의사들은 거의 필요 없겠더라."

"오빠는 사람들의 골격만 보세요?" 아몬드 부인이 대꾸했다. "아버지로서 그를 어떻게 생각하세요?"

"아버지로서? 하느님 맙소사. 난 그의 아버지가 아냐!"

"물론 아니죠. 하지만 캐서린의 아버지잖아요. 라비니아는 캐서린이 사랑에 빠졌대요."

"빠져나와야지. 그는 신사가 아냐."

"말조심하세요. 타운젠드 가문의 혈족이라는 걸 기억하셔야죠."

"그는 내가 말하는 바의 신사는 아냐. 그에게는 신사의 정신이라고는 없어. 환심을 사는 재주는 대단하지만, 상스러운 종류야. 나는 단숨에 꿰뚫어 보았지. 전체적으로 보아 그는 너무 친숙하게 굴어. 난 친한 척하는 걸 아주 싫어하지. 그럴 듯하게 멋이나 부리는 친구야."

"아, 그래요." 아몬드 부인이 말했다. "그렇게 쉽게 단정할 수 있으니 속편하시겠네요."

"쉽게 단정한 것이 아니란다. 30년간 관찰로 세월을 보낸 결과 이렇게 말할 수 있는 거야. 그런 판단을 하루 저녁에 할 수 있기 위해 나는 서재에서 평생을 보냈다."

"오빠의 판단이 아마 맞을 거예요. 하지만 문제는 캐서린이 그걸 볼 수 있냐는 거죠."

"볼 수 있도록 안경을 선물해 줘야지!" 의사가 말했다

8

사랑에 빠진 것이 사실이라면, 캐서린은 자신의 사랑에 대해 침묵을 지켰다. 그렇지만 의사는 그녀의 침묵의 의미심장함을 얼마든지 인정할 용의가 있었다. 그녀는 아버지에게 이야기하지 않겠노라고 모리스 타운젠드에게 말했고, 신중하겠노라 서약한 것을 철회할 이유가 없었던 것이다. 워싱턴 스퀘어의 저택에서 저녁 대접을 받고 난 다음 모리스가 감사의 뜻을 표하기 위해 찾아온 것은 예의를 차리기 위해서였지만, 이때 환대를 받은 그로서는 계속 워싱턴 스퀘어의 저택을 찾는 것이 지극히 당연하다는 생각이 들었다. 그는 여가 시간이 많았다. 30년 전의 뉴욕에서 백수인 젊은 이가 자신이 백수임을 잊을 수 있게 해주는 것을 마다할 리 없었다. 모리스의 방문이 급속히 그녀의 삶에서 가장 중요하고, 가장 몰두하는 일이 되었지만, 캐서린은 아버지에게 아무 말도 하지 않았다. 그녀는 행복했다. 아직까지는 어떤 결실을 맺을지 알 수는 없었다. 그러나 현재의 삶은 갑자기 풍요롭고 의미심장해졌다. 누가 그녀에게 사랑에 빠진 것이라고 이야기했다면, 그녀는 아마도 깜짝 놀랐으리라. 그녀는 사랑이 간절히 바라는 열정이라고 생각했다. 하지만 그즈음 그녀의 마음은 자기를 부정하고 희생하고자하는 충동으로 가득 찼다. 모리스 타운젠드가 집을 나서면, 그녀는 있는 힘을 다해 그가 곧 다시 오리라는 상상을 했다. 그래도 누군가 그 순간 그가 1년간 오지 않을 것이라고, 아니 이제는 다시오지 않을 것이라고 말했다면, 그녀는 불평하거나 반항하는 대신이런 운명을 겸허하게 받아들이고, 그를 볼 수 있었던 시간들, 그가 한 말들, 그의 목소리, 발자국 소리, 얼굴 표정을 생각하며 위로를 얻었으리라. 사랑은 어떤 것들을 권리로 요구하게 마련이다. 그러나 캐서린은 자신에게 권리가 있다는 생각을 하지 못했다. 그녀는 기대하지 않은 엄청난 선물들을 받았다고 느낄 뿐이었다. 이에 대한 감사의 마음 때문에 그녀는 소리를 죽였다. 자신의 비밀을 갖고 잔치 기분을 내는 것이 뭔가 뻔뻔하다는 생각이 들었기때문이다. 그녀의 아버지는 모리스 타운젠드의 방문을 눈치 챘고, 캐서린의 침묵을 눈여겨보았다. 그녀는 용서를 비는 것처럼 보였다. 그를 화나게 할까 봐 두려워 아무 말도 않는다고 말하고 싶은듯 늘 아무 말 없이 그를 주시했다. 그러나 그녀가 어떤 행동을 한들 이런 무언의 웅변보다 그를 더 화나게 하지는 않았으리라. 그는 몇 번씩 하나밖에 없는 자식이 바보 멍청이인 것이 통탄할 일이라고 중얼거리는 자신을 발견하곤 했다. 하지만 그의 중얼거림을 아무도 듣지 못했고, 얼마 동안 그는 누구에게도 한 마디 말도하지 않았다. 그는 모리스 타운젠드가 얼마나 자주 오는지 정확하

64

게 알고 싶었다. 하지만 당사자인 딸에게 질문을 하지 않기로 결심했다. 그가 그녀를 주시하고 있음을 드러내지 않기로 한 것이다. 의사는 대체로 공정하게 행동해야 한다는 확고한 신념을 가지고 있었다. 그는 딸의 자유를 제한하고 싶지 않았고, 위험이 입증되었을 때에야 비로소 개입할 작정이었다. 정보를 간접적으로 얻는 것이 그의 방식이 아닌지라, 하인들에게 물어볼 생각은 하지도 않았다. 라비니아와 이 문제를 놓고 이야기하기는 정말 싫었다. 그녀가 낭만적인 포즈를 취하는 것도 그의 짜증을 돋우었다. 하지만 그렇게 하지 않을 수 없었다. 조카딸과 영리한 젊은 방문객의 관계에 관한 페니먼 부인의 확신은 ― 이 젊은이는 체면치레로 고모와 조카딸 둘 다를 만나러 온다고 천명했지만 ― 더 농익고 풍요로운 단계로 접어들었다. 이런 상황에 임하는 페니먼 부인의 태도는 직접적인 것과 거리가 있었다. 그녀는 캐서린만큼 말이 없었다. 그녀는 은폐의 달콤함을 맛보았고, 신비주의 노선을 취했다. '박해를 당한다는 생각이 들면 좋아 어쩔 줄 모를걸.' 의사가 생각했다. 그리고 드디어 누이동생을 심문하기로 했을 때, 그녀가 그의 말에서 박해를 받는다는 믿음의 빌미를 찾아 낼 것이라는 데 의심의 여지가 없었다.

"이 집에서 일어나는 일을 내게 알려주면 고맙겠다." 주어진 상황을 고려한다면 스스로 생각해도 꽤 온화한 어조로 그는 누이에게 말했다.

"일어나는 일이라니요, 오빠?" 페니먼 부인이 되받았다. "정말이지 무슨 말씀인지 도통 모르겠네요. 어젯밤 늙은 회색 고양이가 새끼를 낳았어요."

"그 나이에 새끼를 낳다니?" 의사가 말했다. "놀랍구나 ─ 거의 엽기적이다. 새끼들을 다 물에 빠뜨려 죽이라고 시키도록 해라. 그것 말고 무슨 일이 있었니?"

"오, 새끼 고양이들이 얼마나 귀여운데요!" 페니먼 부인이 소리 쳤다. "절대로 물에 빠뜨려 죽게 놔두지는 않겠어요!"

그녀의 오빠는 아무 말 없이 잠시 시가를 피우다 말을 이었다. "라비니아, 네가 고양이 같아서 새끼 고양이들을 동정하는 거다."

"고양이가 얼마나 우아하고, 또 얼마나 깨끗한데요." 페니먼 부 인이 미소를 띠며 말했다.

"그리고 비밀이 많지. 너는 우아함과 단정함의 화신이지만, 솔 직함은 부족해."

"물론 오빠는 그렇지 않으시죠."

"난 단정하려고 노력하지만 우아한 척은 하지 않는다. 왜 모리 스 타운젠드가 1주일에 네 번이나 집에 온다는 사실을 말하지 않 은 거냐?"

페니먼 부인이 눈썹을 치켜떴다. "1주일에 네 번이라고요?"

"그럼 세 번이라고 하자. 다섯 번이라고 하면 그것도 좋아. 낮 시간에 내가 집에 없으니 알 수가 없지. 그러나 이런 일이 일어나 고 있으면 내게 알려줘야 마땅한 것 아니냐."

페니먼 부인은 아직도 눈썹을 치켜뜬 채 열심히 생각을 하다 이 윽고 말을 꺼냈다. "오빠, 절 믿고 비밀 이야기 한 것을 털어놓을 수는 없어요. 차라리 어떤 고통이라도 달게 받겠어요."

"걱정 붙들어 매라, 네게 고통을 줄 생각은 없단다. 그런데 네가 말하는 비밀 이야기가 누구의 것이냐? 캐서린이 영원히 비밀을 지키겠다는 서약이라도 하라고 하든?"

"천만에요. 캐서린은 마땅히 할 말도 하지 않은 걸요. 제게 속내를 드러내지 않아요."

"그럼 연애의 비밀을 털어놓은 것은 그 젊은이군. 젊은 사내와 비밀리에 결연을 맺는 것은 매우 분별없는 일이라고 해야 할 것 같구나. 어디로 널 유인할지 모를 일이란다."

"결연이라니 무슨 말씀인지 모르겠네요." 페니먼 부인이 말했다. "저는 타운젠드에게 아주 관심이 많아요. 그걸 부정하지는 않겠어요. 하지만 그게 전부예요."

"현재의 상황에서는 그것으로 충분하다. 타운젠드에 대한 네 관심의 원천이 뭐냐?"

"글쎄요." 페니먼 부인은 생각에 잠겼다가 미소를 띠었다. "아주 흥미로운 젊은이거든요?"

의사는 인내심을 발휘할 필요를 느꼈다. "무엇 때문에 그가 흥미로운데 — 잘생겨서?"

"그의 불행 때문이에요, 오빠."

"아, 그가 불행을 당했나 보지? 그건 언제나 흥미를 자아내지. 타운젠드의 불행을 몇 가지 알려줄 수 있는 입장이냐?"

"타운젠드가 좋아할지 모르겠어요." 페니먼 부인이 말했다. "자신에 관해 아주 많은 이야기를 털어 놓았어요 — 사실 전 생애를 서술한 셈이지요. 하지만 그걸 전해서는 안 될 것 같아요. 오빠가 친절히게 들어줄 것이라고 생각했다면, 오빠에게 이야기했을 거라고 생각해요. 친절하게만 대하면 무슨 일이든 하도록 할 수 있는 사람이랍니다."

의사는 웃음을 터뜨렸다. "그럼 아주 친절하게 캐서린을 내버려 두라고 말해야겠구나."

"아!" 페니먼 부인은 새끼손가락을 젖히고 오빠를 향해 집게손가락을 흔들며 말했다. "캐서린은 그에게 아마 그것보다는 더 친절하게 말했을 걸요!"

"그를 사랑한다고 하든? 그런 뜻이야?"

페니먼 부인은 마루에 눈을 고정시켰다. "오빠. 캐서린이 내게 속내를 털어놓지 않는다고 말했잖아요."

"어쨌든 네 의견은 있을 거 아니냐. 내가 묻는 건 그거야. 물론 네 의견을 결정적인 것으로 간주하지 않을 것임을 미리 밝혀 둔다."

페니먼 부인의 시선은 계속 카펫 위에 고정되었다. 이윽고 그녀가 고개를 들었을 때 그는 그녀가 의미심장한 눈빛을 띠었다고 생각했다. "캐서린이 매우 행복하다는 것이 제 생각이에요. 제가 할수 있는 말은 그게 전부예요."

"타운젠드가 결혼하자고 하는 거지? 그 말을 하려고 하는 거냐?"

"캐서린에게 관심이 많아요."

"아주 매력적인 아가씨라고 생각하는 거겠지?"

"캐서린은 아주 사랑스런 성품을 가졌어요, 오빠," 페니먼 부인이 말했다. "그리고 타운젠드는 그걸 알아낼 만큼 똑똑한 거지요."

"너의 도움으로 말이지. 나의 사랑하는 누이야." 의사가 큰 소리로 말했다. "너 진짜 장한 고모로구나!"

"타운젠드도 그렇게 말하던데요." 라비니아가 미소를 띠면서 말했다.

"그가 진심이라고 생각하니?" 그녀의 오빠가 물었다.

"그렇게 말한 것이 진심이냐고요?"

"아니, 그건 당연하지. 캐서린을 사랑하는 마음이 진심이냐고?"

"마음 속 깊이 진심이지요. 캐서린을 높이 평가하는, 아주 매력적인 말을 많이 했어요. 그의 말에 다정하게 귀를 기울인다고 생각하면 오빠에게도 이야기할 거예요."

"그렇게 할 수 있을지 모르겠다. 다정함이 다량으로 필요한 친구인 모양이군."

"그는 마음이 따뜻하고 예민하답니다." 페니먼 부인이 말했다.

그녀의 오빠는 아무 말 없이 시가 연기를 뿜었다. "그가 겪은 우여곡절에도 불구하고 그런 미묘한 자질들이 남아 있나 보지? 그가 겪은 불행에 대해서는 아직 이야기하지 않았다."

"이야기하자면 길어요." 페니먼 부인이 말했다. "그리고 절 믿고 털어놓은 이야기를 신성한 위탁으로 생각한답니다. 하지만 그가 한때 허랑방탕하게 세월을 보냈다는 말을 해서 안 될 것은 없겠네요. 그 점을 솔직히 시인했어요. 대가를 지불한 것도요."

"그래서 빈털터리가 된 건가?"

"단지 돈 이야기는 아니에요. 그는 세상 천지에 혼자랍니다."

"하도 고약하게 굴어서 친구들이 포기했다는 뜻이냐?"

"그를 속이고 배반한 거짓된 친구들이 있었어요."

"좋은 친구들도 있었던 것 같은데? 헌신적인 누나와 조카가 반 다스는 있는 것 같더라."

페니먼 부인은 잠시 침묵했다. "조카는 아이들이고, 누나는 그 렇게 매력적인 사람이 아니에요."

"그 친구가 너한테 누나 험담을 하지 않았기를 빈다." 의사가 말했다. "누나한테 얹혀산다고 들었거든."

"얹혀산다고요?"

"누나랑 같이 사는데 직업은 없다니까, 그게 그 말이지."

"아주 열심히 일자리를 찾고 있어요." 페니먼 부인이 말했다. "매일 일자리를 찾기를 고대한답니다."

"바로 그거야. 일자리를 여기서 찾고 있는 거다 — 저기 응접실 에서 말이야. 재산은 많고 머리가 나쁜 여자의 남편 자리가 그의 마음에 딱 맞는 거겠지."

페니먼 부인은 진짜 온화한 성품이지만, 성질이 나기 시작한 기 미를 보였다. 그녀는 벌떡 일어나 잠시 오빠를 바라보며 서 있었 다. "오빠," 그녀가 말했다. "캐서린을 머리가 나쁜 여자로 생각한 다면 아주 잘못 아신 거예요." 그녀는 이렇게 위엄 있게 말하고 사 라졌다.

9

워싱턴 스퀘어에 사는 가족은 일요일 저녁을 언제나 아몬드 부인의 집에 가서 보냈다. 내가 방금 서술한 대화가 오간 일요일 날도 어김없이 그렇게 했다. 저녁이 중반에 접어들었을 때 슬로퍼 씨는 서재에서 매제와 단둘이 사무적인 문제를 상의하기 위해 한 20분 자리를 비웠다. 그가 아몬드 가족의 친지들로 왁자지껄한 거실로 돌아왔을 때 모리스 타운젠드가 들어와 지체 없이 캐서린 옆의 작은 소파에 앉는 것을 보았다. 여러 그룹으로 무리 지어 앉아, 목소리와 웃음소리가 떠들썩하게 울리는 큰 방에서, 이 두 젊은이는 주의를 끌지 않고, 우리의 의사 선생이 혼자 떠올린 표현에 의하면, '담소'를 나누고 있었다. 하지만 그는 즉각 캐서린이 애처로울 정도로 아버지의 관찰을 의식하고 있음을 알아차렸다. 그녀는 얼굴이 빨갛게 달아오른 채, 눈을 내리깔고 펼쳐 놓은 부채를 뚫어져라 바라보면서, 스스로 유죄라고 고백함으로써 무분별의 과오를 최소화하려는 듯 몸을 움츠리고 꼼짝 안 하고 앉아 있었다.

의사는 동정심이 생길 지경이었다. 가엾은 캐서린은 반항적이지 않았다. 그녀는 허세를 부릴 재주가 없었고, 타운젠드가 그녀에게 보이는 관심에 아버지가 반대하는 눈길을 보낸다고 느끼자 아버지의 권위에 도전하는 것처럼 보이는 우연이 불편할 따름이었다. 우리의 의사 선생은 정말이지 너무 딱한 마음이 들어 그녀가 자의식을 갖지 않도록 등을 돌렸다. 그리고 너무나 영리한 사람인지라 머릿속으로는 그녀의 상황에 일종의 시적 정의를 부여했다.

'평범하고 굼뜬 저 아이에게 잘생긴 젊은 사내가 다가와 옆자리에 앉아서, 나는 당신의 노예예요라고 속삭이는 건 — 저놈이 그렇게 속삭인다면 — 기분 좋은 일임에 틀림없어. 캐서린이 그걸 좋아하는 게 당연해. 그리고 날 잔인한 폭군 정도로 생각하겠지. 물론 그렇게 생각하지. 다만 겁이 나서 그런 생각을 한다는 생각을 못할 따름이야. 우리 딸은 그런 기백이 없어. 가엾은 우리 캐서린!' 의사는 생각에 잠겼다. '타운젠드라는 놈이 날 헐뜯으면 정말이지 캐서린이 날 변호하고 나설 수도 있다는 생각이 드네!'

순간 이런 생각이 그를 사로잡아 그의 관점과 남자에 혹한 딸의 관점의 자연스러운 대립을 실감하게 되자, 그는 자신이 사태를 너무 심각하게 받아들인 것일 수도 있다. 다치기 전에 소리부터 지르는 격이다라고 중얼거렸다. 모리스 타운젠드 쪽의 이야기를 들어보기 전에 비난부터 하는 것은 안 될 일이었다. 그는 사태를 심각하게 받아들이는 것을 아주 싫어했다. 그는 삶에서 불편함의 태반이 그리고 많은 실망이 그로부터 연원한다고 생각했다. 그리고 잠깐 이 영리한 젊은이 — 모순을 날카롭게 인식할 수 있는 젊은이에게 자신이 우스꽝스럽게 비치지 않을까 자문했다. 15분쯤 지나 캐서린이 그의 곁을 떠나자 타운젠드는 이제 벽난로 옆에 서서 아몬드 부인과 담소를 나눴다.

'저 친구를 다시 시험해 보자.' 의사의 생각이었다. 그리고 그는 방을 가로질러 그의 누이와 타운젠드에게 다가가 그녀에게 자리를 비켜 달라고 눈짓을 했고, 얼마 있다가 그녀가 자리를 떴다. 모리스는 미소를 띤 채 붙임성 있게 그의 눈길을 마주했다.

'놀라울 정도로 자신만만한 작자로군!' 이런 생각을 하면서 의사는 큰 소리로 말했다. "자네에게 걸맞는 직장을 찾고 있다고 들었네."

"아, '걸맞는'이라는 형용사를 붙일 수는 없을 것 같습니다." 모리스가 대답했다. "걸맞는 직장은 너무 멋있게 들리네요. 저는 그냥 조용한 일자리를 원할 뿐이에요 — 정직하게 일해서 돈을 벌고 싶습니다."

"어떤 종류의 일을 하고 싶은가?"

"제가 무슨 일을 할 수 있나 물으시는 건가요? 유감이지만 거의 없어요. 흔히들 이야기하듯 튼튼한 두 팔을 빼고는 아무 것도 없어요."

"너무 겸양을 부리는군." 의사가 말했다. "두 팔에 덧붙여 영민한 머리가 있지 않은가? 내가 본 것 말고는 자네에 대해 아는 것이 없네만, 관상을 보니 아주 머리가 좋겠는데."

"아," 타운젠드가 속삭이듯 말했다. "그렇게 말씀하시면 어떻게 대답해야 할지 모르겠습니다. 그럼 절망하지 말라고 충고하시는 건가요?"

그리고 그는 이 질문이 이중의 의미를 갖고 있는 양 대화 상대를 쳐다보았다. 의사는 그 눈길의 의미를 읽고 대답을 하기 전에 그 의미를 재보았다. "심신이 건강한 젊은이가 절망할 수 있다고 인정한다는 건 유감스러운 일이지. 한 가지 일에서 성공하지 못한다면 다른 일을 해보면 되지 않겠나. 다만 진로를 신중하게 선택해야 한다고 덧붙이고 싶네."

"아 네, 신중해야지요." 모리스 타운젠드가 동감이라는 듯 맞장구쳤다. "저로 말하자면 과거에는 신중하지 못했어요. 하지만 지나간 일입니다. 이제는 완전히 마음을 잡았어요." 그리고 그는 눈에 띄게 단정한 그의 구두를 내려다보며 잠시 서 있다가 이렇게 말했다. "저를 위해 뭔가를 제안하려는 친절한 의도를 갖고 계신 건가요?" 눈길을 든 그는 미소를 지으며 물었다.

'망할 놈, 뻔뻔하기는!' 의사는 속으로 외쳤다. 그러나 따지고 보면 그가 먼저 이 민감한 문제를 건드렸고, 그의 말이 도움을 주겠다는 뜻으로 받아들여질 수 있다는 생각이 스치고 지나갔다. "구체적인 제안이 있는 것은 아니네." 그는 곧 이렇게 말했다. "하지만 내가 자네를 염두에 두고 있다는 걸 알려줘야겠다는 생각이 들어서 한 말이네. 때로는 좋은 일자리가 있다는 이야기를 듣기도 하거든. 예컨대, 뉴욕을 떠나는 것 — 좀 먼 곳으로 가는 것도 괜찮은가?"

"그렇게 할 수는 없을 것 같습니다. 저는 다른 곳 말고 여기에서 제 운을 시험해 봐야 합니다." 그리고 모리스 타운젠드가 이렇게 덧붙였다. "제가 책임져야 할 가족이 여기 삽니다. 과부인 누나가 하나 있어요. 오래 떨어져 있었는데, 누나에게는 제가 거의 유일한 피붙이지요. 누나 곁을 떠나야 한다고 말해야 하는 상황은 피하고 싶습니다. 아시겠지만, 누나는 저를 많이 의지하거든요."

"아, 아주 잘하는 일일세. 마땅히 가족 간의 유대가 우선이지." 슬로퍼 씨가 말했다. "뉴욕 시에는 그런 유대가 부족하다는 생각을 종종 한다네. 자네 누나에 대해서 들은 적이 있는 것 같군."

"그럴 수도 있겠지만 아마 아닐 거예요. 아주 조용하게 지내거든요."

"자네 말은," 의사가 짧게 웃으며 말을 이었다. "어린 자녀들이 네댓 되는 부인이 조용하게 지낼 수 있을 만큼 조용하게라는 거겠지."

"아, 제 어린 조카들 말씀이시군요 ─ 그게 중요한 점입니다! 제가 아이들 양육을 돕고 있거든요." 모리스 타운젠드가 말했다. "저는 아마추어 가정교사로 아이들을 가르친답니다."

"아까도 말했지만, 아주 잘하는 일일세. 하지만 직업이라고 할 수는 없지."

"그걸로 한 재산 모을 수는 없겠지요." 젊은이가 실토했다.

"재산에 너무 목매서는 안 된다네." 의사가 말했다. "그렇지만 자네를 마음에 두고 있겠다고 약속하지. 자네를 시야에서 놓치지 않겠네."

"상황이 절박해지면 아마 제가 실례를 무릅쓰고 기억을 상기시켜 드릴 수도 있습니다." 의사가 몸을 돌리자 밝은 미소를 띤 모리스가 목소리를 약간 높이면서 대꾸했다.

누이의 집을 나서기 전에 의사는 그녀와 몇 마디 나눴다. "그의 누나를 만나야겠다. 이름이 뭐라고 했더라 ― 몽고메리 부인? 그녀와 이야기를 좀 나누고 싶구나."

"제가 한번 자리를 마련해 볼게요." 아몬드 부인이 대답했다. "빨리 기회를 봐서 초대하죠. 그럼 오셔서 만나 보세요. 물론," 그녀가 덧붙였다. "그녀가 먼저 머리를 써서 아프다고 왕진을 청하지 않는다면 말이에요."

"아, 그래서는 안 되지. 아픈 일이 없어도 힘든 일이 많을 텐데. 하지만 그것도 이점이 있겠다. 애들을 볼 수 있을 테니까 말이다. 나는 애들이 아주 보고 싶단다."

"오빠는 정말 철저하세요. 삼촌에 대해 아이들에게 질문 공세를 펴고 싶으신가요?"

"바로 그거지. 삼촌이 아이들 교육을 담당해서 수업료로 나갈 돈을 아껴 주고 있다고 하더라. 난 아이들에게 좀 더 평범한 질문을 몇 가지 하고 싶다."

"정말이지 선생 감은 아니에요." 모리스 타운젠드가 구석진 곳에 앉아 있는 조카딸에게 몸을 굽히는 것을 지켜본 아몬드 부인이 잠시 후 말했다.

그리고 사실 그 순간 젊은이가 하는 말에 교사다운 데는 전혀 없었다.

"내일이나 모레 어디서 날 만나 주겠어요?" 그가 낮은 목소리로 캐서린에게 말했다.

"당신을 만나요?" 겁먹은 눈을 치뜨며 그녀가 되물었다.

"당신에게 특별히, 아주 특별히 할 말이 있어요."

"우리 집으로 오면 안 되나요? 우리 집에서 말할 수 없나요?"

타운젠드는 침울하게 고개를 저었다. "당신의 집 문지방을 다시 넘을 수 없어요."

"타운젠드 씨!" 캐서린이 속삭였다. 그녀는 무슨 일이 일어났구나 — 아버지가 오지 말라고 한 것은 아닌가 — 하는 생각에 몸을 떨었다.

"자존심 때문에 당신 집 출입을 할 수 없어요." 젊은이가 말했다. "당신 아버지가 날 모욕했어요."

"당신을 모욕했다고요?"

"내가 가난하다고 조롱했어요."

"오, 잘못 안 거예요. 아버지를 오해한 거예요." 캐서린은 의자에서 일어나면서 힘주어 말했다.

"내가 너무 자존심이 강해서, 너무 예민하게 받아들였을 수는 있어요. 그렇지만 내가 그런 사람이 아니기를 원하는 것은 아니겠지요?" 그는 부드러운 목소리로 물었다.

"아버지와 관계되는 일이라면, 그렇게 단정해서는 안 돼요. 아버지는 너무 좋은 분이세요." 캐서린이 말했다.

"직장이 없다고 날 비웃었어요. 그의 조롱을 난 가만히 받아들였어요. 당신의 아버지가 아니었다면 어림도 없는 일이죠."

"전 몰라요." 캐서린이 말했다. "아버지가 무슨 생각을 하시는지 몰라요. 좋은 마음으로 그러신 걸 거예요. 너무 자존심을 세우지 마세요."

"나는 당신을 위해서만 자존심을 세울 거요." 모리스가 대답했다. "오후에 공원에서 만나 줄래요?"

벌겋게 달아오른 얼굴이 내가 방금 인용한 진술에 대한 캐서린의 대답이었다. 그녀는 그의 질문에 대답할 생각을 않고 몸을 돌렸다.

"날 만나 줄래요?" 그가 질문을 반복했다. "그곳은 아주 조용해요 — 어스름 저녁 무렵에는 아무도 우리를 보지 못할 거예요."

"나쁜 건 당신이에요. 그런 말을 하면서 날 비웃는 거잖아요."

"내 사랑!" 젊은이가 속삭였다.

"내게는 내세울 게 없다는 걸 알잖아요. 난 못생기고 멍청해요."

그녀의 말에 모리스는 열정적인 속삭임으로 응대했는데, 그녀가 그의 가장 소중한 사람이라는 확신을 빼고는 아무 것도 알아들을 수 없었다.

그러나 그녀는 계속 말을 이었다. "난 — 난 못해요—" 그녀가 잠시 말을 멈췄다.

"당신이 뭘 못해요?"

"난 용감하지도 못해요."

"아, 당신이 겁을 내면, 우린 어떻게 해요?"

그녀는 잠시 망설이다 드디어 말했다. "당신이 우리 집으로 와야 해요." 그녀가 말했다. "그건 겁나지 않아요."

"난 공원에서 만났으면 좋겠는데." 모리스가 우겼다. "텅 비어 있을 때가 많거든요. 아무도 우리를 보지 못할 거예요."

"누가 봐도 상관없어요. 하지만 이제는 가세요."

그는 체념한 듯 그녀의 곁을 떠났다. 그가 원하는 답을 얻은 셈이었다. 돌연 용기를 낸 이 가엾은 아가씨가 30분 후 아버지와 함께 집으로 돌아가는 길에 다시 떨기 시작했음을 그는 다행히 알지 못했다. 아버지는 아무 말도 하지 않았지만, 그녀는 그의 눈이 어둠 속에서 자신을 주시한다는 생각을 떨쳐 버릴 수 없었다. 페니먼 부인도 말이 없었다. 그녀의 조카가, 낭만과는 거리가 멀게, 낙엽으로 덮인 분수대 옆에서 알콩달콩한 밀회를 하는 대신 사라사 무명으로 의자에 덮개를 씌운 응접실에서 만나는 쪽을 택했다고 모리스 타운젠드로부터 전해들은 것이다. 그녀는 그런 선택이 이상하다 못해 비정상적으로 느껴져 골똘히 생각에 잠겼다.

10

캐서린은 그 다음날 자신이 선택한 장소 — 50년 전 뉴욕에서 유행한 조촐한 가구로 실내 장식한 응접실 — 에서 그 젊은이를 맞이했다. 모리스는 자존심을 죽이고, 그를 업신여기는 그녀의 아버지의 집 문지방을 넘는 데 필요한 노력을 기울였다. 이렇게 도량이 넓게 행동하는 그가 몇 배는 더 멋있어 보이지 않을 수 없었다.

"우리는 결말을 지어야 합니다. 입장을 정해야 해요." 손가락으로 머리카락을 쓸어내리며 그가 선언했다. 그는 두 개의 창문 사이의 공간을 장식하는 길고 좁은 거울로 눈길을 주었다. 거울의 받침대는 하얀 대리석 석판으로 덧댄 금박한 선반이었는데, 초록빛이 도는 금박 글씨로 '영국사'라고 새겨진 2절판 책 두 권 모양으로 접혀 있는 서양 주사위 판이 이를 지탱하고 있었다. 모리스가 기분 내키는 대로 집주인을 냉혹한 조롱꾼으로 묘사했다면, 이는 그가 너무 경계심을 드러낸다고 생각했기 때문이고, 그리고 이것이 자신의 불만을 표현하는 가장 쉬운 방법이었기 때문이다. 물론 그는 이런 불만을 의사가 눈치 채지 못하도록 주의했다. 하지만 독자는 의사가 지나치게 경계심을 드러낸 것이 아니었고, 두 젊은 남녀들이 제멋대로 행동해도 되는 상황이었다고 생각할 것이다. 이제 이들은 상당히 친밀해졌고, 우리의 여주인공은 수줍음이 많고 사교적이지 않은 사람치고 넘치게 애정 표현을 했다. 모리스 타운젠드는 며칠 만에 그녀가 듣게 되리라 생각도 못한 달콤한 말에 귀를 기울이도록 만들었다. 어려움을 생생하게 예감했기 때문에, 그는 현재 이 순간 최대한 유리한 고지를 점하고자 했다. 그는 행운의 여신이 용감한 자를 편애한다는 사실을 기억했고, 그가 이 사실을 잊었다 하더라도 페니먼 부인이 그를 대신해 상기해 주었으리라. 페니먼 부인은 드라마의 모든 면모를 좋아했고, 그녀는 우쭐한 마음에 이제 공연을 시작할 때라고 다짐했다. 연극 프롬프터의 열성과 관객의 조바심을 결합한 그녀는 오래 전부터 막을 올리기 위해 전력을 다했다. 그녀 또한 무대에 — 연인들의 이야기를 들어주는 사람으로, 희랍극의 코러스로, 대단원을 장식하는 배우로 — 설 기대에 부풀었다. 그녀와 남주인공 사이에 당연히 벌어질 극적인 장면들을 그려내느라 우리의 수수한 여주인공을 잊어버리는 순간들이 있었다고 해야 할 것 같다.

모리스는 드디어 캐서린에게 사랑한다고, 아니, 흠모한다고 단도직입적으로 말했다. 사실 이미 그렇게 말한 것이나 다름없었다. 그가 계속 찾아온 것이 이 점을 웅변적으로 암시했다. 그렇지만 이제 그는 그의 사랑을 연인의 언약으로 맹세했고, 이를 기념하기 위한 징표로 캐서린의 허리를 감싸 안고 키스했다. 사랑의 행복한 확신은 캐서린이 예상한 것보다 빨리 왔다. 그녀는 아주 당연히 이를 대단히 귀중한 보물로 여겼다. 그녀가 그의 사랑을 얻을 수 있다고 기대했는지도 확실치 않았다. 그녀는 그것을 기다리지 않았고, 시간이 지나면 그것이 오리라고 스스로에게 말한 적도 없었다. 내가 설명하려고 애썼듯이, 그녀는 간절히 바라지도 요구하지도 않았다. 그녀는 하루하루 주어진 것을 받아들였다. 그리고 연인의 방문이라는 즐거운 관행이 갑자기 끝이 난다 하더라도 — 그의 방문은 자신감과 소심함을 역설적으로 결합한 행복을 안겨 주었다 — 그녀는 버림받았다고 생각하지 않을 뿐 아니라 실망하지도 않았으리라. 지난번 둘이 같이 있을 때, 농익은 사랑의 표시로 모리스가 키스하고 난 다음, 그녀는 그에게 가라고, 생각할 수 있게 혼자 놔두라고 간청했다. 모리스는 다시 한 번 키스를 훔치고 갔다. 그녀는 아주 오래 그의 키스를 입술과 뺨에서 느꼈다. 그 감각은 생각에 도움이 되기보다는 방해가 되었다. 그녀는 상황을 분명하게 앞에 놓고 보고 싶었다. 걱정이 되듯, 아버지가 모리스 타운젠드와 교제하는 것을 반대한다고 말하면 어떻게 해야 할지 결정을 해야 하기 때문이다. 그러나 그를 좋아하지 않을 수 있다는 것이 굉장히 이상하다는 사실만 분명해질 뿐이었다. 그렇다면 어떤 실수가 있었거나 뭔가 오해가 있음에 틀림없어. 얼마 지나면 해결이 될 거야. 그녀는 결정과 선택을 미뤘다. 아버지와 갈등을 겪는 광경을 마음속에 그려보면서 그녀는 눈을 내리깔고 꼼짝 않고 앉아서 숨을 죽이고 기다렸다. 그녀의 가슴이 두방망이질 쳤다 — 너무 고통스러웠다. 모리스가 키스를 하면서 속삭이는 말들도 그녀의 가슴을 뛰게 만들었지만, 고통과는 거리가 멀었다. 그녀는 겁이 났다. 그럼에도 오늘 그가 결말을 짓자고, 방침을 정하자고 말했을 때, 그녀는 그렇게 하는 것이 옳다고 생각했다. 그녀는 주저하지 않고 아주 단순하게 대답했다.

"우리의 의무를 해야 해요." 그녀가 말했다. "아버지께 말씀드려야지요. 오늘 밤 말씀을 드릴 테니 당신은 내일 말씀드리도록 하세요."

"당신이 앞장서겠다는 배려가 고맙군요." 모리스가 대답했다. "대개는 남자 쪽에서 ― 행복감에 충만한 연인이 청혼을 하는 게 순서인데. 좋은 대로 해요."

캐서린은 그를 위해 용감할 수 있다고 생각하니 기뻤다. 그 생각에 만족해서 그녀는 약간 미소를 띠기조차 했다. "여자가 더 요령이 있잖아요." 그녀가 말했다. "여자들이 먼저 하는 게 맞아요. 분위기를 부드럽게 해서 더 잘 설득할 수 있거든요."

"당신이 갖고 있는 설득의 힘을 총동원해야 할 거요. 하지만," 모리스가 덧붙였다. "당신에게는 저항할 수 없는 매력이 있으니까."

"그런 식으로 말하지 말아요. 그리고 이걸 약속해 줘요. 내일 우리 아버지에게 이야기할 때 아주 예의바르게, 정중하게 해줘요."

"최대한 그렇게 하겠소." 모리스가 약속했다. "별 소용은 없겠지만 노력할 거요. 난 정말이지 당신을 얻기 위해 싸워야 하는 상황까지 가지 않으면 좋겠어요."

"싸운다는 이야기는 하지 말아요. 우리는 싸우지 않을 거예요."

"아, 마음의 준비는 해야 할 거요." 모리스가 대꾸했다. "제일 힘든 사람이 당신일 테니까 특별히 마음을 단단히 먹도록 해요. 아버님이 맨 처음 하실 말씀이 뭔지 알아요?"

"몰라요, 모리스. 말해 줘요."

"날 용병 취급하실 거요."

"용병이요?"

"고급 단어 같지만, 의미는 저급해요. 내가 당신 돈을 노린다는 뜻이에요."

"어머!" 캐서린이 낮게 중얼거렸다.

이 감탄사는 너무 자기 비하적이고 애처로워서 모리스는 다시 한 번 애정을 표현했다. "하지만 분명 그 말씀을 하실 걸요." 그가 덧붙였다.

"그건 대비하기 어렵지 않아요." 캐서린이 말했다. "아버지가 잘못 아셨다고 말씀드리기만 하면 되니까요. 다른 사람은 그럴지 모르지만 당신은 아니라고요."

"그 점을 특별히 강조해야 할 거요. 아버지께서 그 점을 특별히 강조하실 테니까요."

캐서린은 그녀의 연인을 물끄러미 쳐다보다가 말했다. "내가 아버지를 설득할게요. 어쨌든 난 우리가 돈 걱정을 안 해도 되는 상황이라 좋아요." 그녀가 덧붙였다.

모리스는 몸을 돌려 중절모자의 춤을 들여다보았다. "아니, 그건 불행이요." 잠시 후 그가 말했다. "그것이 우리가 겪는 어려움이 원천이니까요."

"글쎄, 그것이 최대의 어려움이라면 우리는 불행한 것이 아니에요. 대부분의 사람들은 돈이 있는 걸 나쁘다고 생각하지 않을 걸요. 내가 아버지를 설득하고 나면, 돈이 있어서 다행이라고 생각하게 될 거예요."

모리스 타운젠드는 이런 견고한 논리에 말없이 귀를 기울였다. "내 변호를 당신에게 맡길게요. 나 자신을 변호해야 하면 비굴한 느낌이 들지 않을 수 없을 테니까요."

이번에는 캐서린이 한동안 말이 없었다. 그가 아주 뚫어져라 창문 밖을 내다보고 있는 동안 그녀는 그를 바라보았다. "모리스," 그녀가 갑자기 물었다. "날 사랑한다고 확신해요?"

그는 몸을 돌렸고, 곧 몸을 굽혀 그녀를 내려다보았다. "내 사랑, 의심의 여지가 있나요?"

"난 그 사실을 안 지 닷새밖에 안 됐어요." 그녀가 말했다. "하지만 이제 당신의 사랑 없이 살 수 없을 것만 같아요."

"내 사랑 없이 살아야 할 일은 없을 거요." 그리고 그는 안심시키려는 듯 부드러운 웃음을 짧게 터뜨렸다. 그러고 난 다음 덧붙였다. "당신도 나한테 해줘야 할 이야기가 있어요." 그녀는 말을 하다 눈을 감았고 계속 눈을 감고 있었다. 그의 말에도 눈을 뜨지 않은 채 고개만 끄덕였다. "아버님이 결사반대하더라도," 그가 말을 이었다. "우리의 결혼을 금하시더라도 나와의 약속을 지킬 거라고 말해 줘요."

캐서린은 눈을 뜨고 그를 응시했다. 그가 그녀의 눈에서 읽을 수 있는 것보다 더 확실한 약속은 없었다.

"내 편이 될 거지요?" 모리스가 말했다. "당신 마음대로 결혼해도 되는 걸 알지요? 성녀가 되었으니까요."

"아, 모리스!" 그녀는 대답하는 대신 이렇게 중얼거렸다. 그것으로 충분하지 않아 그의 손에 그녀의 손을 쥐어 주었다. 그는 한동안 손을 잡고 있다 곧 다시 그녀에게 키스했다. 그들의 대화에서 기록할 필요가 있는 것은 이것이 전부이다. 페니먼 부인이 그자리에 있었다면 이런 대화가 워싱턴 공원의 분수대 옆에서 오가지 않은 것이 잘한 일이라고 인정했을지도 모르겠다.

11

캐서린은 그날 저녁 아버지의 귀가를 귀 기울여 기다렸고, 아버지가 서재에 들어가는 소리를 들었다. 심장이 쿵쾅거렸지만 그녀는 거의 반시간 동안 가만히 앉아 있었다. 그러고 난 다음에야 가서 문을 두드렸다. 그녀는 이런 의식을 거치지 않고 서재의 문지방을 넘은 적이 없었다. 그녀가 방에 들어서자, 아버지가 벽난로 옆 의자에 앉아 시가를 피워 물고 석간을 읽으며 망중한을 즐기고 있는 것이 보였다.

"드릴 말씀이 있어요." 그녀는 조용히 운을 뗐다. 그리고 그가 권하는 첫 번째 의자에 앉았다.

"기꺼이 들을 준비가 되어 있다, 얘야." 그녀의 아버지가 말했다. 그는 기다렸다. 기다리면서 아무 말 없이 불빛을 뚫어져라 들여다보는 딸을 지켜보았다. 궁금한 나머지 그는 조바심이 났다. 모리스 타운젠드에 대해서 이야기할 것이 확실했기 때문이다. 그렇지만 아주 상냥한 태도를 취하겠다고 작정했기 때문에 그는 그녀가 뜸을 들이도록 놔뒀다.

"저 결혼하기로 했어요!" 계속 불빛을 들여다보나 드디어 캐서린이 선언했다.

의사는 깜짝 놀랐다. 기정사실이 됐다는 것은 뜻밖이었지만, 그는 놀라움을 드러내지 않았다. "내게 마땅히 통지할 일이구나." 그는 간단하게 말했다. "그런데 너의 선택을 받은 행운아가 누구냐?"

"모리스 타운젠드 씨요." 사랑하는 사람의 이름을 소리 내어 말하면서 그녀는 아버지를 쳐다보았다. 아버지의 평온한 회색 눈과 윤곽이 뚜렷한 미소가 보였다. 그녀는 잠시 이를 관찰하다 다시 불쪽으로 눈을 돌렸다. 훨씬 따뜻했다.

"언제 이런 합의에 도달했지?" 의사가 물었다.

"오늘 오후요. 두 시간 전이요."

"타운젠드 씨가 여기 왔었나?"

"네, 아버지. 응접실에요." 그녀는 약혼의 의식이 앙상한 가죽나무 아래서 이뤄졌다고 말하지 않아도 된 것을 다행스럽게 생각했다.

"진지하게 결정한 거냐?" 의사가 말했다.

"아주 진지하게요, 아버지."

그녀의 아버지는 잠시 침묵했다. "타운젠드 씨가 내게 허락을 구했어야 맞다."

"내일 말씀드린다고 했어요."

"너한테 모든 이야기를 듣고 난 다음에? 그 전에 말했어야지.

네게 자유를 주었다고 내가 관심이 없다고 생각하나 보지?"

"어머, 아니에요." 캐서린이 말했다. "아버지가 관심이 있으시다는 거 그 사람도 알아요. 그리고 아버지께 감사드리고 있어요. 제게 자유를 주셔서요."

의사는 짤막하게 웃었다. "캐서린, 내가 준 자유를 더 유용하게 썼으면 좋았을 뻔했다."

"그렇게 말씀하지 마세요, 아버지!" 그녀는 표정이 풍부하지는 않지만 온화한 눈으로 그를 바라보며 작은 목소리로 사정하듯 말했다.

그는 잠시 시가를 태우며 생각에 잠겼다. "일이 아주 빨리 진전되었구나." 이윽고 그가 말했다.

"그래요." 캐서린은 평이하게 대답했다. "그런 것 같아요."

그녀의 아버지는 난롯불에서 눈을 들어 잠시 그녀에게 눈길을 주었다. "타운젠드 씨가 널 좋아하는 건 놀랄 일이 아니다. 넌 너무 순진하고 착해."

"어떻게 그럴 수 있는지 모르지만, 그 사람은 절 좋아해요. 전 그걸 확신해요."

"그리고 너도 타운젠드 씨를 아주 좋아하나 보지?"

"물론 아주 좋아해요. 그렇지 않으면 청혼을 받아들이지 않았을걸요."

"하지만 얘야, 그를 안 지 얼마나 되었다고 그러냐."

"아," 캐서린이 약간 열심을 내어 말했다. "사람을 좋아하는 데 오랜 시간이 걸리지 않아요. 일단 시작을 하면요."

"시작을 아주 빨리 한걸. 고모네 집에서 파티가 열린 날 밤, 그 날 그 친구를 처음 만난 거냐?"

"모르겠어요, 아버지," 그녀가 대답했다. "그건 알 수가 없어요."

"물론 결혼은 네 문제다. 내가 그런 원칙에 따라 간섭하지 않고 널 자유롭게 내버려둔 것 너도 알 거다. 네가 어린아이가 아니고, 분별을 할 수 있는 나이에 도달했다고 생각했단다."

"전 아주 나이가 많이 든 느낌이에요. 아주 현명해진 것 같아 요." 캐서린이 희미하게 웃으며 말했다.

"유감스럽지만 오래지 않아 더 나이 들고 더 현명해졌다는 생각을 하게 될 거다. 난 네 약혼이 마음에 들지 않는다."

"아!" 캐서린이 의자에서 일어나며 부드럽게 탄식했다.

"그렇단다, 애야. 마음을 아프게 해서 미안하구나. 하지만 마음에 들지 않는다. 결혼을 약속하기 전에 나와 상의했어야 했다. 내가 엄하게 굴지 않아서, 네가 나의 관대함을 악용했다는 기분이 드는구나. 무엇보다도 내게 먼저 상의를 했어야 맞다."

캐서린은 잠시 머뭇거리다가 이렇게 고했다. "마음에 안 든다고 하실까 봐 그랬어요."

"그것 봐라! 양심에 찔린 게야."

"아니에요, 아버지. 양심에 찔린 건 아니었어요." 캐서린이 꽤 힘을 주어 소리쳤다. "제발 그렇게 끔찍한 말로 절 힐난하지 마세 요!" 사실 이런 말은 매우 끔찍한 것, 범인이나 죄수를 연상시키 는 비열하고 잔인한 것을 상상하게 만들었다. "겁이 나서 — 겁이 나서 그랬어요." 그녀가 말을 이었다.

"겁이 났다면, 네가 어리석게 굴었기 때문이다."

"타운젠드 씨를 좋아하시지 않을까 봐 겁이 났어요."

"네 말이 맞다. 난 그 친구가 마음에 들지 않는다."

"아버지, 그 사람을 모르시잖아요." 반박이라고 하기에 목소리가 너무나 소심하게 말했기 때문에 아버지의 마음이 조금 움직인 것 같았다.

"그건 사실이야. 나는 그를 아주 잘 알지는 못한다. 하지만 알 만큼은 안다. 그 청년에 대한 내 나름의 인상이 있거든. 너도 그를 알지 못하는 건 마찬가지다."

그녀는 손을 가볍게 마주 잡고 불 앞에 서 있었다. 의자에 기대앉아 그녀를 올려다보고 있던 그녀의 아버지는 기분이 상할 정도로 너무나 평온하게 이런 말을 했다. 캐서린이 기분이 상한 것 같지는 않지만, 격정적인 항의는 터져 나왔다. "제가 그 사람을 모른다고요?" 그녀가 외쳤다. "천만에요. 전 알아요. 어떤 사람보다도 더 잘 알아요!"

"그의 일부 — 그가 네게 보여주고 싶은 것만을 아는 거지. 그러나 나머지는 알지 못해."

"나머지? 나머지가 뭔데요?"

"그것이 무엇이든 간에 네가 모르는 게 많은 건 확실하다."

"무슨 의미인지 알아요." 모리스가 경고한 것을 기억하고 캐서린이 말했다. "그 사람이 돈을 밝힌다는 거지요."

그녀의 아버지는 차갑고 침착하고 합리적인 눈으로 계속 그녀를 올려다보고 있었다. "애야, 내가 그렇게 암시하고 싶었으면 대놓고 그렇게 말했을 거다! 하지만 난 괜스레 심한 말을 해서 네가 타운젠드에게 더 흥미를 갖게 되는 실수를 범하지 않을 작정이다."

"사실이라면 심한 말이라고 생각하지 않을 거예요." 캐서린이 말했다.

"그렇게 생각하지 않는다면 아주 분별 있는 아가씨라고 해야 하겠지!"

"반대하시는 이유가 있고, 어쨌든 제가 그 이유를 알기 원하시잖아요."

의사는 약간 웃음을 띠었다. "맞는 말이다. 이유를 대라고 요구할 권리가 네게 있다." 그러고 나서 그는 얼마간 시가 연기를 내뿜었다. "좋아. 타운젠드가 너의 재산 — 네 몫으로 당연히 받게 될 너의 재산과 사랑에 빠졌을 뿐이라는 혐의는 접어 두고라도, 너의 행복을 위한 자상한 배려보다는 이런 좋은 조건이 계산속으로 작용했다고 생각할 이유가 충분히 있어. 물론 머리가 좋은 젊은이가 네게 사심 없는 사랑을 품을 리 없다는 뜻은 절대로 아니다. 너는 순수하고 상냥한 아가씨이고, 머리가 좋은 젊은이라면 쉽게 너의 그런 됨됨이를 알아볼 것이다. 그러나 이 젊은이에 대해 우리가 아는 주요한 사실들로 미루어 — 그런데 정말이지 머리는 아주 좋은 젊은이거든 — 그가 너의 장점을 높이 평가한다 하더라도 네 재산에 더 큰 가치를 부여한다는 결론에 도달하게 된다. 우리가 그에 대해 아는 주요한 사실은 방탕하게 살았다는 것, 그리고 그렇게 살면서 자기 재산을 탕진했다는 거야. 난 그것으로 충분하단다. 나는 네가 다른 이력을 가진 젊은이와 결혼하기를 바란다.

더 확실한 보장을 제시할 수 있는 젊은이 말이지. 모리스 타운젠 드가 향락을 위해 자기 재산을 써버렸다면, 네 재산도 써버릴 것이라고 믿을 충분한 이유가 있다고 본다."

의사는 이런 소견을 천천히, 유유자적하게, 시시때때로 말을 끊고 강세를 길게 끌면서 말했다. 하지만 그의 결론에 대해서 가엾은 캐서린이 마음을 졸일 여지는 없었다. 결국 그녀는 고개를 숙여 눈을 그에게 고정한 채 자리에 앉았다. 그리고 이상하게도 — 어떻게 말해야 할지 모르겠다 — 아버지의 말씀이 전적으로 그녀의 뜻에 반하는 것이라도 그가 정연하고 멋있게 말하는 것에 탄복했다. 아버지와 논쟁을 벌여야 한다니 절망적이고 답답한 느낌이 들었다. 그러나 그녀 입장에서도 명백하게 해야 할 것이 있었다. 그는 너무 담담했다. 전혀 화를 내지 않았다. 그래서 그녀도 담담해야만 했다. 하지만 그렇게 하려고 노력하는 것이 그녀를 떨게 만들었다.

"그게 우리가 그 사람에 대해 아는 주요한 사실이 아니에요." 이렇게 말할 때 그녀의 목소리는 약간 떨렸다. "다른 것들 — 다른 많은 것들이 있어요. 그 사람에게는 출중한 능력이 있어요. 무슨 일인가 하고 싶어해요. 그는 다정하고, 마음이 넓고, 진실해요." 한 번도 스스로 열변을 토할 능력이 있다고 생각하지 못한 가엾은 캐서린이 말했다. "그리고 그의 재산 — 그가 탕진한 재산은 얼마 되지 않았어요."

"그러니까 더 탕진하지 말았어야지." 의사는 웃음을 터뜨리며 자리에서 일어났다. 그러자 마음과 달리 표현을 거의 하지 못한 캐시린은 정직된 진지함을 드러내며 거기 서 있었다. 그는 그녀를 끌어당겨 키스를 해주었다. "날 무정하다고 생각하지는 않겠지?" 그는 잠시 그녀를 품에 안고 말했다.

이 물음은 위안을 주지 못했다. 위안을 주기는커녕 그 함축된 의미에 가슴이 철렁 내려앉았다. 그러나 그녀는 충분히 조리 있게 대답했다. "아니에요, 아버지. 제 심정을 아신다면 — 아버지는 아실 거예요, 모든 것을 다 아시잖아요 — 친절하게 너그럽게 대해 주실 거니까요."

"그래, 네가 어떤 심정인지 알 것 같다." 의사가 말했다. "따뜻한 마음으로 대할 테니 안심해도 좋다. 그리고 타운젠드 씨를 내일 만나겠다. 그동안 당분간 네가 약혼했다는 사실을 아무에게도 언급하지 않았으면 좋겠구나."

12

다음날 오후 그는 타운젠드의 방문을 집에서 기다렸다. 그렇게 함으로써 캐서린의 구혼자에게 상당한 예우를 했고, 따라서 그만큼 젊은이들의 불평 거리가 적어질 것이라고 생각했다. (그가 매우 바쁜 사람이라는 점을 감안하면 그렇게 생각할 만도 했다.) 모리스는 상황에 맞게 평온한 얼굴로 나타났다. 그저께 밤 캐서린의 동정을 구한 그 '모욕'을 잊은 것 같았다. 슬로퍼 씨는 즉각 그가 방문할 것임을 알고 있었다고 말했다.

"어제 캐서린에게서 자네와 약혼 이야기가 오갔다고 들었네." 그가 말했다. "일이 그렇게 진전되기 전에 자네 의사를 내게 알렸어야 맞다고 말하지 않을 수 없네."

"그렇게 했을 겁니다." 모리스가 대답했다. "따님에게 자율권을 주신 것처럼 보이지 않았다면요. 따님이 자기 일은 자기가 알아서 결정하는 것으로 알았습니다."

"문자 그대로 자율권이 있네. 하지만 도덕적으로 부권(父權)에서 해방된 것은 아니라 나와 상의하지 않고 남편감을 골라도 되는 것은 아니라네. 나는 걔가 알아서 하라고 놔뒀지만 무관심한 것은 절대로 아닐세. 이 작은 연애 사건이 너무 빨리 결론으로 치닫고 있어 놀랄 지경이네. 캐서린을 알게 된 것이 불과 얼마 전 아니던가."

"물론 그렇게 오래 된 건 아닙니다." 모리스는 아주 엄숙하게 말했다. "저희가 결혼을 약속하기까지 오랜 시간이 걸리지 않았음을 인정합니다. 하지만 너무 자연스럽게 각자 확신을 갖게 되었고 서로에 대해 확신을 갖게 되었답니다. 슬로퍼 양에 대한 저의 관심은 처음 만난 순간 시작되었으니까요."

"혹시 첫 번째 만남 이전에 관심이 있었던 것은 아닌가?"

모리스는 한 순간 그를 주시했다. "매력적인 아가씨라는 이야기는 이미 들어 알고 있었습니다."

"매력적인 아가씨라 — 우리 딸을 그렇게 생각한단 말인가?"

"물론이죠. 그렇지 않으면 여기 앉아 있지 않을 테지요."

의사는 잠시 생각에 잠겼다. "이보게," 이윽고 그가 말했다. "자네는 아주 섬세한 모양일세. 캐서린의 애비로서 나는 그 아이의 많은 장점을 애정을 갖고 정당하게 평가하고 있다고 생각하네. 하지만 내가 걔를 매력적인 아가씨라고 생각한 적은 한 번도 없고, 다른 사람도 그렇게 생각하기를 기대한 적이 없다고 솔직하게 말해야겠네."

모리스 타운젠드는 존경심이 전혀 없다고 할 수 없는 미소를 띤 채 이 진술을 받아들였다. "제가 그녀의 아버지라면 그녀를 어떻게 생각할지는 모르겠습니다. 제가 그 입장이 될 수는 없지요. 저는 제 관점에서 이야기하는 것입니다."

"말을 아주 잘하는군." 의사가 말했다. "그러나 그것으로 충분하지 않아. 어제 캐서린에게 약혼에 반대한다고 말했네."

"그렇게 전해 듣고 아주 많이 속상했습니다. 저는 크게 좌절했어요." 그리고 모리스는 마루를 내려다보며 침묵을 지키고 앉아 있었다.

"설마 내가 환희 작약하며 내 딸을 자네 품에 안겨 줄 거라고 기대한 건 아니겠지?"

"천만에요. 저를 탐탁하게 여기지 않으신다는 생각은 들었어요."

"어떻게 그런 생각을 하게 되었나?"

"제가 가난하다는 사실 때문이지요."

"귀에 거슬리는 말이군." 의사가 말했다. "그러나 사윗감으로만 생각한다면 대체로 맞는 말이네. 재산과 직업, 가시적인 재원과 전망이 없는 자네를 큰 재산을 가진 연약한 처자인 내 딸의 남편으로 선택하는 것은 무분별한 일일세. 다른 상황에서 만난다면 나는 자네를 좋아할 준비가 완벽하게 되어 있지. 사위로서 질색일 따름이네."

경청하던 모리스 타운젠드가 이윽고 말했다. "저는 슬로퍼 양이 연약한 처자라고 생각하지 않습니다."

"물론 자네는 그녀를 옹호해야 하네 — 최소한 그렇게는 해야지. 하지만 내 딸을 안 지 난 20년이고, 자네는 고작 6주일세. 내 딸이 연약하지 않더라도, 자네가 무일푼이라는 사실이 달라지는 것은 아니지."

"아, 그래요. 그게 **제** 약점이군요! 그러니까 제가 재산을 노리는 놈이라는 말씀이지요. 제가 원하는 것이 따님의 돈이라는 거죠."

"난 그렇게 말하지 않았네. 그렇게 말해야 할 의무는 없네. 강요 당하지 않았는데도 그렇게 말하는 건 품위가 없는 걸세. 나는 단 지 자네가 잘못된 범주에 속한다고 말하겠네."

"그렇지만 따님은 범주랑 결혼하는 것은 아닙니다." 타운젠드가 매력적인 미소를 띠며 설득조로 말했다. "따님은 한 사람과 결혼 하는 겁니다. 그녀가 사랑한다고 말하게 되는 사람과 말이지요."

"그 대가로 줄 것이 거의 없는 사람이지."

"다정한 사랑과 평생의 헌신 이상을 줄 수 있나요?" 젊은이가 다그쳤다.

"그 말을 어떻게 받아들이느냐에 달렸지. 거기에 몇 가지 덧붙 일 수 있네, 그럴 수 있을뿐더러 그렇게 하는 것이 관행이네. 평생 의 헌신은 사후(事後)에 측정 가능하므로 이런 경우 몇 가지 물질 적 보장을 제시하는 것이 보통이네. 자네의 보장은 무엇인가. 잘 생긴 얼굴과 훤칠한 체격, 그리고 아주 예절 바른 것? 그것 자체 로는 아주 훌륭하지만, 그것으로는 충분하지 않네."

"거기에 한 가지 덧붙이셔야 합니다." 모리스가 말했다. "신사 의 약속이요."

"캐서린을 영원히 사랑하겠다는 신사의 약속 말인가? 그걸 확 신하다니 훌륭한 신사임에 틀림없군."

"제가 재산을 노리는 것이 아니라는 신사의 약속입니다. 슬로퍼 양에 대한 저의 애정은 어떤 사람의 마음에 깃든 감정보다도 더 순수하고 사심 없습니다. 그녀의 재산에 대해서는 벽난로의 재만큼도 관심이 없어요."

"경청하고 있네 — 경청하고 있어." 의사가 말했다. "그렇게 하고 난 다음 다시 그 범주로 돌아가 보세. 자네 입으로 엄숙하게 약속했지만, 자네는 그 범주에 속하네. 우연히 자네를 반대하게 되었다고 생각해도 좋네. 그렇지만 30년간 의사 일을 하면서 우연이 엄청난 파장을 낳는 것을 보았네."

모리스는 — 이미 상당히 광택이 나는 — 그의 모자를 쓰다듬었다. 그리고 의사도 높이 평가하지 않을 수 없을 만큼 자제심을 견지했다. 그러나 크게 실망한 것은 분명했다.

"어떻게 해야 저를 믿으시겠습니까?"

"그런 방안이 있다 하더라도 미안하지만 제안할 생각은 없네. 왜냐하면 — 모르겠나? — 난 자네를 믿고 싶지 않다네." 의사가 미소를 띠고 말했다.

"나가서 땅이라도 파겠어요."

"그건 어리석은 짓이네."

"내일 얻을 수 있는 첫 번째 직장에 나가겠어요."

"그렇게 하게나. 하지만 나를 위해서가 아니라 자신을 위해서 그렇게 하게."

"알겠어요. 저를 게으름뱅이라고 생각하시는 거죠!" 모리스는 새로운 발견을 한 양 외쳤다. 하지만 즉각 그의 실수를 깨닫고 얼굴을 붉혔다.

"일단 사윗감으로 생각하지 않는다고 말한 이상 내가 자네를 어떻게 생각하느냐는 중요하지 않네."

하지만 모리스는 고집스레 말을 이었다. "캐서린의 돈을 낭비할 거라고 생각하시는 거죠?"

의사는 미소를 띠었다. "앞서 말했듯이 내 생각은 중요하지 않네. 하지만 유죄를 인정하겠네."

"제 돈을 낭비했기 때문에 그렇게 생각하시는 거겠지요." 모리스가 말했다. "솔직히 고백하겠습니다. 저 허랑방탕했어요. 어리석었어요. 원하신다면 제가 행한 모든 미친 짓을 말씀드릴 수 있습니다. 아주 어리석게 행동한 적도 있답니다. 전 그걸 감춘 적이 없어요. 그러나 한때 젊은 혈기로 그랬던 겁니다. 마음잡은 방탕아라는 말도 있잖아요. 전 방탕아는 아니었지만, 마음을 잡았습니다. 한때 즐기고 끝을 내는 것이 낫다고 생각해요. 따님은 소심하게 조심하며 사는 사람을 절대로 좋아하지 않을 것이고, 아버님께서도 별로 좋아하시지 않을 거라고 감히 말하겠습니다. 게다가 제 돈과 따님의 돈 사이에는 큰 차이가 있어요. 제 돈을 탕진했더랬지요. 하지만 제 돈이기 때문에 탕진한 겁니다. 그리고 빚은 안 졌어요. 돈이 떨어지고 난 다음 멈췄지요. 빚이라고는 한 푼도 없답니다."

"지금 어떻게 생계를 이어가는지 물어도 되겠는가? 내가 이런 질문을 하는 것이," 의사가 덧붙였다. "앞뒤가 맞지 않는다는 점을 인정하네만."

"저의 남은 재산으로 먹고 삽니다." 모리스 타운젠드가 말했다.

"대답해 줘서 고맙네." 의사가 신중하게 대답했다.

그래, 정말이지 모리스의 자제력은 찬탄할 만했다. "슬로퍼 양의 재산에 과도한 중요성을 부여한다는 점을 인정한다 하더라도," 그가 말을 이었다. "그것이 제가 재산을 잘 관리할 거라는 보장이 되지 않을까요?"

"잘 관리하는 것이 관심을 갖지 않는 것만큼이나 나쁘지. 자네가 낭비하든 절약하든 마찬가지로 캐서린이 고통을 당할 수 있네."

"정말 부당하시군요!" 젊은이는 예의바르게, 공손하게, 분노의 감정 없이 선언조로 말했다.

"그렇게 생각하는 건 자네의 권리이고, 내 평판을 자네에게 맡기겠네! 내 칭찬을 할 거라고 생각 안 하니 마음 내키는 대로 하게나."

"따님을 기쁘게 해줄 마음이 조금도 없으십니까? 그녀를 비참하게 만든다는 생각을 즐기시나요?"

"1년 동안 날 폭군이라고 생각해도 좋다고 체념했네."

"1년이요!" 모리스는 웃음을 터뜨리며 소리쳤다.

"그럼 평생이라고 해두지. 다른 식으로 비참해지느니 이런 식으로 비참해지는 것이 낫다고 보네."

이 시점에서 모리스는 평정을 잃었다. "아, 너무 무례하시군요!" 그가 외쳤다.

"그렇게 하지 않을 수 없게 자네가 만든 거네. 너무 말을 많이 하는군."

"많은 게 걸려 있거든요."

"글쎄, 무엇이 걸려 있든 자네는 그걸 잃었네." 의사가 말했다.

"그렇게 확신하세요?" 모리스가 물었다. "따님이 포기할 거라고 생각하세요?"

"물론 나와 관계된 한 잃었다는 뜻일세. 캐서린이 자네를 포기하는 문제에 있어서는 단언할 수 없지. 하지만 내 딸의 마음에서 인출할 존경심과 애정의 큰 기금이 있으니 포기하라고 강력하게 권할 작정이네. 딸아이는 아주 효심이 깊다고. 내 말을 들을 가능성이 아주 높다고 보네."

모리스 타운젠드는 그의 모자를 다시 쓰다듬기 시작했다. "저도 인출할 애정의 기금이 있습니다." 뜸을 들였다 그가 이렇게 말했다.

바로 이 시점에 의사는 처음으로 짜증의 기미를 보이기 시작했다. "내 권위에 도전하겠다는 건가?"

"뭐라고 하셔도 좋습니다. 따님을 포기할 생각이 없다는 뜻입니다."

의사가 고개를 저었다. "자네가 실연으로 한탄하며 지내리라는 걱정은 하지 않네. 자네는 삶을 즐기려고 태어난 사람이야."

모리스가 웃음을 터뜨렸다. "그렇게 생각하시면서 결혼에 반대하시다니 더 비정하시네요. 따님이 저를 만나는 걸 금하실 건가요?"

"내 딸은 금한다고 못할 나이는 지났네. 내가 옛날 소설에 나오는 아버지도 아니고. 하지만 자네와의 관계를 끊으라고 강하게 권고할 걸세."

"그렇게 되지 않을 겁니다." 모리스 타운젠드가 말했다.

"그럴지도 모르지. 하지만 내가 할 수 있는 일을 다 할 작정이네."

"그러기에는 너무 멀리 갔어요." 모리스가 말을 이었다.

"후퇴하기에는 너무 멀리 갔다는 건가? 그럼 현재의 지점에서 멈춰 서라고 해야지."

"멈춰 서기에 너무 멀리 갔다는 이야기입니다."

의사는 그를 잠시 바라보았다. 모리스는 손잡이를 쥐었다. "매우 주제넘은 말이로군."

"더 이상 말씀드리지 않겠습니다." 이렇게 대답하고 인사를 한 다음 모리스는 방을 나섰다.

13

의사가 너무 단정적으로 생각하는 것이 아닌가 하는 생각을 할
지 모르겠다. 아몬드 부인도 넌지시 그렇게 말했다. 그는 모리스
타운젠드의 견적을 낸 것으로 충분하고 수정할 생각이 없다고 대
꾸했다. (사람들을 판단하는 것이 의사 일의 일부 아니던가.) 평
생을 의사로 산 그는 스무 번에 열아홉 번은 옳았다는 것이다.

"타운젠드 씨가 스무 번째 경우일 수도 있잖아요." 아몬드 부인
이 말했다.

"그럴지도 모르지. 하지만 내가 보기에는 전혀 그럴 것 같지 않
다. 그러나 확신이 들 때까지 의심을 유보할 용의는 있다. 그리고
확신을 갖기 위해 몽고메리 부인을 방문해 이야기를 나눌 작정이
다. 그녀는 내가 옳다고 말할 게 거의 확실해. 하지만 내 인생 최
대의 실수를 저질렀다고 증명해 보일 수도 있지. 그렇게 되면 나
는 타운젠드의 용서를 빌 작정이야. 네가 친절하게도 그의 누이를
초대해서 만남을 주선하겠다고 제안했다만, 편지로 솔직하게 사

태의 진전을 알리고 가서 만나도 되겠냐고 물으려고 한다."

"오빠 쪽에서만 솔직하기 쉬울 것 같네요. 동생이 어떤 사람이든, 그 가엾은 여자는 동생 편을 들 거예요."

"동생이 어떤 사람이든? 그렇지는 않으리라고 본다. 누구나 남자 형제를 그렇게 좋아하는 건 아니란다."

"그래도 집안에 연 3만 달러가 들어오는 문제가 달려 있으면⋯⋯." 아몬드 부인이 말했다.

"돈 때문에 동생을 좋게 이야기한다면 그녀는 야바위꾼인 셈이고, 그걸 내가 놓치겠냐. 그렇다면 그녀와 시간을 낭비하지 않을 거다."

"그녀는 야바위꾼이 아니에요. 귀감이 될 만한 부인이지요. 동생이 이기적이라는 이유로 동생에게 불리한 일을 하고 싶어하지 않을 거예요."

"맞상대할 가치가 있는 여자라면 동생이 내 딸에게 불리한 일을 하도록 내버려 두기보다 동생에게 불리한 일을 하는 쪽을 택할 거다. 그런데 부인이 캐서린을 본 적이 있나? 서로 아는 사이인가?"

"제가 알기로는 아니에요. 타운젠드가 둘을 만나게 해서 특별히 이득이 될 것이 없지 않겠어요?"

"귀감이 될 만한 부인이라면, 없지. 그녀가 얼마나 네 묘사와 맞아떨어지는지 보자꾸나."

"그녀가 오빠에 대해 뭐라고 할지 궁금하네요." 아몬드 부인이 웃으며 말했다. "그런데 그 와중에 캐서린은 이 상황을 어떻게 받아들이고 있나요?"

"어떤 상황에서도 그러하듯 담담하게 받아들이고 있어."

"아무 소리도 내지 않아요? 울고불고 난리를 안 쳤어요?"

"걔는 격정과는 거리가 멀잖니."

"사랑에 목맨 아가씨는 언제나 격정적인 줄 알았는데요."

"우스꽝스러운 과부가 더 그렇단다. 라비니아가 내게 연설을 늘 어놓더라. 내가 너무 독재를 부린다나."

"라비니아는 잘못을 저지르는 재주를 타고 났어요." 아몬드 부인이 말했다. "암튼 캐서린 때문에 마음이 쓰이네요."

"나도 그래. 그러나 이겨낼 거야."

"캐서린이 포기할 거라고 믿으세요?"

"그렇게 되기를 기대한다. 걔가 아버지를 워낙 존경하잖니."

"아, 그거야 우리가 잘 알고 있지요. 그래서 캐서린이 더 불쌍한 마음이 들어요. 그러니 걔의 딜레마가 더 고통스러울 것이고, 아버지와 애인 사이에서 고르자니 거의 미칠 지경 아니겠어요."

"고를 수 없다면 더 좋지."

"그래요. 하지만 모리스 타운젠드가 거기 서서 고르라고 간청할 것이고, 라비니아는 그의 편을 들 거예요."

"걔가 내 편이 아니라 다행이다. 걔는 훌륭한 명분도 망칠 능력이 있거든. 라비니아가 배를 타는 날이 배가 뒤집히는 날이다. 하지만 걔도 조심하는 게 좋을걸." 의사가 말했다. "내 집에서 반역을 허용하지 않을 테니."

"라비니아가 조심하리라고 믿어요. 마음 속 깊이 오빠를 겁내니까요."

"악의라고는 없는 나건만, 둘 다 날 겁낸단다." 의사가 대답했다. "내가 믿는 건 그거야 — 내가 불러일으키는 건전한 공포 말이야."

14

그는 몽고메리 부인에게 솔직한 편지를 보냈고, 곧바로 2번가에 있는 집에 언제 오라고 답장이 왔다. 그녀는 빨간 벽돌의 단정한 작은 집에 살고 있었는데, 페인트칠을 새로 해서 벽돌의 가장자리는 흰색으로 뚜렷이 표시가 되어 있었다. 이 집과 주변은 일렬로 늘어선 더 웅장한 건축물에 자리를 내주고 사라졌다. 창문에 판석은 없었지만 무리를 이룬 작은 구멍이 뚫린 녹색 덧문이 달려 있었다. 그리고 집 앞에 정체불명의 관목으로 장식된 아주 작은 마당이 덧문과 같은 초록색으로 칠해진 야트막한 나무 울타리로 둘러싸여 있었다. 그곳은 확대한 ― 장난감 가게의 선반에서 내려놓은 ― 인형의 집 같았다. 그곳을 방문한 슬로퍼 씨는 내가 열거한 것들을 흘깃 바라보며 몽고메리 부인이 자존심을 지키며 알뜰하게 사는 체구가 작은 여자인 것이 틀림없다고 혼잣말을 했다. 그녀가 사는 집의 작은 규모가 그녀가 작은 체구의 여자임을 가리켰다. 단정한 몸가짐에 도덕적 만족을 느끼며, 빛을 발하지 못할 거면 최소한 흠 없게 살리라고 다짐했으리라. 그녀는 작은 응접실에서 그를 맞이했는데, 그가 예상했던 바로 그런 응접실이었다. 얼룩 하나 없는 작은 방은 박엽지(薄葉紙)로 만든 잎 장식과 유리구슬 발이 산만하게 장식되어 있었고, 방 한 가운데 니스 냄새를 강하게 풍기는 주물 난로가 건조한 푸른 연기가 피어 올리면서 — 비유를 끌고 나가자면 — 잎이 무성한 계절의 기온을 유지했다. 벽은 분홍색 얇은 천으로 띠를 둘렀고, 테이블 위에는 누리끼리한 금박의 꽃문양이 찍힌 검정색 천으로 장정한 시선집들이 장식되어 있었다. 의사는 이런 디테일을 눈여겨 볼 시간이 있었다. 몽고메리 부인은 그를 10여 분 기다리게 했기 때문인데, 이런 상황에서 그녀의 행동은 변명의 여지가 없다는 생각이 들었다. 하지만 드디어 그녀가 옷 스치는 소리를 내며 들어왔다. 빳빳한 포플린 드레스를 쓸어내리는 그녀의 우아한 둥근 뺨은 약간 겁을 먹은 듯 발갛게 상기되어 있었다.

그녀는 아담하고 통통한 체구에 빛나는 맑은 눈과 금발에 피부가 흰 여자였는데, 보기 드물게 단정하고 활달해 보였다. 이런 특징들은 분명 진심에서 우러나오는 겸손함과 조화를 이루고 있었다. 의사는 곧바로 그녀를 높이 평가했다. 체구가 작은 용감한 여인, 생생한 직관을 갖고 있지만, 실생활의 문제와는 구별되는 사회생활에 관해서는 자신의 재능을 신뢰하지 못하는 여인 — 이것이 몽고메리 부인에 대해 그가 신속하게 머리로 정리한 개요였다. 그녀는 그의 방문을 영광스럽게 생각하는 것으로 보였다. 2번가에 있는 조그마한 붉은 집에 살고 있는 몽고메리 부인에게 슬로퍼 씨는 중요 인사 ─ 뉴욕의 훌륭한 신사 중의 하나였다. 오븐용 장갑을 낀 두 손을 광택이 나는 포플린 드레스 앞에 모이 쥔 채 그녀는 흥분으로 반짝이는 두 눈을 의사에게 고정시키고 있었다. 귀한 손님은 마땅히 이런 모습이겠거니 마음속으로 그려보았던 모습에 그가 부합한다고 생각하는 것 같았다. 손님을 기다리게 한 것을 사과하는 그녀를 그가 가로막았다.

"괜찮습니다." 그가 말했다. "여기 앉아서 기다리는 동안 제가 무슨 말을 하고 싶은지 생각해 보고, 어떻게 서두를 떼야 할지 마음을 정할 시간을 얻었거든요."

"아, 그럼 말씀하세요." 몽고메리 부인이 나지막이 말했다.

"그렇게 쉽지만은 않군요." 의사가 미소를 띠며 말했다. "몇 가지 질문을 드리고 싶어 왔다는 건 제 편지를 읽고 아셨겠지만, 대답하기 불편하실 것 같습니다."

"네. 저도 뭐라고 말해야 할지 생각했어요. 쉽지 않아요."

"그러나 제 상황 ─ 제 심정을 이해하실 거예요. 동생 분이 제 딸과 결혼하고 싶어하는데, 저는 그가 어떤 종류의 젊은이인지 알고 싶습니다. 누님에게 여쭤 보는 것이 좋을 것 같아 이렇게 찾아왔습니다."

몽고메리 부인은 상황을 매우 진지하게 받아들이는 것이 분명했다. 그녀는 극도의 도덕적 긴장 상태에 놓여 있었다. 재기 있는 겸양으로 빛을 발하는 예쁜 눈으로 그의 얼굴을 쳐다보았고, 그가 하는 말 한 마디 한 마디에 최대한 진지하게 주의를 표하는 것이 역력했다. 그녀를 만나러 온 것을 아주 독특한 발상으로 생각한다고 얼굴에 쓰여 있었지만, 또한 생소한 주제에 의견을 내는 것을 진짜 겁내는 듯했다.

"만나 뵙게 돼서 정말 기뻐요." 그렇게 말하면서도 어조는 이 말이 그의 질문과 무관하다는 점을 인정하는 투였다.

의사는 이것을 발판으로 삼았다. "기뻐하시라고 온 건 아닙니다. 유쾌하지 않은 말을 하러 왔는데 그걸 좋아하실 수는 없지요. 남동생은 어떤 종류의 신사인가요?"

몽고메리 부인의 빛나는 눈이 희미해지더니 시선을 고정하지 못했다. 그녀는 살짝 미소를 띠고 한동안 대답하지 않아서 급기야 의사는 조바심이 났다. 그리고 뜸을 들인 그녀의 대답은 만족스럽지 않았다. "남자 형제에 대해서 이야기하기는 어려워요."

"좋아하는 남동생이라면, 칭찬할 말이 많다면, 그렇지 않겠지요."

"네, 그렇다 하더라도, 많은 것이 걸려 있다면요." 몽고메리 부인이 말했다.

"당신에게는 걸려 있는 것이 아무 것도 없지요."

"제 말은 그 — 그—" 그녀가 머뭇거렸다.

"동생에게 많은 것이 걸려 있다는 말씀이시지요. 알고 있습니다."

"따님 이야기입니다." 몽고메리 부인이 말했다.

의사는 이것이 마음에 들었다. 그녀의 어조에 진정성이 서려 있었다. "바로 그거예요. 그게 요점입니다. 가엾은 제 딸애가 동생 분과 결혼한다면 그 애의 행복은 전적으로 그가 좋은 사람이냐에 달려 있습니다. 그 애는 세상에 둘도 없이 착한 아이라 동생 분에게 해로운 일은 하려고 해도 할 수 없어요. 반면에 동생 분이 바람직한 사람이 아니라면 제 딸은 아주 불행해질 겁니다. 그래서 그의 사람 됨됨이에 대해서 귀띔을 해주십사고 청한 겁니다. 물론 그렇게 하셔야 할 의무는 없어요. 일면식도 없는 우리 딸애가 당신에게는 아무 것도 아닌 존재일 테고, 저를 주제넘고 뻔뻔한 늙은이라고 생각하실 수도 있다고 봅니다. 저의 이런 방문이 무례하다고, 남의 일에 참견 말라고 말씀하셔도 좋습니다. 하지만 그렇게 하실 것 같지는 않군요. 우리에게 ― 제 가엾은 딸애와 제게 관심을 갖게 되실 테니까요. 캐서린을 만나면 그 애에게 관심을 갖게 되실 거예요. 일반적인 의미에서 흥미를 끄는 아이라는 뜻은 아닙니다. 하지만 그 애를 딱하게 생각하시게 될 거예요. 너무나 연약하고 단순한 아이라, 속이려 들면 속수무책 당할 겁니다! 못된 남편이라면 그녀를 비참하게 만들 뛰어난 기술을 발휘할 수 있겠지요. 그와 싸워 이길 만한 머리도 없고, 이기고 말겠다는 결단도 없을 테니, 숨 막히는 고통이 깊어지는 것을 참아 낼 테니까요. 아하." 의사가 그의 가장 암시적인, 그의 가장 직업적인 웃음을 지으며 덧붙였다. "벌써 관심이 생기셨네요."

"모리스가 약혼했다고 한 순간부터 관심을 가졌어요." 몽고메리 부인이 말했다.

"아? 그렇게 말하던가요? 그걸 약혼이라고 부르던가요?"

"오, 댁에서 약혼을 탐탁해하지 않으신다는 이야기도 했어요."

"제가 동생 분을 좋아하지 않는다는 이야기는 하지 않던가요?"

"네, 그 말도 했어요. 제가 어떻게 해줄 수 없는 일이라고 말했죠." 몽고메리 부인이 덧붙였다.

"물론이지요. 하지만 제가 옳다고 부인께서 말씀해 주실 수 있지요. 말하자면 공증을 해주시는 겁니다." 의사는 이렇게 말하고 다시 한 번 직업적인 미소를 띠었다.

하지만 몽고메리 부인은 전혀 웃음기가 없었다. 그의 소청을 유머러스하게 받아들일 수 없는 것이 명백했다. "너무 무리한 부탁을 하시네요." 마침내 그녀가 입을 열었다.

"무리한 줄은 잘 알고 있습니다. 그리고 제 딸아이와 결혼하게 될 젊은이가 어떤 이점을 즐기게 될지 솔직하게 말씀드려야 할 것 같네요. 제 딸은 어머니에게 물려받은 연 1만 달러의 수입이 있습니다. 그리고 제가 찬성하는 결혼을 한다면 그 두 배가 넘는 돈을 유산으로 상속받게 됩니다."

몽고메리 부인은 이 대단한 재정적 진술에 아주 진지하게 귀를 기울였다. 그녀는 수 만 달러를 그렇게 아무렇지 않게 이야기하는 것을 들은 적이 없었다. 흥분해서 그녀는 약간 상기되었다. "따님은 엄청난 부자가 되겠네요." 그녀가 나지막하게 말했다.

"바로 그겁니다. 그래서 골치지요."

"그리고 모리스가 따님과 결혼하게 되면, 그 애가 — 그 애가—" 그녀는 자신 없이 망설였다.

"그 돈이 전부 그의 소유가 되냐고요? 천만에요. 딸애가 엄마한테 물려받은 연수 1만 달러는 마음대로 할 수 있겠지요. 하지만 의사라는 직업에 종사해 열심히 일궈 낸 재산은 한 푼도 남김없이 조카들에게 물려줄 겁니다."

몽고메리 부인은 이 말에 눈을 내리깔았다. 그리고 앉아서 마루에 깔려 있는 돗자리를 얼마 동안 응시했다.

"아마도," 의사가 웃으면서 말했다. "그건 동생에게 비열한 속임수를 쓰는 것이라고 생각하시겠지요."

"전혀 그렇지 않습니다. 결혼으로 쉽게 얻기에는 너무 많은 돈입니다. 그게 옳다는 생각이 들지 않아요."

"웬걸요. 다다익선이지요. 그렇지만 동생의 경우 그럴 수 없을 겁니다. 캐서린이 제 허락 없이 결혼하면, 제 주머니에서는 한 푼도 갖고 가지 못할 겁니다."

"확실한가요?" 몽고메리 부인이 고개를 들고 물었다.

"제가 여기 앉아 있는 것만큼 확실합니다."

"따님이 사랑 때문에 수척해져도요?"

"그림자처럼 수척해져도요. 하지만 그럴 가능성은 희박합니다."

"모리스가 이 사실을 아나요?"

"그에게 이 사실을 기꺼이 알려줄 용의가 있습니다." 의사가 큰 소리로 말했다.

몽고메리 부인은 다시 생각에 잠겼다. 이 문제에 시간을 들일 준비가 되어 있던 방문객은 그녀가 귀엽게 양심적인 태도를 취하지만 동생의 손에 놀아나는 것이 아닌가 하고 자문했다. 동시에 그는 그녀에게 이런 시련을 겪게 하는 것이 반쯤은 부끄러워졌다. 그리고 그녀가 이를 온화하게 견뎌 내는 것에 감동했다. "그녀가 협잡꾼이라면 화를 낼 거야. 정말이지 아주 교활하지 않다면 말이야. 그런데 그녀가 그렇게 교활할 가능성은 없어."

"무엇 때문에 그렇게 모리스를 싫어하시나요?" 깊은 생각에서 깨어난 그녀가 이윽고 물었다.

"친구로, 말동무로 그를 싫어하는 건 전혀 아니랍니다. 아주 매력적이고, 그리고 시간을 함께 보내기 아주 유쾌한 친구인 것 같더군요. 오로지 사위로 싫어할 따름입니다. 사위의 유일한 임무가 장인의 식탁에서 만찬을 즐기는 것이라면 동생 분에게 높은 점수를 주어야 할 겁니다. 아주 훌륭하게 만찬을 즐기더군요. 그러나 그건 사위가 해야 할 일 중 아주 작은 부분 아닌가요? 자신을 돌보는 데 전혀 익숙하지 않은 내 딸아이를 보호하고 돌보는 것이 그의 임무라고 말하는 것이 더 일반적인 생각이겠지요. 이 점에 있어서 동생 분은 만족스럽지 않습니다. 제 인상밖에는 믿을 것이 없다고 고백해야 하겠지만, 제 인상을 믿는 습관이 있거든요. 물론 제 말을 정면으로 부정하셔도 좋습니다. 동생 분이 이기적이고 피상적이라는 것이 제 인상입니다."

몽고메리 부인의 눈이 조금 커졌다. 의사는 그 눈에서 경탄의 빛을 보았다고 생각했다. "어떻게 그 애가 이기적이라는 사실을 알아채셨는지 모르겠네요." 그녀가 감탄했다.

"위장을 잘한다고 생각하시나 보죠?"

"아주 잘하죠." 몽고메리 부인이 말했다. "그리고 우리 모두 다소간 이기적이죠." 그녀가 재빨리 덧붙였다.

"저도 그렇게 생각합니다. 하지만 동생 분보다 위장을 더 잘하는 사람도 봤답니다. 사람들을 몇 개의 부류로, 몇 개의 타입으로 나누는 습관이 도움이 되요. 개인으로서 동생 분을 잘못 파악할 수 있지만, 어떤 타입인지는 온 몸으로 드러나는 걸요."

"걔는 아주 잘 생겼어요." 몽고메리 부인이 말했다.

의사는 잠시 그녀를 주시했다. "여자들은 하나같이 똑같아요! 동생 분과 같은 타입은 여자들을 망치기 위해 태어났답니다. 여자들은 그들의 하녀와 희생자가 될 운명이지요. 문제가 되는 이런 타입은 삶에서 쾌락만을 취하려는 단호한 결심을 특징으로 하는데 ― 때로 그 무언의 단호함이 무서울 정도지요 ― 고분고분한 당신과 같은 여성들의 도움으로 이런 쾌락을 확보하려고 하지요. 이런 유형의 젊은이들은 다른 사람들에게 시킬 수 있는 일이면 절대로 스스로 하는 법이 없습니다. 이들이 버틸 수 있는 것은 다른 사람들의 현혹, 헌신, 미신 덕분이지요. 이 다른 사람들은 백중 구십구는 여자랍니다. 이런 젊은이들은 주로 다른 사람들에게 자신들을 위해 고통을 감내하라고 강요하지요. 그리고 여자들은 그 일을, 댁에서 잘 아시겠지만, 기막히게 잘 감내하지요." 의사는 잠시 말을 멈추었다가 갑자기 이렇게 덧붙였다. "동생을 위해 아주 많은 고통을 감내하셨지요!"

갑자기 말했다고 했지만, 완벽하게 계산된 것이기도 했다. 사실 의사는 이 아담하고 편안해 보이는 안주인의 주변 환경이 동생의 패덕으로 황폐함을 뚜렷이 드러내지 않는 것에 다소간 실망했다. 그러나 그 젊은이가 그녀의 사정을 봐줘서가 아니라 그녀가 애써 상처들을 반창고로 가렸기 때문일 거라고 생각했다. 광이 나는 스토브와 꽃 줄로 장식한 판화들 뒤에, 단정한 작은 포플린 드레스로 가린 가슴에서 상처들이 아리도록 아플 것이다. 그가 아린 부분을 만지면 그녀는 본심을 드러내리라. 내가 방금 인용한 그의 말은 아물지 않은 상처를 찔러보려는 시도로 어느 정도는 그가 기대했던 성과를 끌어냈다. 몽고메리 부인의 눈에 순간적으로 눈물이 고였고, 그녀는 당당하게 고개를 한번 홱 젖혔다.

"그걸 어떻게 아셨는지 모르겠네요!" 그녀가 외쳤다.

"철학적 방법에 의해서입니다. 귀납법이라고들 하지요. 언제라도 저를 반박하셔도 좋습니다. 하지만 이 질문에 대답해 주시면 감사하겠습니다. 동생에게 돈을 주시지 않나요? 이 질문에 답을 해주셔야 한다고 생각합니다."

"그래요, 돈을 주곤 했어요." 몽고메리 부인이 말했다.

"그리고 동생에게 줄만큼 돈이 많지는 않으시지요?"

그녀는 잠시 말이 없었다. "가난하다고 고백하라시면 어렵지 않아요. 저는 매우 가난하답니다."

"댁의 — 댁의 매력적인 집만 보면 눈치 채지 못할 겁니다." 의사가 말했다. "수입은 많지 않은데 식구는 많다고 제 누이한테 들었습니다만."

"아이가 다섯이에요." 몽고메리 부인이 말했다. "하지만 애들을 제대로 키울 능력은 있답니다."

"물론 그러시겠죠. 교양을 갖추셨고 헌신적이시니까요. 하지만 동생 분이 헤아려 보았겠지요?"

"헤아려 보다니요?"

"아이들이 다섯인 것을 헤아려 봤냐는 거죠. 아이들을 자신이 양육하고 있다고 하던데요?" 몽고메리 부인은 잠시 그를 주시하다 얼른 대답했다. "오, 그래요. 스페인어를 가르쳐 줘요."

의사는 웃음을 터뜨렸다. "크게 힘을 덜어 주겠네요! 돈이 거의 없다는 것을 동생 분도 물론 알고 있겠지요?"

"종종 그렇게 이야기했어요." 지금까지보다 덜 유보적으로 몽고메리 부인이 목소리를 높였다. 그녀는 의사의 비상한 통찰력에 얼마간 위안을 느끼는 것이 분명했다.

"동생 분이 돈을 요구해서 종종 그렇게 말씀하셔야 할 상황에 처했다는 뜻이겠지요. 노골적으로 말하는 것을 용서하십시오. 단지 사실을 이야기할 따름입니다. 얼마나 많은 돈을 갖고 갔는지 묻지 않겠습니다. 제가 상관할 문제는 아니지요. 제가 의심을 가졌던 것을 확인했습니다. 그게 제가 기대한 거였죠." 그리고 의사는 일어나서 그의 모자를 점잖게 어루만졌다. "동생은 당신을 등쳐먹고 살아요." 거기 서서 그가 말했다.

몽고메리 부인은 홀린 듯한 표정으로 그를 주시하다가 얼른 의자에서 일어섰다. 하지만 그러고 나서 약간은 모순적으로 이렇게 말했다. "불평한 적은 없어요."

"항변하지 않아도 되요. 그를 배반한 것은 아니니까요. 그렇지만 더 이상 돈을 주지 않도록 하세요."

"걔가 부자와 결혼하는 것이 제게 이익이 된다는 것을 모르시겠어요?" 그녀가 물었다. "말씀하시는 대로 제 동생이 제게 얹혀산다면, 그 짐을 벗기를 원하겠지요. 그의 결혼에 장애물을 놓는 것은 제 어려움을 가중시킬 뿐이지요."

"어려우시면 제게 오시기를 바랍니다." 의사가 말했다. "제가 그를 다시 당신에게 떠넘긴다면, 최소한 그 부담을 견딜 수 있게 도움을 드려야겠지요. 이런 말씀을 드리기는 외람됩니다만 허락하신다면 당분간 동생을 부양할 약간의 자금을 드리고 싶습니다."

몽고메리 부인은 그를 빤히 쳐다보았다. 그녀는 그가 농담한다고 생각하는 것이 분명했다. 그러나 곧 농담이 아니라는 것을 알게 되자 고통스러울 정도로 착잡한 심경인 것 같았다. "화를 내야 할 것 같네요."

"돈을 드리겠다고 해서요? 그건 고정관념에 불과합니다." 의사가 말했다. "다시 만나 뵈러 와도 좋다고 허락해 주시면 좋겠습니다. 그러면 이 문제를 상의할 수 있을 겁니다. 자녀분 중 따님도 있으시지요?"

"딸이 둘입니다." 몽고메리 부인이 말했다.

"따님들이 자라서 결혼을 생각할 때가 되면 남편감의 도덕성에 얼마나 마음을 쓰이는지 아시게 될 거예요. 그러면 제가 무례를 무릅쓰고 찾아온 걸 이해하실 겁니다."

"아, 모리스가 도덕적으로 나쁜 사람이라고 생각하시면 안 돼요."

의사는 팔짱을 끼고 그녀를 바라보았다. "도덕적 만족을 위해서인데, 제가 무척 원하는 것이 한 가지 있습니다. 전 부인께서 이렇게 말씀하시는 것을 듣고 싶습니다. 〈모리스는 지독히 이기적이다〉라고요."

의사의 근엄한 목소리로 말 한 마디 한 마디가 또렷이 울려 퍼졌고, 그 순간 가엾은 몽고메리 부인의 근심 서린 시야에 구체적 상이 떠오르는 듯싶었다. 그녀는 그 상을 주시하고 난 다음 몸을 돌렸다. "마음이 아프네요!" 그녀가 외쳤다. "그 애는 그래도 제

동생이에요. 그리고 그의 재능은—" 마지막 몇 마디는 떨려 나왔는데, 그녀는 불현듯 울음을 터뜨렸다.

"그의 재능은 1급입니다." 의사가 말했다. "그런 재능을 발휘할 적절한 분야를 찾아야 합니다." 그러고 나서 그는 아주 정중하게 그녀의 마음을 크게 어지럽힌 것을 유감으로 생각한다고 거듭 말했다. "이 모든 것이 제 가엾은 딸아이를 위해서입니다." 그리고 이렇게 덧붙였다. "그 아이를 만나셔야 해요. 그러면 아실 겁니다."

몽고메리 부인은 눈물을 흘린 것에 얼굴을 붉히면서 눈물을 닦았다. "따님을 알게 되면 좋겠네요." 이렇게 말하고 즉시 덧붙였다. "그 애와 결혼하지 못하도록 하세요!"

이 말이 그의 귀에서 부드럽게 울리는 가운데 슬로퍼 씨는 자리를 떴다. "그 애와 결혼하지 못하도록 하세요!" 이 말이 그가 방금 이야기한 도덕적 만족을 주었다. 가엾은 몽고메리 부인 집안의 자존심에 일격을 가한 것이 분명한 만큼 그 가치는 더 컸다.

15

.

그는 캐서린의 행동거지가 납득이 가지 않았다. 이 감정적인 위기에 대처하는 그녀의 태도는 그가 보기에 부자연스러울 정도로 수동적이었다. 모리스와 면담하기 전날 서재에서의 부녀 대면 이후, 그녀는 다시 말을 꺼내지 않았다. 그녀의 태도에 아무 변화 없이 1주일이 지났다. 그녀의 태도에는 동정을 호소하는 듯한 것이 전혀 없었다. 그리고 그는 엄격하게 군 것에 대한 보상으로 관대함을 베풀 기회를 그녀가 주지 않는 데 다소간 실망했다. 그는 그녀를 유럽 여행에 데리고 가겠다고 제안할 생각을 잠깐 했다. 하지만 그녀가 말없이 그를 비난할 경우에만 그렇게 할 작정이었다. 그는 그녀가 말없이 비난하는 데 재능을 발휘할 것이라고 생각했는데, 이런 조용한 공격을 가하지 않는 데 놀랐다. 그녀는 암묵적으로든 표면적으로든 아무 말도 하지 않았다. 원래 말이 많은 아이가 아니었기 때문에 그녀의 침묵에 특별한 의미가 실려 있다고 할 수도 없었다. 그렇다고 가엾은 캐서린이 골을 부리는 것도 아니었다. 그러기에는 연극적 자질이 전혀 없었다. 그녀는 단지 아주 참을성 있게 굴었을 따름이다. 물론 그녀는 상황을 숙고했다. 그리고 최선의 방안을 찾기 위해 신중하고도 침착하게 그렇게 하는 것 같았다.

"얘는 내가 하라는 대로 할 거야"라고 말하고 의사는 딸애가 기백이 없다는 생각을 덧붙였다.

그가 약간의 저항을 여흥 삼아 원했는지 알 수 없다. 하지만 이전에도 그렇게 생각했듯, 아버지 노릇은 ― 놀랄 때가 없지는 않지만 ― 그렇게 흥미진진한 소명은 아니구나 그런 생각을 했다.

그 사이 캐서린은 아주 새로운 사실을 알게 되었다. 좋은 딸 노릇 하기가 흥미진진한 소명임을 생생하게 실감하게 된 것이다. 그녀는 기대 섞인 긴장감으로 묘사할 수 있는 완전히 새로운 느낌을 갖고 자신의 행동을 지켜보게 되었다. 다른 사람을 지켜보는 것처럼 자기 자신을 지켜보면서, 자신이 어떤 행동을 할지 궁금증을 갖게 되었다고 할까? 그녀 자신이기도 하고 아니기도 한 이 새로운 인물이 별안간 생명을 얻어 시험 가동 받지 않은 기능들을 어떻게 수행할까 호기심이 생긴 것이다.

"이렇게 착한 딸을 두어 난 기쁘다." 여러 날이 지나고 난 다음 그녀에게 키스하면서 의사가 말했다.

"착한 딸이 되려고 노력하고 있어요." 양심에 꺼리길 것이 전혀 없다고 할 수 없는 그녀가 얼굴을 돌리며 대답했다.

"내게 할 말이 있으면 무슨 말이든 주저하지 말고 해라, 알았지. 입을 봉해야 한다고 생각할 건 없다. 타운젠드를 화제로 삼는 것은 반갑지 않지만, 그에 관해 특별히 할 말이 있으면 경청할 용의가 있단다."

"고맙습니다." 캐서린이 말했다. "지금은 딱히 할 말이 없어요."

그는 그녀에게 모리스를 다시 만났냐고 묻지 않았다. 만났다면 그녀가 실토했을 것이기 때문이다. 실제로 그녀는 그를 만나지 않았다. 긴 편지를 써보냈을 따름이다. 적어도 그녀에게는 긴 편지였다. 그리고 모리스에게도 길었다고 덧붙여야 하겠다. 아주 단정한 달필로 다섯 페이지나 되었으니 말이다. 캐서린이 약간의 자부심을 느낄 정도로 그녀의 필체는 훌륭했다. 그녀는 베끼기를 아주 좋아했고, 이런 재능을 입증하는 여러 권의 노트를 소유하고 있었다. 자신이 모리스에게 특별한 존재라는 행복감이 어느 때보다도 사무친 날, 그녀는 이 노트들을 그에게 보여주기도 했다. 편지에서 캐서린은 아버지가 그를 만나지 말라고 하셨고, 그녀가 '마음을 정할 때'까지 집에 오지 말라고 말했다. 모리스는 열정적인 답신에서 도대체 마음을 정할 것이 무엇이 있냐고 물었다. 이미 2주 전에 마음을 정한 것 아니냐? 그런데 그를 버린다는 생각을 품을 수 있느냐? 서로에게 충실하기로 약속하고 약속을 끌어낸 다음, 시련이 막 시작하는 순간 무너져 버릴 작정이냐? 그리고 그는 의사와의 면담을 서술했는데, 앞서 제시한 면담 내용과 전적으로 일치하지는 않았다. "아주 거칠게 나오시더라고요." 모리스는 이렇게 썼다. "하지만 내가 자제력이 강한 걸 당신도 알잖아요. 무자비한 감금 상태에 놓인 당신을 해방시키는 일이 내게 달려 있음을 생각하면 자제해야 했지요." 캐서린은 이에 대한 대답으로 세 줄

짜리 짧은 편지를 그에게 보냈다. "난 아주 곤경에 빠졌어요. 내 사랑을 의심하지 마세요. 하지만 기다리면서 좀 생각해 볼래요."

아버지와 맞서야 한다는 생각, 아버지의 뜻을 거슬러 자신의 뜻을 세워야 한다는 생각이 그녀의 영혼을 짓눌러 — 엄청난 물리적 하중이 옴짝달싹할 수 없게 만들 듯 — 그녀를 침묵에 빠뜨렸다. 사랑을 포기해야 한다는 생각은 해본 적도 없었다. 그러나 그녀는 처음부터 이런 어려움을 평화롭게 해결할 방법이 있을 것이라고 자신을 납득시키려고 했다. 아버지가 마음을 바꿀 것이라고 단정할 수 없는 이상, 이것은 막연한 확신이라고 해야 하리라. 그녀가 아주 착한 딸이 되면 상황이 불가사의하게 나아지지 않을까 생각할 따름이었다. 착한 딸이 되려면 참을성을 보여야 하고, 외양상 순종해야 하며, 아버지를 너무 심하게 비판하는 것을 자제해야 하고, 공개적으로 반항하는 행동을 하지 말아야 한다. 아버지 입장에서는 그렇게 생각하는 것도 옳다고 볼 수 있으니까. 캐서린이 이렇게 생각한다고 모리스의 결혼 동기에 대한 아버지의 판단을 받아들인 것은 아니다. 세심하게 마음을 쓰는 부모라면 당연히 의심의 눈초리로 바라보고, 급기야 부당하게 의심할 만하다고 생각한 것이다. 아버지가 모리스를 의심하듯 그렇게 나쁜 사람들이 세상에는 있으리라. 그리고 모리스가 이런 못된 사람일 가능성이 조금이라도 있다면, 아버지가 주의를 기울이는 것은 옳다. 물론 아버지는 그녀가 아는 것을, 모리스의 눈에 깃든 지극히 순수한 사랑과 진실을 알지 못한다. 하지만 때가 되면 아버지가 이 사실을 알게끔 하늘이 인도하시리라. 캐서린은 하늘에 많은 것을 기대했고, 자신의 곤경을 해결하는 데 있어, 프랑스 사람들이 말하듯, 하늘에 주도권을 위탁했다. 아버지의 무지를 자신이 일깨운다는 것은 상상조차 할 수 없었다. 그의 부당함에도 우월함이 있었고, 그의 실수에도 완벽함이 있었다. 하지만 최소한 착한 딸이 될 수는 있다. 그녀가 아주 착한 딸 노릇을 하면, 하늘이 모든 것을 ─ 아버지의 오류가 갖는 위엄과 그녀의 확신이 취한 상냥함을, 자식으로서 도리를 다하는 것과 모리스 타운젠드와 연애를 즐기는 것을 양립할 수 있는 방안을 짜내리라.

가엾은 캐서린이 고모의 사리 분별을 믿고 의지할 수 있으면 좋았을 텐데, 고모는 그런 역할을 맡을 준비가 되어 있지 않았다. 페니먼 부인은 이 작은 드라마에 드리운 감상적인 그림자에 폭 빠져서 지금으로서는 이를 흩어 버릴 용의가 없었다. 그녀는 플롯이 점점 더 복잡해지기를 원했고, 조카딸에게 하는 충고가 이런 결과를 낳으리라고 멋대로 상상하기도 했다. 그녀의 충고로 말하자면 다소간 앞뒤가 안 맞아서 오늘 한 말을 내일 뒤집곤 했다. 하지만 캐서린이 뭔가 큰일을 저질러야 한다는 열망만은 일관되게 나타났다. "넌 행동을 취해야 해. 이런 상황에서 가장 중요한 것은 실천이란다." 이렇게 말하면서 페니먼 부인은 조카딸이 상황에 전혀 부응하지 못한다고 생각했다. 페니먼 부인이 진짜 원하는 것은 조카딸이 비밀 결혼을 하는 데 신부 측 들러리요 보호자 역할을 하는 것이었다. 그녀는 지하 예배당 같은 곳에서 이런 의식이 거행되고 ─ 뉴욕에 지하 예배당이 흔한 것은 아니지만, 페니먼 부인의 상상력은 이런 사소한 것에 구애되지 않았다 ─ 죄를 지은 한 쌍이 — 그녀는 캐서린과 모리스를 죄를 지은 한 쌍으로 형용하는 것을 좋아했다 — 속도를 낸 마차를 타고 교외에 있는 호젓한 하숙집으로 살짝 빠져나가는 것을 상상했다. 그러면 그녀는 짙은 베일을 드리우고 남의 눈을 피해 그곳을 방문하리라. 그곳에서 일정 기간 낭만적 빈곤을 견디다, 자신이 그들에게 지상의 섭리와도 같은 존재, 그들의 중재자이자 옹호자, 또 그들을 세상과 소통시켜 주는 매개자로서의 역할을 한 후에, 이 한 쌍은 한 폭의 그림 같은 극적인 장면에서 그녀의 오라버니와 화해하리라. 그 그림에서 그녀는 어쨌거나 주인공의 위치를 점하리라. 그녀는 캐서린에게 비밀 결혼을 하라고 권하는 것은 망설였지만, 모리스 타운젠드에게는 매력적인 그림을 그려 보였다. 그녀는 그 젊은이와 매일 연락을 취해 워싱턴 스퀘어의 상황을 편지로 알렸다. 그가 워싱턴 스퀘어에 있는 집에서, 그녀의 표현을 빌면, '추방' 되었기 때문에 만날 수 없게 되었노라 했지만, 편지의 말미에는 꼭 만나고 싶다고 썼다. 이 만남은 중립 지대에서 이뤄져야 하기 때문에, 그녀는 만남의 장소를 정하기까지 심사숙고했다. 그녀는 그린우드 공동묘지가 마음에 끌렸지만, 너무 멀기 때문에 포기했다. 자리를 너무 오래 비우면 의심을 산다고 그녀는 말했다. 그러고 나서 배터리를 생각했다. 하지만 날씨가 춥고 바람이 세차게 불 것이고, 지금쯤이면 아일랜드에서 큰 희망을 안고 신세계에 이주해 온 이들과 맞닥뜨릴 위험이 있었다. 결국 흑인이 운영하는 굴 탕 집으로 장소를 정했는데, 7번가에 있는 이 식당에 대해서는 지나가다 유심히 봤다는 것 빼고는 아는 것이 없었다. 그곳에서 만나자고 모리스 타운젠드와 약속한 그녀는 어스름 무렵 짙은 베일을 휘감고 약속 장소에 갔다. 도시 반대쪽에서 와야 했던 그는 그녀를 30분 간 기다리게 만들었다. 하지만 그녀는 기다리는 것이 좋았다. 상황을 더 긴박하게 만드는 것 같았기 때문이다. 그녀는 차를 한 잔 시켰는데 맛이 형편없어서 낭만적 명분을 위해 고통을 당하는 기분을 만끽할 수 있었다. 모리스가 마침내 도착하자, 그들은 가게 뒤편의 제일 어두침침한 곳에 30분을 앉아 있었다. 페니먼 부인에게는 이 30분이 지난 몇 년 간 보낸 시간 중 가장 행복한 순간이었음은 말할 나위 없다. 스릴까지 만점이라, 모리스가 굴 탕을 주문해서 그녀의 눈앞에서 먹어 치우기 시작했을 때도 뭔가 아귀가 안 맞는다는 생각이 들지 않을 정도였다. 이미 암시했다시피, 페니먼 부인을 마차의 다섯 번째 바퀴 정도로 생각하는 모리스로서는 정말이지 굴 탕에서라도 만족을 얻어야 했다. 뛰어난 자질을 가진 신사가 보잘 것 없는 아가씨를 선택하는 호의를 베풀었다가 냉대를 받았을 때 느낄 법한 불쾌감에 기분이 상한 판에, 비쩍 마른 중년 부인이 아첨조로 동정을 표하는 것이 모리스에게 아무런 위안이 되지 못했다. 그는 그녀를 허위 의식으로 도배한 멍청이로 치부했는데, 이런 부류에 대한 그의 판단은 아주 확고했다. 처음에는 워싱턴 스퀘어의 저택에서 발판을 마련하기 위해서 그녀의 말을 들어주고 비위를 맞추었지만, 지금은 최소한의 예의를 갖추는 데도 자제력을 총동원해야 할 판이었다. 댁네는 허황된 노파요, 당장 마차에 태워 집으로 돌려보내고 싶다고 그녀에게 말할 수만 있다면 속이 다 후련했을 것이다. 하지만 우리가 알고 있듯이 모리스의 미덕은 자제력이었고, 게다가 그는 호감을 주려고 노력하는 데 익숙했다. 그래서 페니먼 부인의 태도가 이미 날카로울 대로 날카로워진 그의 신경을 더 악화시킬 따름이었지만, 그는 음울한 경의를 표하며 그녀의 말에 귀를 기울였다. 그녀는 그런 그가 너무 멋있다고 생각했다.

16

그들은 물론 즉시 캐서린을 화제로 삼았다. "제게 무슨 말을 전해 달라고 하던가요? 아니면…… 뭘 보내던가요?" 모리스가 물었다. 그는 캐서린이 정표로 장신구나 머리카락을 잘라 보냈으리라고 생각하는 것 같았다.

조카딸에게 사절로 나설 의도를 알리지 않았던 페니먼 부인은 조금 당황했다. "전언이라고 할 것까지는 없네." 그녀가 말했다. "내가 묻지 않았다네. 그 아이를 흥분에 빠뜨릴까 봐 걱정이 되었거든."

"그렇게 감정에 휘말리는 사람은 아닌 것 같은데요." 모리스는 냉소적으로 말했다.

"그보다 더 훌륭하지. 그 애는 확고부동해. 진실해."

"그럼 끝까지 버틸까요?"

"죽을 때까지 버틸 거네."

"아, 그럴 지경에 이르러서는 안 되겠지요." 모리스가 말했다.

"우리는 최악의 경우에 대비해야 할 거야. 그 말을 하고 싶었네."

"최악의 경우라면?"

"우리 오빠의 가혹하다고 할 정도로 이성적인 성격이지." 페니먼 부인이 말했다.

"아, 빌어먹을!"

"그는 피도 눈물도 없다네." 페니먼 부인은 설명을 하기 위해 덧붙였다.

"생각을 고쳐먹지 않을 거라는 뜻인가요?"

"논리로 제압할 수는 없어. 내가 오빠를 연구했지. 기정사실로 만들어야 항복할걸."

"기정사실이라니요?"

"그래야 생각을 고쳐먹을 거네." 페니먼 부인이 매우 의미심장하게 말했다. "그는 사실에만 관심이 있네. 사실로 대적할 수밖에 없어."

"그래요." 모리스가 대꾸했다. "내가 그의 딸과 결혼하고 싶은 것이 사실인데, 지난번에 만났을 때 전혀 제압할 수 없던 걸요."

페니먼 부인은 잠시 침묵을 지켰다. 가장자리에 검은 베일이 커튼처럼 드리운 그녀의 널찍한 모자의 그림자 사이로 보이는 미소가 모리스의 얼굴에 고정되었다. "캐서린과 결혼부터 하고, 그 다음에 우리 오빠를 만나게!"

"그렇게 하라고 권하시는 겁니까?" 젊은이가 얼굴을 잔뜩 찌푸린 채 물었다.

그녀는 약간 겁을 먹었지만, 제법 대담하게 말을 이었다. "내가 보기에는 그렇다네. 비밀 결혼을 하는 거야 — 비밀 결혼." 그녀는 그 말이 마음에 들어 반복했다.

"캐서린을 데리고 도망가라는 거요? 뭐라고 하더라 — 사랑의 도피라도 하라는 겁니까?"

"선택의 여지가 없다면 죄가 아니라네." 페니먼 부인이 말했다. "타계한 내 남편이 출중한 목사였다고 이야기했지. 그 시대의 가장 탁월한 웅변가 중 하나였지. 한번은 아버지 집에서 도망 나온 처녀와 젊은이의 결혼 주례를 선 적이 있다네. 그들의 이야기를 듣고 난 다음 조금도 주저하지 않았다네. 그러고는 다 잘 되었어. 나중에 아버지와 화해했고, 사위를 아주 소중하게 생각하게 되었지. 페니먼 목사는 저녁 7시경 결혼식을 올렸다네. 교회가 너무 어두워서 앞이 안 보일 정도였어. 그 사람은 극도로 흥분했다네. 아주 인정이 많았지. 다시 하라고 하면 못 했을걸."

"불행히도 캐서린과 저를 결혼시켜 줄 페니먼 목사님이 없군요." 모리스가 말했다.

"그렇지. 하지만 내가 있잖은가." 페니먼 부인이 감정을 듬뿍 담아 말했다. "내가 결혼식을 집전할 수는 없지만, 도울 수는 있네. 결혼식에 참석할 수 있어!"

'이 여자 바보 멍청이 아냐!' 모리스는 이렇게 생각했지만 그렇게 말할 수는 없었다. 그렇다고 그의 말이 현저하게 더 공손할 것은 없었다. "그 이야기 하려고 여기서 만나자고 한 겁니까?"

페니먼 부인은 그녀의 용건이 다소 막연했고, 그가 오랜 시간 걸어온 것에 대한 실질적인 보상이 될 수 없음을 의식하게 되었다. "캐서린과 가까운 사람을 만나고 싶어하지 않을까 그런 생각을 했네." 그녀는 적잖이 위엄을 부리며 말한 다음 이렇게 덧붙였다. "그리고 캐서린에게 뭔가를 보낼 소중한 기회로 삼을지도 모른다고 생각했지."

모리스는 침울한 미소를 띤 채 빈손을 펼쳐 보였다. "대단히 감사합니다만, 보낼 것이 없습니다."

"캐서린에게 **전할 말**이라도 없나?" 그녀가 암시적인 미소를 띠며 물었다.

모리스는 다시 눈살을 찌푸렸다. "꿋꿋이 버티라고 전하세요." 그는 다소 퉁명스럽게 말했다.

"좋은 말이네. 고귀한 말이야. 그녀를 여러 날 행복하게 만들 걸세. 그녀는 아주 애처롭고 아주 용감하다네." 페니먼 부인은 망토를 여미고 갈 채비를 하면서 주절거렸다. 그러다 영감이 떠올랐다. 그녀의 충고를 확실하게 정당화할 말을 찾아낸 것이다. "어떤 희생을 무릅쓰고서라도 캐서린과 결혼하면," 그녀가 덧붙였다. "그런 사람이라는 걸 입증해 보일 수 있을 걸세. 우리 오빠는 믿기 어려운 척하지만."

"그럼 사람이라는 걸 믿기 어려운 척하다니요?"

"그게 뭔지 몰라서 묻나?" 페니먼 부인은 거의 장난스럽게 물었다.

"알고 싶은 마음도 없습니다." 모리스가 당당하게 말했다.

"물론 화가 나겠지."

"저는 그런 걸 경멸해요." 모리스가 선언했다.

"아, 그럼 그게 뭔지 아는군?" 페니먼 부인은 손가락을 흔들며 말했다. "캐서린의 아버지는 자네가 — 자네가 유산에 마음이 있다고 주장하는 걸세."

모리스는 잠시 망설였다. 그리고 나서 골똘히 생각하는 듯 이렇게 말했다. "저 그 유산에 **마음이 있어요!**"

"아, 하지만 — 우리 오빠가 생각하는 그런 식은 아니지. 캐서린보다 유산에 마음이 있는 건 아니지 않은가?"

그는 팔꿈치로 식탁 위에 기대 손에 머리를 박고, "절 고문하시네요!"라고 중얼거렸다. 정말이지 그가 처한 상황에 성가시도록 관심을 표하는 이 볼품없는 여편네의 존재가 고문과 다르지 않았다.

그러나 그녀는 자신의 주장을 줄기차게 펼쳤다. "우리 오빠의 반대를 무릅쓰고 캐서린과 결혼한다면, 유산을 받을 생각이 없고 또 그 돈 없이 살아갈 작정이라는 걸 받아들이겠지. 자네가 사심이 없다는 것을 알게 될 걸세."

모리스가 고개를 약간 들고 이런 주장을 따라가 보았다. "그래서 얻는 것이 뭐죠?"

"뭐긴. 장인의 돈을 탐낸다는 의심이 잘못임을 알게 되겠지."

"제가 그 빌어먹을 놈의 돈에 관심이 없다고 하면 병원에 기부하겠지요. 그런 뜻으로 말씀하신 건가요?" 모리스가 물었다.

"아니, 그런 뜻은 아니네. 그러면 멋있겠지만," 페니먼 부인이 얼른 덧붙였다. "자네를 오해했음을 깨닫게 되면, 결국에 가서는 보상을 해야 한다고 마음먹게 될 거라는 뜻일세."

모리스는 고개를 가로저었지만, 귀가 약간 솔깃했음을 고백하지 않을 수 없다. "그렇게 감상적인 분이라고 생각하시나요?"

"감상적인 것과는 거리가 멀지." 페니먼 부인이 말했다. "하지만 공정하게 평가를 하자면, 편협하기는 해도 그 나름 의무감은 강한 사람일세."

모리스 타운젠드는 가능성이 희박할지라도 의사의 마음에서 이런 원칙이 작동할 경우 자신이 어느 정도 덕을 볼 수 있을지 재빠르게 계산해 보았다. 하지만 곧 터무니없다는 생각이 들어 계산을 그만두었다. "오빠 되시는 분은 제게 아무런 의무가 없어요." 그가 말했다. "저 또한 그렇고요."

"아, 하지만 그는 캐서린에게는 의무가 있지."

"그렇지요. 하지만 그런 원칙대로 하자면 캐서린도 아버지에게 의무가 있지요."

페니먼 부인은 그에게 상상력이 없는 걸 탓하는 듯 울적한 한숨을 지으며 일어섰다. "캐서린은 언제나 의무를 충실하게 이행했네. 이제 **자네**에 대한 의무가 있지 않은가?" 페니먼 부인은 대화를 하는 중에 대명사에 방점을 찍는 버릇이 있었다.

"의무라고 하니 좀 귀에 거슬리네요. 저는 그녀의 사랑에 감사하고 있습니다." 모리스가 덧붙였다.

"그 말을 캐서린에게 전함세. 언제라도 내 도움이 필요하면 말하게나." 그러고 나서 더 할 말이 생각나지 않은 페니먼 부인은 막연하게 워싱턴 스퀘어 방향으로 고개를 주억거렸다.

모리스는 잠시 더 지체할 요량인 듯 식당의 모래 뿌린 바닥을 내려다보고 있었다. 이윽고 갑자기 고개를 번쩍 들더니 이렇게 물었다. "캐서린이 저랑 결혼하면 유산을 물려받지 못할 거라고 생각하세요?"

페니먼 부인은 빤히 쳐다보다가 미소를 띠었다. "어떻게 될지 내가 다 설명하지 않았나. 결과적으로는 결혼하는 것이 최선일세."

"캐서린이 무슨 짓을 저지르던 결국에는 유산을 받게 될 거라는 말씀인가요?"

"캐서린이 아니라 자네에게 달려 있네. 유산에 관심이 없으니, 관심이 없음을 보여줄 수밖에." 페니먼 부인이 책략가답게 말했다. 이 점을 숙고하면서 모리스는 다시 모래 뿌린 바닥에 눈길을 돌렸고, 그녀가 말을 이었다. "남편과 나는 무일푼이었지만, 우리는 매우 행복했다네. 캐서린에게 엄마 쪽의 유산이 있지 않나. 올케가 결혼할 때만 해도 상당한 재산으로 여겨졌지."

"오, 그 이야기는 하지 말아요!" 모리스가 말했다. 그리고 정말이지 불필요한 이야기였다. 그는 이미 그 사실을 여러 각도에서 재봤던 것이다.

"우리 오빠도 상속녀와 결혼했는데, 자네라고 그러지 말란 법 있나?"

"아, 하지만 오빠 분은 의사잖아요."

"모든 젊은이가 의사일 수는 없지 않은가."

"의사는 끔찍하게 싫은 직업이라고 생각해요." 지적인 독립의 분위기를 풍기며 모리스가 말했다. 그러고 나서 다소 엉뚱한 질문을 했다. "캐서린에게 유리한 유언장이 이미 작성되었다고 보시나요?"

"그럴 걸세. 의사들도 죽으니까. 아마 내게노 조금의 유산을 남기겠지." 페니먼 부인이 솔직하게 덧붙였다.

"그리고 유언장을 바꿀 수도 있다고 보시나요? 캐서린 부분을 말이지요?"

"그렇겠지. 그리고 다시 바꿀 걸세."

"하지만 그 점을 확신할 수는 없지요." 모리스가 말했다.

"그 점을 **확신하고** 싶은가?" 페니먼 부인이 물었다.

모리스는 얼굴을 살짝 붉혔다. "캐서린에게 손해를 끼치는 원인이 될까 봐 겁이 납니다."

"아! 겁을 내서는 안 된다네. 아무 것도 걱정하지 말게. 그럼 모두 잘될 걸세."

그런 다음 페니먼 부인은 자기 찻값을 냈고, 모리스는 굴 탕 값을 지불했다. 그러고 나서 함께 가로등 불빛이 희미한 황량한 7번가로 걸어 나갔다. 땅거미가 완전히 졌다. 구멍이 숭숭 뚫리고 균열이 생긴 곳이 유난히 많은 보도에 가로등이 띄엄띄엄 간격을 두고 떨어져 있었다. 이상한 그림으로 장식된 합승 마차가 제자리에서 튕겨 나온 자갈을 튕기며 달려왔다.

"집에 어떻게 가실 작정인가요?" 이 수송 수단을 눈여겨보며 모리스가 물었다. 페니먼 부인은 그의 팔짱을 끼었다.

그녀는 잠시 망설였다. "이런 식으로 가는 것이 즐거울 것 같군." 그녀가 말했다. 그리고 그의 부축에 기대 발길을 옮겼다.

그래서 그는 도시의 서쪽 꾸불꾸불한 길을 그녀와 함께 걸어서 어스름이 깔리자 시끌벅적해진 번화가를 지나 조용한 워싱턴 스퀘어 주변에 다다랐다. 그들은 슬로퍼 씨의 흰 대리석 계단 발치에서 잠시 멈춰 서 저택을 올려다보았다. 반짝이는 은색 문패로 장식된 티끌 하나 없는 새하얀 문이 모리스에게는 닫혀 있는 행복의 문을 상징하는 것 같았다. 그러고 나서 페니먼 부인의 동반자는 우울한 눈을 들어 집의 윗부분에 있는 불 켜진 창문을 바라보았다.

"저게 내 방이네 — 내 다정한 작은 방!" 페니먼 부인이 말했다.

모리스는 움찔했다. "그러면 그 방을 바라보러 공원을 걸어 돌아올 필요가 없겠네요."

"좋은 대로 하게나. 하지만 캐서린의 방이 그 뒤에 있네. 2층에 당당한 창문이 두 개 있는 곳이지. 건너편 길에서 보인다네."

"보고 싶지 않습니다, 부인." 이렇게 말하고 모리스는 집에 등을 돌렸다.

"어쨌든 자네가 **여기까지** 왔었다고 캐서린에게 이야기하겠네." 그들이 서 있는 곳을 가리키며 페니먼 부인은 말했다. "그리고 자네 메시지를 전함세 — 굳건히 버티라고."

"오, 그래요. 물론이지요. 이미 편지로 그런 말을 다 써 보낸 것을 아시지요."

"말로 할 때 더 많은 것을 전할 수 있지. 그리고 내 도움이 필요하면 내가 **여기** 있다는 걸 기억하게." 이렇게 말하고 페니먼 부인은 3층을 올려다보았다.

그리고 그들은 작별했다. 혼자 남은 모리스는 잠시 서서 그 집을 올려다보았다. 그러고 난 다음 음울하게 돌아서서 반대편 나무 펜

스 근처 광장을 한 바퀴 돌았다. 그런 다음 제자리로 돌아와 1분간
슬로퍼 씨의 집 앞에 머물렀다. 그는 그 집을 유심히 살펴보았다.
심지어는 페니먼 부인의 붉은색 창문에 눈길이 머무르기도 했다.
그는 우라지게도 안락한 집이라는 생각을 했다.

17

페니먼 부인은 그날 저녁 캐서린에게 모리스 타운젠드와 만났다는 이야기를 했다. 두 사람은 건물 뒤편 거실에 앉아 있었는데, 이 이야기를 듣자 캐서린은 움찔할 정도로 마음의 상처를 받았다. 그 순간 그녀는 분노를 느꼈다. 그녀가 분노를 느낀 것은 거의 처음이라고 할 수 있다. 오지랖이 넓은 고모가 무언가 망칠 것 같은 막연한 예감이 피어올랐다.

"고모가 왜 그 사람을 만나야 했는지 모르겠어요. 잘한 일이 아닌 것 같아요."

"그 젊은이가 너무 안됐지 뭐니. 누군가 만나 줘야 할 것만 같았어."

"다른 사람이 아니라 제가 만나야죠." 캐서린은 살면서 처음으로 아주 되바라진 말을 하고 있다는 생각이 들었지만, 동시에 그렇게 하는 것이 옳다는 것을 본능적으로 알았다.

"하지만 애야, 네가 만나려고 하지 않잖니." 라비니아 고모가 대꾸했다. "그 사람이 어떻게라도 됐을까 걱정이 되지 뭐니."

"아버지가 금하셨기 때문에 만나지 않은 거예요." 캐서린이 아주 단순하게 말했다.

이런 진술의 단순함이 정말이지 페니먼 부인의 짜증을 돋우었다. "너의 아버지가 잠자지 말라고 하면, 넌 깨어 있겠구나!" 그녀는 이렇게 논평을 달았다.

캐서린은 그녀를 바라보았다. "고모를 이해할 수 없어요. 아주 낯선 사람같이 느껴지네요."

"그러니? 언젠가 날 이해할 날이 있을 거다!" 그러고 나서 석간 신문을 읽고 있었던 — 그녀는 매일 신문을 첫줄부터 끝줄까지 읽곤 했다 — 페니먼 부인은 다시 하던 일로 돌아갔다. 그녀는 침묵을 지켰다. 그녀는 모리스와 만난 이야기를 해달라고 캐서린이 요청해 마땅하다고 다짐했다. 하지만 캐서린이 너무 오래 침묵을 지켜 페니먼 부인으로서는 더 이상 참기 어려웠다. 그래서 넌 참 냉정하구나라고 말하려는 순간 캐서린이 말문을 열었다.

"그 사람이 뭐라고 하던가요?" 그녀가 물었다.

"언제라도 너와 결혼할 준비가 되어 있다고 하더라. 모든 장애에도 불구하고."

캐서린이 아무런 반응을 보이지 않자 페니먼 부인은 다시 참을성을 잃을 뻔했다. 그래서 그녀는 모리스가 잘생긴 건 여전하지만 몹시 수척해 보였다는 정보를 자진해서 제공했다.

"슬퍼 보이던가요?" 그녀의 조카딸이 물었다.

"눈 밑이 거무스름했어." 페니먼 부인이 말했다. "처음 만났을 때와 너무 다르더라. 하지만 처음에 그런 상태였다면 더 눈에 번쩍 띄지 않았을까 싶다. 그렇게 비탄에 잠겨 있는 모습에 뭐랄까 광채가 났어."

캐서린은 생생한 그림으로 그를 느꼈다. 그러면 안 된다고 생각했지만, 그 그림을 주시하는 자신을 발견했다. "그 사람 어디서 만났어요?" 이윽고 그녀가 물었다.

"음, 바워리에 있는 제과점에서." 대충 둘러댈 필요가 있다고 막연하게 생각하는 페니먼 부인이 말했다.

"그게 어디 있는데요?" 잠시 가만히 있다가 캐서린이 물었다.

"그곳에 가고 싶니?" 그녀의 고모가 말했다.

"오, 아니에요." 그러고 나서 캐서린이 자리에서 일어나 벽난로 있는 곳으로 갔다. 그곳에 서서 그녀는 벌겋게 달아오른 석탄을 지켜보았다.

"넌 왜 그렇게 무미건조하니, 캐서린?" 페니먼 부인이 급기야 이렇게 말했다.

"무미건조하다고요?"

"냉담하고. 왜 그렇게 무반응한 거니?"

캐서린은 얼른 몸을 돌렸다. "**그 사람이** 그렇게 말하던가요?"

페니먼 부인은 잠시 망설였다. "그가 뭐라고 말했는지 말해 주마. 그가 겁내는 건 단 한 가지야. 네가 겁을 낼까 봐 두렵다고 하더라."

"뭘 겁낸다는 거예요?"

"아버지를 겁낸다는 거지."

캐서린은 다시 불쪽으로 몸을 돌렸다. 그러고 나서 잠시 있다가 말했다. "저는 아버지가 **겁나요**."

페니먼 부인은 재빨리 의자에서 일어나 조카딸에게 다가갔다. "그렇다고 그를 포기할 거니?"

캐서린은 얼마 동안 미동도 하지 않고 석탄불에 눈을 고정했다. 이윽고 고개를 든 그녀는 고모를 바라다보았다. "왜 그렇게 성화를 부리세요?"

"누가 성화를 부린다고 그러니? 내가 언제 이 이야기를 꺼낸 적이 있니?"

"여러 번 제게 이야기하신 것 같아요."

"그렇다면 필요해서 그렇게 한 거다, 캐서린," 페니먼 부인이 아주 근엄하게 말했다. "넌 중요성을 인식하지 못하는 것 같아." 잠시 뜸을 들이는 사이 캐서린은 그녀를 주시하고 있었다. "그 멋진 젊은이를 실망시키지 않아야 할 중요성 말이다!" 그러고 난 다음 페니먼 부인은 램프 옆의 의자로 돌아가 고개를 한 번 휙 돌리고 다시 석간신문을 집어 들었다.

캐서린은 벽난로 앞에 서서 손을 뒤로 깍지 낀 채 고모를 바라다보고 있었다. 페니먼 부인은 조카딸의 응시가 이렇듯 음울하게 고정된 것을 본 적이 없다는 생각을 했다. "고모가 절 이해하지도 알지도 못한다는 생각이 드네요."

"그렇다 하더라도 이상할 것이 없다. 넌 내게 거의 아무 것도 털어놓지 않으니까."

캐서린은 이런 비난을 부정하려는 시도를 하지 않아서 얼마 동안 침묵이 흘렀다. 하지만 페니먼 부인의 상상력은 안정을 찾지 못했다. 이번에는 석간신문이 그녀의 상상력을 묶어 놓지 못했다.

"아버지의 노여움이 겁나 굴복한다면," 그녀가 말했다. "우리가 어떻게 될지 알 수 없구나."

"**그 사람이** 제게 그런 말을 하라고 하던가요?"

"내게 영향력을 발휘해 달라고 하더라."

"잘못 아신 거예요." 캐서린이 말했다. "그 사람은 날 믿어요."

"널 믿은 걸 후회하지 않게 되기를 빈다!" 그러고 난 다음 페니먼 부인이 신문을 날카롭게 한 대 탁 쳤다. 그녀는 갑자기 엄숙해지고 논쟁적이 된 조카딸을 어떻게 다뤄야 할지 알 수 없었다.

캐서린의 이런 면모는 곧 더 분명하게 드러났다. "타운젠드 씨와 더 이상 만날 약속을 하지 않는 것이 좋겠어요." 그녀가 말했다. "고모가 그 사람을 만나는 게 옳다는 생각이 들지 않아요."

페니먼 부인은 위풍당당하게 자리를 박차고 일어섰다. "이 가엾은 것아. 날 질투하는 거니?" 그녀가 물었다.

"라비니아 고모!" 캐서린이 얼굴을 붉히며 속삭이듯 말했다.

"네가 내게 무엇이 옳다 그르다 훈계할 입장은 아니라고 생각한다."

하지만 이 점에 있어서는 캐서린도 물러서지 않았다. "속이는 것이 옳을 수는 없어요."

"내가 **널** 속이지 않은 것은 분명해!"

"네, 그렇지만 아버지께 약속 드렸어요—"

"네가 아버지와 약속한 것은 분명하지만, 난 아무 것도 약속한 것이 없단다."

캐서린도 이 점을 인정해야 했고, 침묵으로 그렇게 했다. "타운 젠드 씨도 좋아하지 않을 거라고 믿어요." 마침내 그녀가 말했다.

"날 만나는 걸 좋아하지 않는다고?"

"비밀리에 만나는 거는요."

"비밀리에 만난 건 아니란다. 그곳은 사람들이 북적거리는 곳이었어."

"그렇지만 외진 곳 ─ 멀찍이 떨어진 바워리 쪽이라면서요."

페니먼 부인은 약간 움찔했다. "신사들은 그런 곳을 좋아해." 이윽고 그녀가 말했다. "난 신사들이 뭘 좋아하는지 알아."

"아버지가 아시면 좋아하지 않으실 거예요."

"그래, 아버지에게 고자질할 작정이냐?" 페니먼 부인이 물었다.

"아니에요, 고모. 하지만 다시는 그러지 마세요."

"다시 만나면 아버지에게 일러바치겠다는 ─ 그런 이야기냐? 네가 아버지를 겁내는 것처럼 나도 겁내는 건 아니야. 난 언제나 내 입장을 견지한단다. 하지만 다시는 너를 위해 어떤 일에도 나서지 않을 작정이야. 넌 너무 은혜를 몰라. 네가 감정이 풍부한 성격이 아닌 줄은 알고 있었다만, 굳센 의지가 있다고 믿었다. 너의 그런 면모를 실감하게 될 거라고 네 아버지에게 말했지. 난 실망했다만, 네 아버지는 그 반대겠지." 이렇게 말하고 페니먼 부인은 조카딸에게 짤막하게 잘 자라고 한 다음 자기 방으로 철수했다.

18

캐서린은 혼자 생각에 잠겨 응접실 벽난로 옆에 한 시간 이상 앉아 있었다. 고모는 남의 일에 참견하는 멍청이인 것 같았다. 그리고 이 점이 그렇게 선명하게 보이자 — 고모를 그렇게 확실하게 판단할 수 있게 되자 — 그녀는 늙어 버린 듯 침중한 기분이 들었다. 그녀는 의지가 박약하다는 고모의 비난에 분개하지 않았다. 자신이 약하다고 느끼지 않았기 때문에 그런 비난이 마음에 와 닿지 않았다. 정당한 평가를 받지 못한 것에 상처를 받지도 않았다. 그녀는 아버지에 대한 무한한 존경심을 품고 있었다. 아버지를 거슬린다는 것은 위대한 신전에서 불경죄(不敬罪)를 짓는 것과 유사한 비행(非行)과 다르지 않았다. 그러나 그녀의 결의가 서서히 무르익어 가면서 그녀는 기도로 불경을 순화할 수 있으리라고 믿었다. 밤이 깊어 가면서 등불의 빛이 희미해진 것을 그녀는 의식하지 못했다. 관심을 자신의 대단한 계획에 집중했기 때문이다. 그녀는 아버지가 서재에 있다는 것을 — 저녁 내내 거기 있있다는 것을 알고 있었다. 시시때때로 그녀는 아버지가 움직이는 소리를 듣기를 고대했다. 아버지가 가끔 그렇게 하듯 거실로 올 수도 있다는 생각을 했다. 드디어 시계가 열한시를 쳤고 온 집 안이 정적에 휩싸였다. 하인들은 잠자리에 들었다. 캐서린은 일어나서 천천히 서재의 문 쪽으로 다가가 움직이지 않고 잠시 기다렸다. 그러고 난 다음 노크를 하고 다시 기다렸다. 아버지가 들어오라고 했지만, 그녀는 문고리를 돌릴 용기가 나지 않았다. 정말이지 고모에게 한 말은 사실이었다. 그녀는 아버지가 겁이 났다. 그녀가 약하지 않다고 생각하는 것은 자신을 두려워하지 않는다는 의미였다. 방 안에서 움직이는 소리가 나더니 아버지가 문을 열어 주었다.

"무슨 일이냐?" 의사가 물었다. "왜 거기 유령처럼 서 있는 거냐!"

그녀는 방으로 들어갔지만, 준비한 말을 꺼내는 데 얼마간 시간이 걸렸다. 그녀의 아버지는 실내복과 슬리퍼 바람으로 책상에서 글을 쓰고 있었다. 그녀가 말하기를 기다리면서 잠시 그녀를 바라보던 그는 다시 책상머리에 앉았다. 아버지가 그녀에게 등을 돌리자, 펜 긁히는 소리가 들렸다. 꼭 끼는 옷 안에서 가슴이 쿵쿵 뛰는 것을 느끼며 문간 가까이 서 있던 그녀는 아버지가 등을 돌리자 안도의 한숨을 쉬었다. 그의 얼굴보다는 등에다 대고 말하는 것이 더 쉬울 것 같았기 때문이다. 그의 등을 주시하면서 그녀가 드디어 말문을 열었다.

"타운젠드 씨에 대해서 더 할 말이 생기면 기꺼이 들어주시겠다고 말씀하셨지요."

"그렇고 말고." 몸을 돌리지는 않았지만 펜을 멈추고 의사가 말했다.

캐서린은 아버지가 펜을 멈추지 않았으면 하는 생각을 하면서도 말을 이어갔다. "아버지께 그 사람을 다시 만나지 않겠다고 말씀 드린 것 같은데, 그런데 만나고 싶어요."

"작별하려고?" 의사가 물었다.

캐서린은 잠시 망설였다. "그 사람 어디 가는 것 아니에요."

의사는 의자의 바퀴를 천천히 돌려 그녀의 경구를 힐난하는 듯 미소를 지었다. 하지만 극과 극이 만난다고, 캐서린이 경구로 말하려고 의도한 것은 아니었다. "작별 인사를 하려는 것이 아니라면?" 그녀의 아버지가 말했다.

"네, 아버지. 적어도 영원한 작별은 아니에요. 그 사람을 다시 만나지 않았지만, 만나고 싶어요." 캐서린이 같은 말을 반복했다.

의사는 깃촉 펜의 깃털로 그의 아랫입술을 천천히 문질렀다.

"그에게 편지를 썼나?"

"네, 네 번 썼어요."

"헤어지자고 한 것이 아니구나. 그랬다면 한 번으로 족했을 테니."

"헤어지자고 하지 않았어요." 캐서린이 말했다. "그에게 — 그에게 기다려 달라고 했어요."

그녀의 아버지는 앉은 채로 그녀를 올려다보았다. 그의 눈이 하도 예리하고 차가워 그녀는 그가 분통을 터뜨릴까 봐 두려웠다.

"너는 사랑스럽고 효성스러운 아이이다." 마침내 그가 말했다. "이리 오렴." 그리고 그는 일어나 그녀에게 손을 내밀었다.

이 뜻밖의 말은 그녀에게 말할 수 없는 기쁨을 주었다. 그녀는 그에게로 다가갔고, 그는 그녀를 부드럽게, 달래듯이 감싸 안고는 키스를 해주었다. 그러고 나서 이렇게 말했다.

"날 아주 행복하게 할 수 있는데 그렇게 해주겠니?"

"그러고 싶은데요. 그럴 수 없을 것 같아요." 캐서린이 대답했다.

"네가 하고자 하면 할 수 있다. 네 의지에 달려 있다."

"그 사람을 포기하라는 건가요?" 캐서린이 말했다.

"그래, 포기하라는 거다."

그리고 그는 그녀를 아직 다정하게 안고 그녀의 얼굴을 들여다보며 눈을 돌린 그녀를 주시했다. 긴 침묵이 흘렀다. 그녀는 아버지가 팔을 풀어 주기를 원했다.

"아버지는 저보다 행복하세요." 그녀가 이윽고 말했다.

"지금은 불행하다고 느끼겠지. 하지만 3개월간 불행했다 잊어버리는 것이 여러 해 불행했다 평생 잊지 못하는 것보다 낫다."

"그래요, 그게 사실이라면요." 캐서린이 말했다.

"그게 사실이야. 난 확신한다." 그녀는 아무 대답도 하지 않았지만 그는 말을 이었다. "너는 나의 지혜와 사랑과 너의 미래에 대한 나의 염려를 믿지 못하는 거냐?"

"아, 아버지!" 캐서린이 속삭였다.

"내가 남자들에 대해서 ― 그들의 사악함과 어리석음, 그들의 거짓됨에 대해서 뭔가를 알고 있다고 생각하지 않니?"

그녀는 몸을 빼내어 그를 마주했다. "그 사람은 사악하지 않아요. 그는 거짓되지 않아요!"

그녀의 아버지는 날카로운 맑은 눈으로 그녀를 주시했다. "그렇다면 나의 판단력을 대수롭지 않게 생각한다는 거냐?"

"전 믿을 수가 없어요!"

"네가 믿고 말고의 문제가 아니다. 내 말을 믿고 따르라는 거다."

캐서린은 그의 말이 교묘한 궤변이라고 속으로 생각하지 않았다. 그럼에도 그녀는 정면으로 맞섰다. "그 사람이 무슨 짓을 했나요? 아시는 것이 있으세요?"

"그 친구는 아무 일도 하지 않았다. 그는 이기적인 게으름뱅이야."

"아, 아버지, 그 사람을 욕하지 마세요!" 그녀는 간청하듯 외쳤다.

"난 그를 욕할 생각이 없다. 그건 큰 실수다. 네가 하고 싶은 대로 해라." 그는 몸을 돌리며 덧붙였다.

"그 사람을 다시 만나도 되나요?"

"좋을 대로."

"절 용서해 주시겠어요?"

"천만에."

"이번 한 번만 만날 거예요."

"한 번만이 무슨 뜻인지 모르겠구나. 그를 포기하거나 계속 교제하거나 둘 중의 하나다."

"설명하려고 하는 거예요. 기다리라고 말하려고요."

"뭘 기다리라는 거냐?"

"아버지가 그 사람을 더 잘 아시게 될 때까지 ― 아버지가 허락하실 때까지."

"그런 헛소리를 그에게 전하지 마라. 난 그를 충분히 잘 알고 있고, 절대로 허락하지 않을 거다."

"하지만 우리는 오래 기다릴 수 있어요." 가엾은 캐서린이 최대한 몸을 낮춰 사정하려는 마음을 담은 어조로 말했건만, 재치라고는 없이 같은 말을 반복함으로써 아버지의 신경을 거스르는 효과를 냈을 따름이었다.

그렇지만 의사가 아주 차분하게 대답했다. "물론이다. 원한다면 내가 죽을 때까지 기다리려무나."

캐서린은 저도 모르게 두려움에 소리쳤다.

"모리스와의 약혼은 네게 한 가지 유쾌한 영향은 끼칠 거다. 내 죽음을 아주 조바심을 치며 기다리게 될 거다."

캐서린은 멍하니 서 있었고, 우리의 의사는 일격을 가한 것을 즐겼다. 그의 말은 그녀가 반론을 제기할 수 있는 범위 너머 있는 논리적 명제의 힘으로 — 아니, 막연하지만 강한 인상으로 캐서린을 압도했다. 그러나 이것이 과학적 사실이라 하더라도 그녀는 이를 전혀 받아들일 수 없었다.

"그것이 사실이라면 차라리 결혼하지 않겠어요." 그녀가 말했다.

"그렇다면 증명해 보여라. 모리스 타운젠드와 약혼한다면 내가 죽기를 고대하는 것밖에 안 된다. 그건 의문의 여지가 없어."

괴로움에 정신이 혼미해진 그녀는 몸을 돌렸다. 그러자 의사는 말을 이었다, "그리고 네가 조바심을 치며 내 죽음을 기다린다면, **그 친구가** 얼마나 간절히 내가 죽기를 기다릴지 한번 생각해 보렴." 캐서린은 그런 생각을 되새겨 보았다. 그녀에게 있어 아버지의 권위는 대단해서 그녀는 생각까지도 아버지의 말에 복종시킬 수 있었다. 그녀 자신의 미약한 이성을 매개로 응시한 그 생각은 끔찍하게도 추악했다. 하지만 갑자기 영감이 떠올랐다. 그녀에게는 거의 영감처럼 느껴졌다.

"아버지가 돌아가시기 전에 결혼하지 않으면, 이후에도 하지 않겠어요." 그녀가 말했다.

그녀의 아버지에게는 이 말이 또 하나의 경구처럼 들렸다고 해야 할 것 같다. 논리적 훈련을 받지 않은 이들은 대개 고집을 그런 식으로 부리지 않기 때문에, 그는 딸이 제멋대로 고정관념의 유희에 빠졌다는 생각에 더 질색을 했다.

"건방을 떠는 거냐?" 이렇게 물으면서 그는 이 질문이 정말 상스럽다고 생각했다.

"건방을 떨다니요? 아버지, 어떻게 그런 끔찍한 말씀을 하세요!"

"내가 죽을 날을 기다리는 것이 아니라면 곧바로 결혼하는 것이 낫다. 기다릴 것 없다."

캐서린은 얼마 동안 아무 대답이 없었다. 이윽고 그녀가 말했다.

"저는 모리스가 조금씩 아버지를 설득할 수 있으리라고 생각했어요."

"난 그 친구와 다시 말을 섞을 생각이 없다. 그러기에는 너무 싫거든."

캐서린은 긴 한숨을 나지막하게 내쉬었다. 고통을 과시하는 것, 울고불고 감정에 호소해 아버지의 마음을 움직이려고 시도하는 것은 잘못이라고 결론을 내렸기 때문이다. 그녀는 어떤 식으로든 그의 미음을 움직이려고 시도하는 깃조차 — 상대방을 배려하지 않는다는 의미에서 — 잘못이라고 생각했다. 그녀가 할 수 있는 일은 가엾은 모리스의 됨됨이에 대한 그의 지적인 인식에 어떻게든 완만하고 점진적인 변화를 일으키는 것이었다. 그러나 현재로서는 어떻게 이런 변화를 일으킬 수 있을지 오리무중이었고, 그녀는 비참할 정도로 무력하고 절망적인 마음이 들었다. 그녀는 모든 주장과 대답을 동원했지만 소용이 없었다. 그녀의 아버지는 그녀를 동정했어야 한다. 그리고 사실 동정했다. 하지만 그는 자신이 옳다고 확신했다.

"네가 타운젠드를 다시 만나면 그에게 한 가지 이야기해 줄 것이 있다." 그가 말했다. "내 허락 없이 결혼하면 내 돈은 한 푼도 남겨 주지 않을 거라고 해라. 너의 어떤 말보다 그 말이 그의 관심을 끌 거다."

"그렇게 하는 게 옳아요." 캐서린이 대답했다. "그럴 경우 아버지 돈은 한 푼도 받지 말아야지요."

"애야," 의사가 웃으며 말했다. "너의 순진함은 감동적이구나. 타운젠드에게 그런 어조로 그런 표정을 짓고 그렇게 말해라. 그러고 그의 반응에 주목하렴. 정중하게 나오지는 않을 거다. 짜증을 부릴걸. 그럼 나는 기쁠 거다. 내가 옳다는 것이 입증될 테니. 네게 무례하게 굴수록 그를 더 좋아하지 않는 한 말이다. 정말이지 충분히 그럴 법하다만—"

"그 사람은 제게 절대로 무례하게 굴지 않을 거예요." 캐서린이 유순하게 말했다.

"어쨌든 내가 한 말을 그 친구에게 전해라."

그녀는 아버지를 바라다보았다. 그녀의 조용한 눈에 눈물이 가득 고였다.

"그럼 모리스를 만나겠어요." 그녀가 소심한 목소리로 중얼거렸다.

"네가 원한다면 그렇게 해라." 그는 문 쪽으로 가서 그녀가 나가도록 문을 열어 주었다. 그의 움직임은 그가 그녀를 거부한다는 끔찍한 느낌을 주었다.

"이번 한 번뿐이에요, 당분간은." 그녀는 잠시 머뭇거리면서 덧붙였다.

"네가 원한다면 그렇게 하라니까." 그는 문손잡이를 잡고 서서 같은 말을 되풀이했다. "내 생각을 네게 말했다. 그를 만난다면 넌 배은망덕하고 잔인한 아이이다. 넌 늙은 아버지의 마음에 가장 큰 아픔을 안겨 주었다."

가엾은 캐서린은 이것을 견딜 수가 없었다. 눈물이 하염없이 흘렀다. 그녀는 처량한 울음을 터뜨리며 냉혹한 태도로 일관하는 아버지에게 다가갔다. 그녀는 탄원하듯 손을 들어 올렸지만 그는 단호하게 이런 호소를 피했다. 그녀가 그의 어깨에 기대 울음으로 참담함을 토로하도록 놔두는 대신, 그는 그녀의 팔을 잡고 문간으로 그녀를 이끌어 문밖으로 내보낸 다음 소리를 내지는 않았지만 단호하게 문을 닫았다. 그렇게 하고 난 다음 그는 귀를 기울였다. 오랫동안 아무 소리도 들리지 않았다. 그는 그녀가 밖에 서 있다는 것을 알았다. 내가 말했듯, 그는 딸애가 안쓰러웠다. 하지만 그의 판단이 맞다는 것을 확신했다. 드디어 그녀가 멀어져 가면서 희미하게 계단이 삐걱거리는 소리가 들렸다.

의사는 눈에 짜증일 수도 있지만 유머라고도 할 수 있을 희미한 빛을 띠고, 주머니에 손을 찌르고 서재를 몇 바퀴 돌았다. "하느님 맙소사." 그는 혼잣말했다. "애가 버틸 작정이야 — 애가 버틸 작정인 거야!" 캐서린의 '버티기'에는 희극적 면이 있을 것 같았고, 재미가 있을 가능성이 엿보였다. 그래서 그는 어떻게 되나 보기로 결심했다.

19

이런 결심의 연장선에서 그는 그 다음날 페니먼 부인과 사적으로 몇 마디 대화를 나누기로 했다. 그는 그녀를 서재로 불렀고, 그곳에서 캐서린의 연애 사건과 관해서 p와 q를 잘 구별하기 바란다고 통고했다.

"무슨 뜻으로 하는 말인지 통 모르겠어요." 그의 누이가 말했다. "오빠는 내가 알파벳을 배우는 아이인 양 말하네요."

"너는 상식의 알파벳을 영원히 습득하지 못할걸." 우리의 의사가 대꾸했다.

"날 모욕하려고 부른 건가요?" 페니먼 부인이 물었다.

"천만에. 네게 충고를 하려고 할 뿐이다. 넌 타운젠드를 비호했어. 그건 네 마음대로 해도 좋다. 난 너의 감정과 기호와 애착과 망상은 상관 안 한다. 그런데 네 혼자 생각으로 담아 두라고 부탁하고 싶구나. 나는 캐서린에게 내 생각을 밝혔고, 걔는 완벽하게 알아들었다. 캐서린이 타운젠드의 구애를 북돋우는 어떤 행동이라두 한다면 내 뜻에 정면으로 거스르는 일이 될 거다. 네가 캐서린에게 위로와 도움을 주는 행동을 한다면 — 이렇게 표현해도 될까 모르겠다만 — 명백한 역모이다. 넌 대역죄가 사형에 처할 만한 중죄라는 걸 알고 있지? 그런 처벌을 당하지 않게 조심하기 바란다."

페니먼 부인은 때로 그렇게 하듯 눈을 약간 크게 뜨고 고개를 획 젖혔다. "오빠는 독재자처럼 말하시네요."

"난 내 딸의 아버지로 말하는 거다."

"누이의 오빠처럼 말하는 건 아니지요." 라비니아가 소리쳤다.

"라비니아야." 의사가 말했다. "우리가 서로 너무 다르다 보니 내가 정말 네 오빠인지 가끔은 의심스럽단다. 이렇게 다름에도 위기 상황에 처하면 서로 말은 통하리라 본다. 지금은 그것이 필수적이야. 타운젠드와 관련된 한 정도(正道)를 걸어라. 그것이 내가 요구하는 전부야. 지난 3주 동안 네가 그와 서신 왕래를 했을 가능성은 매우 크다고 본다. 심지어는 만났을 수도 있겠지. 물어본 게 아니니까 대답할 필요는 없다." 그는 그녀가 이 문제에 대해 거짓말을 꾸며낼 것이라는 도덕적 확신이 있었고, 그런 거짓말을 듣고 있으면 역겨워질 것 같았다. "여태껏 무엇을 했건 그만 둬라. 그게 내가 원하는 전부다."

"그러다 애를 잡으려는 건가요?" 페니먼 부인이 물었다.

"그 반대다. 나는 캐서린이 행복하게 살기를 원한다."

"오빠가 걔를 죽일 거예요. 어젯밤 잠을 이루지 못합디다."

"하루 밤, 아니 열두 밤을 못 잔다고 죽지 않는다. 내가 명의라는 걸 잊지 마라."

페니먼 부인은 잠시 망설이다 말대꾸를 하는 모험을 감행했다. "오빠가 명의(名醫)라는 사실이 가족 **두 사람을** 잃는 것을 막지 못했네요."

모험을 감행했지만, 그녀의 오빠가 무시무시하게 예리한 눈빛으로 그녀를 째려보았기 때문에 — 외과의의 수술용 칼과 같은 눈길이었다 — 그녀는 자신의 용기에 겁을 집어 먹었다. 그리고 그는 눈길과 상응하는 말로 대답했다. "또 한 사람의 가족과 함께 사는 기쁨을 포기할 수도 있다."

페니먼 부인은 자신의 진가를 인정받지 못했다는 듯 한껏 시위를 하며 자리를 떴다. 그리고 가엾은 캐서린이 틀어박혀 있는 방으로 갔다. 그녀는 조카딸이 끔찍한 밤을 보냈다는 것을 잘 알고 있었다. 그 전날 밤 캐서린이 아버지를 만나고 나온 다음 함께 있었기 때문이다. 페니먼 부인은 2층의 층계참에서 계단을 올라오고 있는 캐서린을 만났다. 그렇듯 눈치가 빠른 그녀가 캐서린이 아버지와 서재에서 면담을 했다는 사실을 알아챘다는 것은 놀랄 일이 아니다. 그녀가 면담의 결과에 대해 극도의 호기심을 느꼈다는 것 또한 놀랄 일이 아니다. 그리고 이런 호기심이 그녀의 한량 없는 상냥함, 관대함과 결합해 최근 조카딸과 나눈 모진 말을 후회하는 마음이 솟구쳤다. 이 불행한 아가씨가 어두운 복도에 모습을 드러냈을 때 그녀는 요란하게 동정을 표했다. 캐서린도 터질 것 같은 마음을 토로하며 고모의 두 팔에 안겼다. 페니먼 부인은 캐서린의 방으로 들어가 새벽 늦게까지 함께 앉아 있었다. 조카는 고모의 무릎에 머리를 파묻고 흐느껴 울었다. 처음에는 소리를 내지 않고, 소리를 죽이는 방식으로 흐느껴 울었고, 그러다 완전히 잠잠해졌다. 이렇게 조카딸과 화해하고 나니 모리스 타운젠드와 더 이상 연락하지 말라는 말을 무시해도 양심상 거리낄 것이 없다는 생각에 페니먼 부인은 기뻤다. 하지만 아침 식사 전에 조카딸 방으로 갔을 때 캐서린이 일어나서 아래층으로 내려가려고 채비하는 것을 보고는 기뻐할 수 없었다.

"넌 아침 먹으러 내려가면 안 된다." 그녀가 말했다. "그렇게 끔찍한 밤을 보냈는데 아프지 않은 것이 이상하지."

"아니에요. 전 괜찮아요. 식사 시간에 늦었을까 봐 걱정이네요."

"난 네가 이해가 안 된다." 페니먼 부인이 소리를 빽 질렀다. "사흘은 자리보전을 해야 해."

"오, 그렇게 할 수는 없어요." 이런 제안에 전혀 매료되지 않은 캐서린이 말했다.

페니먼 부인은 절망했다. 그리고 지난 밤 눈물의 흔적이 캐서린의 눈에서 완전히 사라진 것을 보고 정말이지 짜증이 났다. 조카딸의 건강 체질은 정말이지 구제불능이었다. "전혀 아무 일도 없었다는 듯, 아무 감정의 흔적도 없이 풀썩거리고 나타나면," 그녀의 고모가 물었다. "네 아버지에게 압력을 가할 수 있겠냐?"

"제가 누워 있으면 아버지께서 좋아하시지 않을 거예요." 캐서린이 간단하게 대답했다.

"그러니까 더더욱 누워 있어야지. 그렇게 하지 않으면 어떻게 아버지 마음을 움직일 작정이냐?"

캐서린은 잠시 생각에 잠겼다. "어떻게 해야 할지는 모르겠지만, 그런 식은 아니에요. 평상시처럼 지내고 싶어요." 옷을 마저 차려 입은 그녀는 고모의 표현을 빌면 풀썩거리고 아버지 앞에 나타났다. 자신의 고통을 과시할 줄 모르는 캐서린으로서는 연민의 정을 계속 자아낼 수 없었다.

그렇지만 그녀가 끔찍한 밤을 보낸 것은 분명 사실이었다. 고모가 가고 난 다음에도 잠을 이루지 못했고, 위로가 되지 않는 어둠을 빤히 쳐다보며 누워 있었다. 그녀의 눈과 귀는 아버지가 방에서 그녀를 내몬 몸짓과 배은망덕하다고 한 말로 가득 찼다. 그녀는 마음이 찢어질 것 같았다. 그렇게 고통을 당할 마음이 있었다. 어떤 순간에는 아버지 말이 맞는 것 같았다 — 그녀처럼 행동하는 것은 자식 된 도리에 어긋나는 일이리라. 그녀는 **나쁜** 딸이었다. 하지만 어쩔 수 없었다. 그녀의 마음이 나쁜 길로 향하더라도 착하게 보이려고 노력해야 한다. 그리고 모리스를 계속 사랑할 것이지만, 작전상 이렇게 모양새를 갖춤으로써 무엇인가를 성취할 수 있으리라고 생각하곤 했다. 캐서린의 작전은 막연했다. 우리가 그 공허함을 굳이 폭로할 필요는 없으리라. 페니먼 부인을 낙담시킨 생기 넘침이 그녀의 제일 좋은 작전이라고 해야 할 것 같다. 그녀의 고모는 밤새 아버지의 저주에 떨며 잠을 이루지 못한 아가씨에게서 초췌함이 전혀 드러나지 않는 것을 보고 경악하지 않을 수 없었다. 가엾은 캐서린은 자신의 생기 넘침을 의식했다. 이것이 미래에 관한 어떤 예감을 불러일으켜 그녀의 마음을 더 무겁게 했다. 이것이 그녀가 강하고 견고하고 단단해서 아주 오래 — 일반적으로 바람직하다고 여겨지는 것보다 더 오래 ─ 살 것이라는 증거 아닌가. 이런 생각이 절박하게 다가왔다. 미래에 대한 가정이 올바른 행동과 어긋나는 바로 그 시점에 그런 가정을 하는 형국이니 말이다. 그녀는 그날 모리스 타운젠드에게 아무 설명 없이 그 다음 날 와 달라고 요청하는 짤막한 편지를 썼다. 그녀는 얼굴을 맞대고 모든 것을 설명할 작정이었다.

20

다음날 오후 그녀는 현관에서 그의 목소리와 복도로 걸어 들어오는 발자국 소리를 들었다. 그녀는 넓고 밝은 응접실에서 그를 맞이했다. 그녀는 하인에게 손님이 오더라도 각별히 바쁘다고 말하라고 지시했다. 그녀는 아버지가 귀가할까 봐 걱정하지는 않았다. 그 시간 아버지는 도심을 누비고 다닐 테니까. 모리스가 그녀 앞에 섰을 때 그녀에게 떠오른 첫 번째 생각은 애정 서린 기억으로 그려 보던 모습보다도 그가 더 아름다워 보인다는 것이었다. 그 다음에 의식한 것은 그의 품에 안겨 있구나 하는 것이었다. 그가 팔을 풀었을 때 그녀는 이제 진짜로 반항의 심연에 몸을 던졌고, 한순간이나마 그와 결혼했다는 생각까지 들었다.

그는 그녀가 아주 박정하게 굴어 그를 아주 불행하게 만들었다고 말했다. 캐서린은 적대적인 양쪽 진영 모두의 마음을 아프게 해야 하는 운명의 고통을 통렬하게 실감했다. 그러나 그가 원망하기보다는 — 아무리 애정이 깃든 원망이라 하더라도 — 도움을 주기를 바랐다. 그는 분명 그들이 처한 난관에서 어떤 돌파구를 만들어 낼 만큼 현명하고 영리했다. 그녀는 이런 믿음을 내비쳤고, 모리스는 당연하다는 듯 그녀의 확신을 받아들였다. 하지만 방향을 정하는 데 힘을 쏟기보다는 ─ 이것 역시 당연하다는 듯 ─ 심문부터 시작했다.

"날 그렇게 오래 기다리게 하지 말아야 했어요." 그가 말했다. "내가 어떻게 살았는지 모르겠소. 한 시간이 몇 년 같았어요. 더 일찍 결정했어야 했어요."

"결정하다니요?" 캐서린이 물었다.

"나랑 교제를 계속 하던지 포기하던지 결정해야 한다는 거요."

"아, 모리스," 그녀가 길고 다정한 한숨을 쉬면서 외쳤다. "당신을 포기한다는 생각은 한 적도 없어요."

"그렇다면 무엇 때문에 뜸을 들였던 거요." 젊은이의 논리에 열의가 배어 있었다.

"난, 난 아버지께서 ─" 그리고 그녀는 망설였다.

"당신이 얼마나 불행한지 보실 거라고 생각했나요?"

"오, 아니에요. 하지만 좀 다르게 보실 수 있을 거라고 생각했어요."

"그래서 드디어 그렇게 되었다고 이야기하러 날 오라고 했나요? 그런가요?"

그가 낙관적으로 가정한 것이 가엾은 소녀의 마음을 아프게 했다. "아니에요. 모리스," 그녀가 진지하게 말했다. "아버지는 아직도 같은 생각이세요."

"그러면 왜 날 오라고 했나요?"

"당신을 보고 싶어서요." 캐서린이 측은하게 외쳤다.

"그건 아주 좋은 이유네요. 그런데 날 보고만 싶었던 거예요? 내게 할 말이 없나요?"

마음이 설레도록 아름다운 그의 눈이 그녀의 얼굴을 응시하자 그녀는 그런 응시에 값할 만큼 훌륭한 응답이 있을 것 같지 않았다. 그녀는 잠시 그의 눈길을 받아들였다. 그러고 나서 — "**정말** 당신이 보고 싶었어요"라고 부드럽게 말했다. 그러나 곧바로 얼굴을 손으로 가림으로써 언행의 불일치를 드러냈다.

모리스는 잠시 그녀를 뚫어져라 쳐다보았다. "내일 나랑 결혼해 줄래요?" 그가 갑자기 물었다.

"내일요?"

"그럼 다음 주? — 한 달 안이면 아무 때라도 좋아요."

"기다리는 것이 낫지 않겠어요?"

"무엇을 기다리게요?"

그녀는 무엇을 기다려야 하는지 알지 못했다. 하지만 이 엄청난 도약에 겁이 났다. "이 문제를 조금 더 생각해 보고 나서요."

그는 슬프게, 나무라는 듯 머리를 가로저었다. "당신은 지난 3주간 생각을 해왔어요. 앞으로 5년간을 궁리할 작정인가요? 나한테는 충분한 시간이었어요. 가엾은 아가씨," 그는 잠시 뜸을 들였다가 덧붙였다. "당신은 진심이 아니었어요."

캐서린은 이마에서 턱까지 새빨개지면서 눈물이 그렁그렁했다. "어떻게 그런 말을 할 수 있어요?" 그녀가 속삭였다.

"날 택하든 버리든 둘 중 하나요." 모리스가 아주 조리 있게 말했다. "아버지와 날 동시에 만족시킬 수는 없어요. 우리 둘 중 하나를 택해야 해요."

"난 당신을 선택했어요." 그녀가 열정적으로 말했다.

"그럼 다음 주에 나와 결혼해요!"

그녀는 그를 주시하며 서 있었다. "다른 방법은 없나요?"

"같은 결과를 가져올 다른 방법은 알지 못하네요. 있다면 기꺼이 귀를 기울이겠소."

캐서린은 아무 방법도 생각나지 않았다. 모리스의 명징함은 거의 무자비할 지경이었다. 그녀가 생각할 수 있는 것은 아버지의 마음이 바뀔 수 있으리라는 것이었다. 기적이 일어날 수 있다는 소망을 표현하면서 캐서린은 그렇게 해야 하는 무력감을 거북하게 의식하지 않을 수 없었다.

"조금이라도 그럴 가능성이 있다고 생각해요?" 모리스가 물었다.

"아버지가 당신을 알게 되면 그럴 가능성이 있어요."

"그가 원한다면 날 알 수 있어요. 누가 못하게 하나요?"

"아버지의 견해나 이유," 캐서린이 말했다. "그런 것들이 너무 — 너무나도 강해요." 그녀는 그 생각을 떠올리자 몸을 떨었다.

"강하다고요!" 모리스가 소리쳤다. "당신이 그렇게 생각하지 않으면 좋겠네요."

"아버지의 어떤 면도 약하지 않아요."

모리스는 몸을 돌려 창문 쪽으로 걸어가 창밖을 내다보았다. "당신은 아버지를 무척 겁내는군요." 이윽고 그가 말했다.

그녀는 그의 말을 부정해야 할 충동을 느끼지 않았다. 아버지를 겁내는 걸 부끄럽게 생각하지 않았기 때문이다. 그녀에게 명예로울 거야 없지만, 적어도 아버지의 명예였기 때문이다. "그래야 된다고 생각해요." 그녀는 간략하게 답했다.

"그렇다면 당신은 날 사랑하지 않는 거요. 내가 당신을 사랑하는 것처럼은요. 당신이 날 사랑하는 것보다 아버지를 더 겁낸다면, 당신의 사랑은 내가 원하는 그런 게 아니에요."

"아, 나의 친구!" 그녀는 그에게 다가가면서 말했다.

"**내가** 뭘 겁내던가요?" 그녀 쪽으로 몸을 돌리며 그가 다그쳤다. "당신을 위해서라면 난 뭐든지 맞닥뜨릴 준비가 되어 있어요."

"당신은 당당하고 — 용감해요!" 거의 경의를 표하는 거리에서 캐서린이 답했다.

"용감하면 뭐해요 — 당신이 그렇게 소심하면."

"내가 **정말** 소심하다고 생각하지 않아요." 캐서린이 말했다.

"무슨 뜻으로 '정말'이라고 말하는지 모르겠네요. 우리를 비참하게 만드는 데 정말 충분해요."

"난 아주 오래 — 아주 오래 기다릴 만큼 강해요."

"아주 오랜 시간이 지나고 난 다음에도 아버지가 날 더 싫어한다면 어떻게 하려고요?"

"그러시지 않을 거예요. 그렇게 될 리 없어요."

"아버지가 나의 일편단심에 감동하실 거라는 뜻인가요? 그렇게 쉽게 감동하실 분이라면, 왜 아버지를 겁내는 거요?"

정곡을 찌른 말에 캐서린은 정신이 번쩍 들었다. "겁 안 내려고 노력할게요." 이렇게 말하면서 순종적으로 서 있는 그녀에게서는 의무와 책임을 다하는 아내의 모습이 앞당겨서 나타났다. 이런 모습이 모리스 타운젠드의 마음에 들지 않을 수 없었다. 그래서 애정을 표현함으로써 그녀를 얼마나 높이 평가하는지 증명해 보였다. 아마도 이런 평가의 연장선에서 그가 결과에 개의치 말고 즉각 결혼하라는 페니먼 부인의 충고를 언급하게 된 것이리라.

"그래요, 고모는 그걸 좋아할 거예요." 캐서린은 무덤덤하게 말했지만 비꼰다고 할 수 있을 날카로움을 드러내 보이기도 했다. 그렇지만 그녀가 곧바로 아버지의 말을 모리스에게 전한 것은 비꼴 의도가 아니라 순전히 우직함 때문이었다. 캐서린은 아버지의 메시지를 전달해야 한다는 생각에 꽤 중압감을 느꼈는데, 열 배나 더 고통스러웠다 하더라도 이 심부름을 정확하게 수행했으리라. "아버지께서 이렇게 말씀하셨어요. 직접 하신 말씀이라고 분명하게 전하라고 하셨어요. 아버지 허락을 받지 않고 결혼하면 아버지 재산은 한 푼도 못 받을 거라고요. 이 점을 굉장히 강조하셨어요. 아버지 생각에는 — 아버지 생각에는—"

비열한 놈이라는 비난을 당한 혈기 방장한 젊은이가 얼굴을 붉혀 마땅하듯 모리스는 얼굴을 붉혔다. "무슨 생각을 하시는 것 같아요?"

"영향을 줄 거라고 생각하시는 것 같아요."

"영향을 **주지요**. 여러 가지 점에서. 우리는 수만 달러어치 가난해질 걸요. 그건 큰 차이를 만든답니다. 그러나 내 사랑에는 아무런 영향도 끼치지 못할 거예요."

"우리 그 돈 필요 없어요." 캐서린이 말했다. "내 돈도 꽤 많다는 걸 알잖아요."

"그래요, 아가씨. 당신 돈이 있다는 걸 알아요. 아버지가 그 돈을 어떻게 할 수 없는 거지요."

"절대로 안 그러실 거예요." 캐서린이 말했다. "우리 엄마가 남겨 준 돈이거든요."

모리스가 잠시 침묵을 지켰다. "아버지 말이에요. 의문의 여지가 없나요?" 이윽고 그가 입을 열었다. "그렇게 전하면 내가 아주 불쾌해하면서 가면을 벗어던질 거라고 생각하신 건가요, 그런가요?"

"아버지께서 무슨 생각을 하시는지 모르겠어요." 캐서린이 애처롭게 말했다.

"내가 그런 말에 요만큼도 신경 안 쓴다고 아버지께 전해요!" 모리스는 손가락으로 크게 딱 소리를 내면서 말했다.

"아버지께 그런 말을 전할 수 없어요."

"가끔 당신은 날 실망시켜요. 알아요?" 모리스가 말했다.

"그렇겠죠. 난 모든 사람을 실망시키는 걸요? 아버지도 고모도."

"그래도 난 상관 안 해요. 그 사람들이 당신을 사랑하는 것보다 내가 당신을 더 사랑하니까."

"그래요, 모리스." 그녀는 상상 속에서—풍부한 상상력은 아니었지만 — 이 행복한 사실을 만끽했다. 어쨌든 이 사실을 누구도 타박하지 않을 테니 말이다.

"아버지께서 고집을 — 상속권을 박탈하겠다는 고집을 영원히 쓰지 않을 거라고 생각해요? 당신이 착하고 참을성 있게 굴어도 무자비함을 전혀 누그러뜨리지 않을까요?"

"문제는 당신과 결혼해 버리면 착하다고 생각하시지 않을 거라는 데 있죠. 그걸 착하지 않다는 증거라고 생각하실 거예요."

"아, 그러고 나면 당신을 결코 용서하지 않겠군요!"

모리스가 잘생긴 입술로 이렇게 선명하게 표현하자 일시적으로 잠재운 가책이 가엾은 아가씨의 마음에 끔찍하도록 생생한 생각을 떠올렸다. "오, 당신은 날 아주 사랑해야만 해요!" 그녀가 소리쳤다.

"내 사랑, 그건 의심의 여지가 없어요." 그녀의 연인은 이렇게 대꾸한 다음 잠시 후 말을 이었다. "상속권을 박탈당한다는 말이 싫어서 그런가요?"

"돈 때문에 그러는 건 아니에요. 아버지께서 그렇게 ─ 그렇게 생각하신다는 것 때문에 그래요."

"당신에게는 일종의 저주같이 느껴지겠죠?" 모리스가 말했다. "아주 우울한 기분이 드는 게 당연해요. 하지만 이렇게 생각할 수도 있지 않아요?" 그가 이윽고 말했다. "당신이 아주 영리하게 행동해서 적절하게 대처한다면 결국은 이 상황을 타개할 수 있지 않을까요?" 그는 그녀의 공감을 불러일으키려는 어조로 추정을 이어나갔다. "진짜 영리한 여자가 당신 같은 입장에 처한다면 결국에 가서는 아버지를 설득할 수 있지 않을까요? 그런 생각이……."

이 지점에서 모리스는 갑자기 말을 멈췄다. 캐서린은 이 교묘한 의문문들을 귀담아 듣고 있지 않았다. 상속권 박탈이라는 끔찍한 말이 도덕적 질책으로 깊은 인상을 남겨 그녀의 귀를 울리고 있었다. 아니, 그녀의 귀를 맴돌면서 그 힘이 더 커 갔다. 그녀가 처한 상황이 끔찍한 오한을 불러일으키며 그녀의 어린애 같은 마음에 더 깊이 각인된 것이다. 그리고 그녀는 외로움과 위험에 압도되었다. 하지만 피난처가 가까이 있었다. 그래서 그녀는 손을 내밀어 그것을 잡았다. "아, 모리스," 그녀는 몸서리를 치면서 말했다. "당신이 원할 때 결혼할게요!" 그리고 그의 어깨에 머리를 기대고 슬픔에 몸을 맡겼다.

"나의 사랑스러운 아가씨!" 그는 그가 획득한 상품(賞品)을 내려다보며 외쳤다. 그리고 다시 얼굴을 들었을 때는 다소 막연한 표정으로 입술을 벌린 채 눈썹을 치떴다.

21

슬로퍼 씨는 혼잣말로 표명했던 그런 어조로 그의 확신을 아몬드 부인에게 전했다. "얘가 버틸 작정이다, 맙소사! 얘가 버틸 작정이야."

"모리스 타운젠드와 결혼할 거라고요?" 아몬드 부인이 물었다.

"그건 모르겠다. 하지만 포기하지는 않을 거야. 내 마음이 누그러지기를 바라며 약혼을 질질 끌고 갈 작정인가 보다."

"오빠는 마음을 누그러뜨릴 예정이 없으신가요?"

"기하학 명제가 누그러지더냐? 난 그렇게 피상적이지 않단다."

"기하는 표면을 다루는 학문 아닌가요?" (우리가 영리하다는 것을 알고 있는) 아몬드 부인이 미소를 띠고 말했다.

"그래, 하지만 표면을 심오하게 다루지. 캐서린과 그녀의 젊은 이가 나의 표면이다. 내가 그들의 치수를 쟀단다."

"좀 놀란 것같이 말하시네요."

"치수가 크다. 관찰할 것이 아주 많다."

"오빠는 지독한 냉혈한이에요!" 아몬드 부인이 말했다.

"나라도 그래야지. 주변에 뜨거운 피가 끓고 있으니. 타운젠드는 정말 냉철해. 그 점은 사주지 않을 수 없다."

"그에 관해서는 판단을 내릴 수 없지만," 아몬드 부인이 대꾸했다. "캐서린이 그러는 건 놀랍지 않답니다."

"난 조금 놀랐다고 고백해야겠다. 걔는 아주 갈피를 못 잡고 번민하고 있을 게 분명해."

"터놓고 재미있다고 말씀하세요. 딸의 숭배를 받는 걸 왜 농담거리로 삼는지 모르겠네요."

"숭배가 멈추는 지점이 어딘지 결정하는 것이 내 관심사란다."

"다른 감정이 시작하는 지점에서 숭배가 멈추겠지요."

"천만에. 그건 너무 단순하지. 두 가지 감정이 완전히 혼합되어 있는데, 그 혼합물이 아주 색달라. 제3의 요소를 만들어 내지 않을까 기다리고 있단다. 흥미진진하게 기다리고 있어. 아주 긍정적으로 흥미진진하게. 캐서린으로 인해 이런 경험을 할 수 있을지 생각도 못했다. 진짜 고마운 마음이 들 지경이야."

"캐서린은 매달릴 거예요." 아몬드 부인이 말했다. "정말이지 매달릴 거예요."

"내가 말했잖니, 버틸 거라고."

"매달린다고 말하는 것이 훨씬 예뻐요. 순박한 천성을 가진 아이들은 언제나 그렇잖아요. 그리고 캐서린보다 더 순박한 아이는 없어요. 감수성이 예민하지는 않지만, 한 번 각인된 것은 간직하는 아이지요. 캐서린은 흠집이 난 구리 주전자 같아요. 주전자를 윤이 나게 닦아 놓을 수 있지만 흠집을 지울 수는 없거든요."

"캐서린을 윤이 나게 만들어 봐야겠어." 의사가 말했다. "유럽에 데리고 갈 작정이다!"

"캐서린이 유럽에 간다고 그를 잊지는 않을 거예요."

"그럼 그가 잊겠지."

아몬드 부인의 표정이 심각했다. "그걸 진짜 원하세요?"

"몹시도." 의사가 말했다.

그 사이 페니먼 부인은 다시 모리스 타운젠드와 연락을 취해 만나자고 했는데, 이번에는 약속 장소를 굴 탕 가게로 잡지는 않았다. 그녀는 교회의 문 앞에서 일요일 오후 예배가 끝난 다음 만나자고 제안했는데, 일부러 그녀가 늘 예배 보러 가는 교회로 정하지 않았다. 그곳에 가면 신도들이 그녀를 눈여겨볼 것이라는 이유에서였다. 그녀는 격조가 덜한 곳을 골랐고, 약속 시간에 맞춰 교회 정문에서 나오면서 젊은이가 멀찍이 서 있는 것을 보았다. 그녀는 길을 건널 때까지 아는 척을 하지 않았고, 그는 약간의 거리를 두고 그녀를 따라왔다. 이렇게 하고 나서야 미소를 띠고, "무례하게 군 것을 용서하게나" 하고 그녀가 말했다. "왜 그렇게 해야 하는지 알지 않나. 무엇보다도 신중해야 한다네." 그가 어느 방향으로 산보할까 묻자 그녀는 "남의 눈에 띄지 않을 곳으로 가세나." 이렇게 중얼거렸다.

모리스는 기분이 썩 유쾌하지 않았고, 이 말에 대한 그의 반응도 그다지 정중하지 않았다. "어디로 가든 누가 우리를 눈여겨볼 것 같지는 않네요." 그러고 나서 그는 개의치 않는다는 듯 도심 쪽으로 향했다. "그가 항복했다고 말해 주러 온 것이면 좋겠네요." 그가 말을 이었다.

"유감스럽게도 좋은 소식을 갖고 온 사절이라고 할 수는 없네. 하지만 어느 정도는 평화의 사절이라고 할 수 있겠지. 난 아주 많은 생각을 했다네."

"너무 많은 생각을 하시는군요."

"그런 것 같군. 하지만 어쩔 수 없다네. 내 정신 활동은 굉장히 왕성하지. 혼신을 기울여야 할 때, 난 혼신을 기울인다네. 그 대가를 두통으로 지불하지. 내 악명 높은 두통 말이야. 고통의 완벽한 헤어밴드라고 해야 할까? 하지만 난 여왕이 왕관을 쓰듯 고개를 꼿꼿이 들고 두통을 견딘다네. 내가 지금 두통이 있다면 믿겠나. 하지만 어떤 일이 있어도 우리의 랑데부를 놓칠 수는 없었네. 아주 중요한 말을 할 게 있어서."

"그럼, 말씀해 보세요." 모리스가 말했다.

"지난번에 즉각 결혼하라고 충고한 건 아무래도 좀 성급했던 것 같아. 곰곰이 생각해 봤는데, 지금은 좀 다른 각도에서 보게 되었네."

"같은 문제를 아주 다양한 각도에서 바라보실 수 있나 보군요."

"다양하기 이루 말할 수 없지!" 페니먼 부인은 이런 편리한 재주가 그녀의 가장 빛나는 자질 중 하나라는 듯 말했다

"하나를 골라서 충실하게 따를 것을 권고합니다."

"아, 그렇지만 하나만 고르기가 쉽지 않거든. 나의 상상력이 워낙 활동적이라서 말이지. 그래서 난 잘못된 충고를 하기도 하지만

훌륭한 친구라네."

"잘못된 충고를 하는 훌륭한 친구라!" 모리스가 말했다.

"의도적으로 그렇게 하는 건 아니네. 그리고 위험이 발생할 때마다 아주 겸허하게 변명하러 서둘러 달려오지."

"그래, 이번에는 어떻게 하라고 충고하실 건가요?"

"인내심을 가지라는 거네. 예의 주시하며 기다리라고."

"그건 잘못된 충고인가요, 아니면 좋은 충고인가요?"

"그건 내가 알 수 없지." 페니먼 부인이 약간 위엄을 부리며 대답했다. "난 그저 내 충고가 진실하다고 주장할 따름이네."

"다음 주에 내게 와서 다른 충고를 하고 마찬가지로 진실하다고 하실 건가요?"

"다음 주에 와서 거리에 나앉았다고 말할 수도 있다네."

"거리에 나앉아요?"

"오빠랑 대판했다네. 무슨 일이 일어나면 집에서 쫓아내겠다고 협박했어. 내가 가난하다는 것을 알지 않나."

모리스는 그녀에게 약간의 재산이 있으리라고 추측했지만, 당연히 따져 묻지는 않았다.

"저 때문에 박해를 당하시다니 정말 죄송합니다." 그가 말했다. "그런데 오빠가 이교도 폭군인 것처럼 말씀하시네요."

페니먼 부인은 조금 망설였다.

"정말이지 난 오스틴이 기독교인의 자격 요건을 충족시킨다고 생각하지 않는다네."

"그럼 그가 개종할 때까지 기다려야 할까요?"

"어쨌거나 그의 감정이 좀 가라앉을 때까지 기다려야 하네. 때를 기다리게, 타운젠드. 전리품이 크다는 사실을 기억하라고."

모리스는 단장으로 아주 세게 난간과 문기둥을 때리면서 아무 말 없이 얼마 동안 걸었다.

"고모님은 정말이지 대단히 일관성이 없으시군요!" 급기야 그가 버럭 내질렀다. "전 벌써 캐서린에게 비밀 결혼을 하겠다는 언질을 받아 냈다고요."

페니먼 부인은 진짜 일관성이 없었다. 이 소식을 듣자 그녀는 기뻐서 펄쩍 뛰었다.

"오, 언제 어디서 할 건데?" 그러다 그녀는 멈춰 섰다.

때와 장소에 대해서 모리스는 다소 막연했다.

"그건 정하지 않았지만, 캐서린이 비밀 결혼을 하기로 했어요. 지금 발을 빼면 제 입장이 엄청 난처해진다고요." 페니먼 부인이 멈춰 섰다고 말했는데, 그녀의 번쩍이는 눈이 모리스에게 고정되었다.

"타운젠드," 그녀가 말을 이었다. "내가 해주고 싶은 말이 있어. 자네가 무슨 짓을 해도 될 정도로 캐서린은 자네를 사랑한다네."

이런 고백의 의미가 다소간 모호해서 모리스는 눈을 크게 떴다.

"듣기 좋은 이야기네요. 그런데 '무슨 짓'이라는 게 무슨 뜻인가요?"

"결혼을 연기해도 — 변심을 해도, 캐서린은 자네를 나쁘게 생각하지 않을 거네."

모리스는 눈썹을 치켜뜨고 멈춰 서 있었다. 그러고 나서 간명하고 디소 냉담하게, "아!"라고 내뱉었다. 그러고 난 다음 페니먼 부인에게 그렇게 천천히 걸으면 사람들의 주의를 끌게 될 거라고 말했다. 그리고 앞으로 계속 그녀의 거처로 남을지 불투명해진 건물로 그녀를 돌려보내는 데 일단 성공했다.

22

캐서린이 결혼식을 올리는 데 동의했다고 말했을 때 그는 사태를 다소 왜곡했다. 우리는 그녀가 돌아올 수 없는 다리를 건너겠노라고 선언한 데서 이야기를 끝냈는데, 이런 선언을 이끌어 낸 모리스가 결혼을 유예해야 할 적당한 핑계를 꾸며냈던 것이다. 그는 날을 잡으려고 한다는 인상만 남긴 채 결혼 날짜는 정하지 않고 은근슬쩍 넘어갔다. 캐서린도 나름의 어려움을 겪고 있었지만, 그녀의 용의주도한 구혼자가 직면한 어려움도 고려할 가치가 있다. 정말이지 전리품은 컸다. 하지만 성급함과 신중함이 절묘한 균형을 이루어야 얻을 수 있는 전리품이었다. 일을 저지르고 하늘의 뜻에 맡길 수도 있었다. 하늘은 언제나 영리한 사람들의 편이었고, 영리한 사람들은 일반적으로 자신이 다치는 위험을 무릅쓰지는 않는 경향이 있었다.

매력이 없는 데다 재산마저 줄어든 아가씨와 결혼한 데 대한 보상이 즉각 손해로 나타날 것임은 명확하게 추론할 수 있었다. 캐서린을 잃을 수 있다는 염려와 그녀가 물려받을 수 있는 재산을 잃을 수 있다는 염려, 그리고 그녀를 너무 빨리 받아들여서 물려받을 수 있었던 재산이 빈 병을 수집한 것처럼 실속이 없게 될 염려로 모리스 타운젠드는 선택의 기로에 서 있었다. 그가 타고난 훌륭한 자질을 좋은 쪽으로 쓰지 않는다고 가혹하게 평가할 독자들은 이 점을 기억할 필요가 있다. 그는 어쨌거나 캐서린이 1년에 1만 달러의 수입이 있다는 점을 기억했다. 그는 이 조건을 깊이 숙고했다. 하지만 훌륭한 자질을 가진 그는 스스로를 높이 평가했다. 자신의 가치를 아주 분명하게 알고 있는 그로서는 내가 언급한 그 금액이 적절한 대가(代價)라는 생각이 들지 않은 것이다. 동시에 그는 이것이 상당한 금액이며 모든 것이 상대적이라는 점, 많은 수입보다 그럭저럭 꾸려 나갈 수 있는 수입이 덜 바람직하지만 전혀 수입이 없는 것이 더 낫다고 생각하는 사람은 없다는 점도 염두에 두었다.

오랜 시간 곰곰이 이런 생각을 한 그로서는 속도 조절을 할 필요를 느꼈다. 슬로퍼 씨의 반대는 그가 풀어야 할 문제의 미지수였다. 이 문제를 푸는 자연스러운 방법은 캐서린과 결혼하는 것이었다. 하지만 수학에는 많은 지름길이 있었고, 모리스는 지름길을 하나 찾아낼 수 있으리라는 희망을 버리지 않았다. 캐서린이 그의 말을 액면 그대로 받아들여 아버지를 설득하려는 노력을 포기하기로 동의했을 때, 그는 앞서 말했듯, 노회하게 한 발을 뺐고 결혼식 날짜를 정하지 않은 채로 남겨 두었다. 그의 진정성에 대한 그녀의 믿음은 너무나 완벽해서 그가 그녀를 놓고 저울질하고 있다고 의심하는 것 자체가 불가능했다. 현재 그녀가 처한 곤경은 다른 종류의 것이었다. 이 가엾은 아가씨에게는 감복할 만한 염치가 있었는데, 아버지의 뜻을 거스르는 상황에 처하자 그의 보호를 즐길 권리가 없다는 결론에 이르렀다. 그의 지붕 아래 사는 한 양심상 그의 지혜에 순응해야 한다. 그것도 대단히 영광스러운 일이었지만, 가엾은 캐서린은 그럴 권리를 상실했다고 생각했다. 그녀는 아버지가 만남을 근엄하게 금한 그런 젊은이와 운명을 같이 하기로 한 것이고, 그러므로 아버지가 제공하는 안락한 가정에 살 수 있는 권리를 포기한 것이다. 모리스를 포기할 수 없었으므로 그녀는 집을 떠나야만 했다. 그리고 그녀가 택한 사람이 새로운 가정을 가능한 한 빨리 제공할수록 어색하게 꼬인 상황이 해소될 것이다. 이것은 치밀한 논리였지만, 단순하고 본능적인 참회가 무한정 섞여 있었다. 그 시절 캐서린의 하루하루는 때때로 시간의 무게를 견디기 어려울 정도로 우울했다. 아버지는 그녀를 쳐다보지 않았고 말도 걸지 않았다. 어떻게 행동해야 할지 정확하게 알고 있던 그녀의 아버지는 계획에 따라 일부러 그렇게 행동했다. 그녀는 (아버지 눈에 띄려고 오락가락한다는 오해를 받을까 봐 걱정이 되어) 그렇게 할 수 있을 때만 아버지를 바라다보았다. 자신이 슬픔을 안긴 아버지를 그녀는 동정했다. 그리고 고개를 꼿꼿이 들고 바삐 움직이면서 하루하루의 일과를 보냈다. 워싱턴 스퀘어에서의 상황이 견디기 어려운 지경이 되면, 그녀는 눈을 감고 그 남자의 이지적인 모습을 떠올렸다. 그를 위해 신성한 계율을 깨뜨렸으니 말이다.

워싱턴 스퀘어에 사는 세 사람 중에서 큰 위기에 걸맞은 태도를 현저하게 드러낸 사람은 페니먼 부인이었다. 캐서린이 조용하다면, 그녀는 조용하게 조용했다고 말해야겠다. 연민을 자아내려는 그녀의 태도는, 주목해 봐주는 사람도 없었지만, 전혀 꾸미거나 의도한 것은 아니었다. 우리의 의사가 뻣뻣하고 냉담하게 굴었다면, 그리고 같이 사는 사람들의 존재에 전적으로 무관심한 척했다면, 아주 가볍게, 물 흐르듯 딱 떨어지게 연기를 했기 때문에 그를 아주 잘 알고 있지 않으면 그가 그렇게 불유쾌하게 구는 것을 대체로 즐기고 있음을 알아차릴 수 없었으리라. 하지만 페니먼 부인은 공들여 말을 하지 않겠다는 표시를 냈고 의미심장하게 침묵을 지켰다. 그녀는 매우 의도적인 움직임을 취하기로 작정해 옷 스치는 소리를 더 분명하게 냈고, 때로 아주 사소한 일에 관해 말하면서 더 깊은 의미를 함축하고 있다는 듯한 분위기를 풍겼다. 서재에서의 면담 이후 캐서린은 아버지와 말을 나눈 적이 없었다. 그녀는 그에게 할 말이 있었다 — 말해야 할 것만 같았다 — 하지만 아버지가 역정을 낼까 두려워 입을 다물고 있었다. 그도 그녀에게 할 말이 있었다. 하지만 그는 먼저 말하지 않기로 마음을 먹었다. 우리가 알다시피 그는 혼자 내버려두었을 때 그녀가 어떻게 '버틸지' 알고 싶었다. 드디어 그녀가 아버지에게 모리스 타운젠드를 다시 만났고 둘의 관계에 변함이 없다는 이야기를 했다.

"결혼할 것 같아요. 머지않아서요. 그리고 아마도 그때까지는 그 사람을 좀 자주 만나게 될 거예요. 1주일에 한 번쯤 — 그 이상은 아니고요."

의사는 냉정하게, 딸이 마치 낯선 사람인 양 머리끝에서 발끝까지 훑어보았다. 지난 1주일 동안 처음으로 그의 눈이 그녀에게 머문 것이었는데, 그런 눈빛이라면 쳐다봐 주지 않는 것이 다행이었다. "하루에 세 번이면 어떠냐?" 그가 물었다. "누가 너 하고 싶은 걸 못하게 가로막든?"

그녀는 잠시 몸을 돌렸다. 눈물이 고였다. 그리고 "1주일에 한 번인 것이 나아요"라고 말했다.

"뭐가 더 낫다는 건지 모르겠구나. 나쁘기는 마찬가지야. 그런 식으로 조금 양보한다고 내가 좋아할 거라고 생각한다면 오해다. 하루 종일 그를 만나거나 1주일에 한 번 만나거나 잘못이기는 마찬가지야. 어쨌거나 나하고는 상관없는 일이다."

캐서린은 그의 말뜻을 좇아가려고 애썼지만, 막연한 공포감만 커지는 것 같아 뒷걸음쳤다. "곧 결혼할 것 같아요." 그녀는 좀 있다 이렇게 반복했다.

그녀의 아버지는 낯선 사람을 대하듯 다시 그 무시무시한 눈길로 그녀를 쳐다보았다. "왜 내게 그런 이야기를 하냐? 나와 상관없는 일인걸."

"오, 아버지." 그녀가 소리쳤다. "마음이 상하신 건 알지만, 제게 관심도 없어지셨나요."

"눈곱만큼도. 일단 결혼하기로 했다면 언제 어디서 어떻게 하는지는 상관없다. 어리석게 구는 것도 모자라 이런 식으로 깃발까지 휘두르기로 한 거라면 그런 수고는 하지 않아도 된다."

이렇게 말하고 그는 가버렸다. 하지만 그 다음날 그는 자진해서 그녀에게 말을 걸었고 태도도 다소 달라졌다. "앞으로 4, 5개월 안에 결혼하게 될 것 같으냐?" 그가 물었다.

"잘 모르겠어요, 아버지," 캐서린이 말했다. "결정하기가 쉽지 않아요."

"그럼 결혼을 6개월 연기해라. 그동안 널 유럽으로 데리고 가마. 난 네가 갔으면 좋겠구나."

그 전날 아버지가 그런 식으로 말하는 것을 듣고 난 다음, 이렇게 해주면 '좋겠다'라는 말을 듣자 그의 마음에 아직도 따뜻한 사랑의 조각이 남아 있다는 생각에 너무나 좋아서 그녀는 조그맣게 기쁨의 탄성을 질렀다. 그러고 난 다음 모리스가 이 제안에 포함되어 있지 않다는 것을, 그리고 실제 상황이 된다면 유럽 여행을 하는 것보다는 모리스의 곁에 남아 있는 쪽을 선호한다는 생각을 떠올렸다. 그럼에도 캐서린은 최근 어느 때보다도 더 편한 마음으로 얼굴을 붉혔다. "유럽에 가는 것은 정말 멋질 거예요." 이 말이 별로 독창적이지 않고, 그녀의 어조가 그렇게 열광적이지 않다고 생각하면서 그녀가 말했다.

"그래 그럼, 우리 가자구나. 짐을 싸라."

"타운젠드 씨에게 이야기를 하는 게 좋겠어요." 캐서린이 말했다.

그녀의 아버지는 차가운 눈길을 그녀에게 고정시켰다. "그의 허락을 구해야 한다면, 내가 할 수 있는 전부는 그가 허락해 주길 바랄 뿐이겠구나."

의사가 한 말 중 최고로 계산된, 극적 효과를 최대한 노린 발언이었다. 캐서린은 자기 연민이 스며든 이 말에 마음이 아팠고, 주어진 상황에서 아버지에게 효심을 보일 수 있는 좋은 기회를 갖게 되어 아주 잘됐다는 생각을 했다. 하지만 다른 생각이 들지 않는 것도 아니라 이윽고 이렇게 말했다. "아버지께서 그렇게 싫어하시는 일을 하기로 든다면, 아버지 슬하에서 살면 안 된다는 생각이 들어요."

"내 슬하라고?"

"아버지와 함께 살려면 아버지 말씀에 복종해야 한다고 생각해요."

"그게 네 이론이라면, 내 이론도 확실히 그렇다." 의사가 건조한 웃음을 터뜨렸다.

"아버지의 말씀에 복종하지 않을 거면, 아버지와 함께 살면서 사랑과 보호를 받아서는 안 될 것 같아요."

이런 인상적인 주장에 의사는 불현듯 딸을 과소평가했다는 생각을 하게 되었다. 사납지 않은 고집스러움의 일면을 드러내 보인 아가씨에게 값할 만한 진술이었다. 하지만 그 말에 그는 매우 불쾌감을 느꼈고, 불쾌감을 드러냈다. "천박한 발상이다." 그가 말했다. "타운젠드의 생각이냐?"

"오 아니에요. 제 생각이에요." 캐서린은 진지하게 말했다.

"그럼 그런 말을 입 밖에 내지 마라." 딸을 유럽으로 데리고 가야겠다고 다짐하면서 의사는 이렇게 대답했다.

23

모리스 타운젠드가 이번 여행에서 제외될 수밖에 없듯, 페니먼 부인도 마찬가지였다. 같이 가자고 청했다면 고맙게 받아들였겠지만, 그녀는 (공정하게 말하자면) 실망감을 아주 숙녀답게 견뎌 냈다. "라파엘로의 작품과 유적들 — 특히 판테온에 가보면 좋겠지만," 그녀는 아몬드 부인에게 말했다. "하지만 다음 몇 달 동안 워싱턴 스퀘어에서 혼자 평화롭게 지내는 것도 나쁘지 않을 것 같아. 난 휴식이 필요해. 지난 4개월 동안 너무 많은 일을 겪었거든." 아몬드 부인은 오빠가 불쌍한 처지의 라비니아를 해외여행에 데려가지 않는 것이 박정하다고 생각했다. 하지만 이번 여행의 목적이 캐서린으로 하여금 애인을 잊게 만드는 것이라면, 그 젊은 이의 가장 강력한 후원자를 딸의 동반자로 데려가지 않는 것이 이해가 가기도 했다. '라비니아가 그런 바보짓을 안 했다면, 판테온의 유적을 볼 수 있었을 텐데.' 그녀는 이렇게 중얼거렸다. 페니먼 부인은 남편이 문제의 유적에 대해 이야기해 준 것을 생생하게 기억한다고 여러 번 역설했지만, 아몬드 부인은 계속 동생의 어리석음을 한탄했다. 페니먼 부인은 해외여행을 떠나는 오빠의 의도가 캐서린의 항심에 덫을 놓기 위해서라는 것을 잘 알고 있었다. 그리고 그녀는 이런 확신을 조카딸에게 까놓고 이야기했다.

"여행을 떠나면 네가 모리스를 잊을 거라고 생각하는 거야." 그녀가 말했다. (그녀는 이제 그 젊은이를 언제나 '모리스'라고 불렀다.) "눈에서 멀어지면 마음에서 멀어진다는 거지. 유럽에서 견문을 넓히면 그를 네 마음에서 몰아낼 수 있을 거라는 속셈이지."

캐서린은 크게 걱정을 하는 빛을 띠었다. "아버지가 그렇게 생각하시는 거라면 미리 말씀드려야겠어요."

페니먼 부인은 고개를 가로저었다. "나중에 이야기해. 수고와 경비를 들이고 난 다음에 말이야. 그래야 깨소금 맛이지." 그러고 난 다음 그녀는 부드러운 목소리로 판테온을 배경으로 애인 생각을 하는 것이 얼마나 멋질까라고 말했다.

아버지의 노염을 산 것은, 우리가 알다시피, 캐서린의 가슴 깊은 곳에서 샘솟아 오르는 무한한 슬픔 ─ 분개심이나 원한의 기미조차 없는 가장 순수하고 상대방을 배려하는 슬픔을 불러일으켰다. 하지만 부담이 되어 죄송하다는 말을 아버지가 그렇게 경멸하듯 잘라먹은 다음 처음으로 그녀의 슬픔에 분노의 불꽃이 생겼다. 그녀는 그의 경멸을 느꼈다. 그것이 낙인처럼 타들어 갔다. 천박한 발상이라는 그의 말이 3일 밤낮 그녀의 귀를 때렸다. 그동안 그녀는 아버지를 덜 배려하게 되었다. 이제 속죄를 다했으니 하고 싶은 대로 해도 된다는 생각이 들었다. 막연한 생각이었지만, 상쳐 입은 마음에 위안이 되었다. 그녀는 모리스 타운젠드에게 스퀘어에서 만나 도심을 산보하자고 편지를 썼다. 아버지의 뜻을 존중해 유럽으로 갈 예정이라면 최소한 이런 보상은 누려도 된다. 그녀는 이 순간 모든 점에서 더 자유롭고 더 단호했다. 그녀를 움직이는 추진력이 있었다. 드디어 열정이 전적으로, 아무 거리낌 없이 그녀를 사로잡았다.

드디어 모리스를 만나는 날이 되어 둘은 장시간 산책했다. 그녀는 그에게 무슨 일이 있었는지 즉각 이야기했다. 아버지가 그녀를 데리고 유럽 여행을 가기로 했고 — 6개월이 걸릴 것이고 — 그녀는 모리스가 최선이라고 생각하는 대로 하겠다고 했다. 입 밖에 내어 말하지는 않았지만 그의 곁을 떠나지 않는 것이 최선이라고 말해 주기를 바랐다. 그는 자신의 생각을 말하기 전 한참 뜸을 들였다. 산책 중에 그는 아주 많은 질문을 했는데, 그중 하나가 특히 생경한 느낌을 자아냈다. 너무 앞뒤가 안 맞았던 것이다.

"유럽의 명승지들을 둘러보고 싶지 않아요?"

"아, 아니에요, 모리스!" 캐서린은 대수롭지 않다는 듯 말했다.

'하느님 맙소사, 무슨 이런 따분한 여자가 있어!' 모리스는 마음속으로 감탄 부호를 쳤다.

"아버지께서는 내가 당신을 잊을 거라고 생각하세요." 캐서린이 말했다. "유럽의 명승지들이 당신을 내 마음에서 몰아낼 거라고요."

"그럴지도 모르잖아요, 내 사랑."

"제발 그렇게 말하지 말아요." 발걸음을 계속 떼면서 캐서린이 부드럽게 말했다. "아버지께는 죄송하지만 결국 실망하실 거예요."

모리스가 조그맣게 웃음을 터뜨렸다. "그래, 정말이지 가엾게도 실망하시게 될 것 같네요. 그렇지만 유럽은 보게 될 거잖아요." 그가 유머러스하게 덧붙였다. "이 아가씨 대단한 사기꾼일세!"

"난 유럽 관광에 관심이 없어요." 캐서린이 말했다.

"관심을 가져야 해요, 내 사랑. 아버지 마음이 누그러질지도 모르잖아요."

자신의 완고함을 의식하고 있는 캐서린은 아버지의 마음도 누그러지리라고 거의 기대하지 않았고, 해외여행에 따라나서면서 요지부동일 것이면 결과적으로 아버지를 속인 게 된다는 생각을 지울 수 없었다. "아버지를 속이는 거 아닌가요?" 그녀가 물었다.

"아버지도 당신을 속이려고 하지 않나요?" 모리스가 외쳤다. "자업자득이지요. 가는 게 정말 나을 거라고 생각해요."

"그렇게 오래 결혼을 미뤄도 좋겠어요?"

"당신이 돌아오면 결혼하지요 뭐. 파리에서 결혼식 때 입을 옷을 사면 되겠네요." 그러고 나서 모리스는 아주 다정한 어조로 이 문제에 대한 자신의 관점을 상술했다. 그녀가 유럽에 가는 것이 맞다. 기꺼이 기다릴 용의가 있을 정도로 합리적임을 보여주어야 그들이 완벽하게 정당화될 테니 말이다. 서로에 대한 확신이 있는 이상 그들은 기다릴 여유가 있다. 겁날 것이 무엇인가? 유럽에 동행해 아버지 마음을 좋은 방향으로 돌릴 수 있는 여지가 눈곱만큼이라도 생긴다면 된 것이다. 무엇보다도 그는 그녀가 유산 상속을 받지 못하는 빌미가 되고 싶지 않다. 자신을 위해서 그러는 것이 아니다. 그녀와 그녀의 아이들을 위해서이다. 그는 기다릴 수 있다. 힘들겠지만, 기다릴 수 있다. 그리고 그곳에서, 아름다운 풍경과 훌륭한 기념비들에 둘러싸여 아버지의 마음이 부드러워질지 모른다. 명승지들은 인간적인 감정을 불러일으키게 마련이다. 그는 그녀의 온순함과 참을성, 그리고 **그것**만 빼고는 어떤 희생도 할 용의가 있는 것에 감동할 수 있다. 어느 날 명승지에서, 예컨대, 이탈리아 베네치아의 밤 곤돌라에서 달빛을 받으며 아버지에게 호소하면, 영리하게 굴어서 아버지의 심금을 울리면, 그녀를 안아 주면서 용서한다고 말씀하시리라. 캐서린은 주어진 상황을 빛나는 지력의 탁월함에 값하는 착상으로 접근하는 그녀의 연인에게 감복했다. 하지만 그녀가 그 일을 수행할 수 있을 것 같지 않았다. 달빛 아래 곤돌라에서 '영리'하게 구는 것은 그녀의 이해 범위 밖에 있는 무엇 같았다. 하지만 모리스 타운젠드를 어느 때보다 사랑한다고 마음속으로 다짐하면서 그녀의 아버지에게 어디든 유순하게 따라갈 준비가 되어 있다고 말하기로 합의를 봤다.

그녀는 아버지에게 배를 탈 준비가 되었다고 알렸고, 그는 재빨리 여행 채비를 했다. 캐서린은 많은 사람들과 작별을 나누었지만, 우리는 그중 두 사람과의 작별에만 적극적으로 관심을 가지면 된다. 페니먼 부인은 조카딸의 여행에 관해 매우 분별 있는 관점을 취했다. 타운젠드 씨의 신부가 될 사람은 외국 여행으로 교양을 쌓으려는 노력을 기울여 마땅하다는 것이다.

"그를 든든한 손에 남겨 놓고 가는 거다." 그녀는 캐서린의 이마에 입술을 대면서 말했다. (그녀는 사람들의 이마에 키스하는 것을 아주 좋아했다. 지적인 부분과 무의식적인 교감의 표현이라는 것이다.) "모리스를 자주 만날게. 내가 신성한 불꽃을 돌보는 그 옛날의 신녀(神女)가 된 것 같을 거야."

"함께 가지 못해 서운할 텐데 고모는 정말 훌륭하세요." 캐서린은 감히 고모의 유비 관계를 검증해 볼 생각을 하지 않고 이렇게 대답했다.

"나를 지탱하는 건 내 자존심이란다." 페니먼 부인이 드레스의 몸통 부분을 톡톡 치면서 말했는데 이렇게 하면 언제나 금속성의 소리가 울렸다.

캐서린은 연인과 짧게 작별 인사를 했고, 몇 마디 나누지 않았다.

"내가 돌아올 때까지 한결같은 마음 변하지 않을 거지요?" 이 질문이 회의의 산물은 아니었지만 그래도 캐서린은 이렇게 물었다.

"한결같다마다. 오히려 더 사랑할 거요." 모리스는 미소를 띠며 말했다.

슬로퍼 씨가 유럽 여행을 어떻게 진행했는지 자세하게 서술하는 것은 우리의 계획에 들어 있지 않다. 그는 상당히 호화롭게 대여행*의 여정을 좇았고, (높은 교양을 갖춘 사람이 그러리라고 예상할 수 있듯) 그의 관심을 끄는 예술품과 유물이 너무나 많아서 반년이 아니라 1년을 유럽에 머무르게 되었다. 페니먼 부인은 워싱턴 스퀘어의 집에서 오빠의 부재에 적응해 갔다. 그녀는 빈 집에서 경쟁자 없이 통치권을 행사했는데, 오빠가 있을 때보다 친지들에게 집을 더 매력적으로 만들었다고 자부했다. 적어도 모리스 타운젠드에게는 그녀가 집을 특별히 매력적으로 만든 것처럼 보였으리라. 그는 가장 자주 방문하는 손님이 되었고, 페니먼 부인은 그를 다과에 초대하는 것을 매우 좋아했다. 그는 은으로 된 손잡이와 경첩이 달린 마호가니 미닫이문을 닫아 좀 더 공식적인 거실과 구분할 때, 안쪽 거실의 벽난로 옆에 있는 아주 편한 의자를 자기 전용으로 삼기까지 했다. 그리고 그는 의사의 서재에서 시가를 태우면서 부재중인 주인의 기이한 수집품을 살펴보곤 했다. 우리가 알다시피 그는 페니먼 부인을 바보 얼간이라고 생각했다. 하지만 그 자신은 바보 얼간이가 아니었다. 재원은 불충분한데 취향은 호사스러운 젊은이에게 그 집은 나태함을 즐길 수 있는 완벽한 성이었다. 회원이 한 명뿐인 사교 클럽이 되었다고 할까? 페니먼 부인은 의사가 있을 때보다 언니인 아몬드 부인과 덜 자주 만났다. 아몬드 부인이 타운젠드와 가깝게 지내는 것을 찬성하지 않는다고 못을 박았기 때문이다. 오빠가 그토록 경멸하는 젊은이와 친분을 유지해서는 안 된다는 것이다. 그리고 아몬드 부인은 캐서린에게 당치도 않은 약혼을 끌어다 붙인 그녀의 경솔함에 경악을 금치 못한다고 말했다.

"당치도 않다니!" 라비니아가 외쳤다. "그는 사랑스러운 남편이될 거야."

"난 사랑스러운 남편을 믿지 않아." 아몬드 부인이 말했다. "좋은 남편을 믿을 따름이야. 모리스가 캐서린과 결혼하고, 오빠의 돈을 상속하면 그런대로 잘 지낼지 몰라. 빈둥거리면서 유쾌하게, 자기중심적으로, 그럭저럭 상냥하게 굴겠지. 하지만 유산을 물려받지 못한 캐서린에게 물렸다고 생각하게 되면, 신의 자비가 있기를 기도할밖에! 그가 자비를 베풀지는 않을 테니까. 기대가 좌절된 실망에 캐서린을 미워할 것이고 복수를 할 거야. 몰인정하고 잔인하게 굴 테고. 캐서린에게는 재앙이 닥치겠지! 모리스의 누나에게 가서 좀 이야기할 것을 권한다. 캐서린이 **그녀**와 결혼할 수 없는 것이 유감이구나!"

페니먼 부인은 모리스의 누나와 대화를 나누고 싶은 마음이 전혀 없었고, 친분을 만들기 위해 아무런 노력을 기울이지 않았다. 조카딸의 미래에 대한 언니의 우려 섞인 예측은 넉넉한 성정의 타운젠드가 쓴 맛을 본다면 유감천만일 거라는 생각을 불러일으켰을 따름이다. 근사하게 즐기는 것이 그의 천성 아닌가. 그런데 즐길 것이 없다면 그가 어떻게 편안하게 살 수 있겠는가? 모리스가 조만간 오빠의 재산을 향유해야 한다는 것이 페니먼 부인의 고정관념이 되었다. 그렇다고 오빠의 재산에 대한 자신의 권리가 적다는 것을 모를 만큼 어리석지는 않았다.

"오빠가 캐서린에게 유산을 물려주지 않으면, 내게 물려주지 않을 것은 확실하니 말이야." 그녀의 생각이었다.

24

해외에 체류하는 처음 여섯 달 동안 의사는 딸과의 의견 차이에 대해 언급하지 않았다. 의도적이기도 했지만, 다른 많은 것들이 그의 생각을 사로잡았기 때문이기도 했다. 집의 익숙한 환경에서 감정 표현을 잘 하지 않던 캐서린이 스위스와 이탈리아의 절경에 둘러싸여도 감정을 표현하지 않았기 때문에, 단도직입적으로 묻지 않으면 그녀의 애정 상태를 확인할 길이 없었다. 그녀는 언제나 유순하고 분별력 있는 여행의 동반자였다. 경의를 표하며 말없이 관광을 따라다니되 피로하다고 불평하는 법이 없었고, 아버지가 그 전날 정한 시간에 언제나 출발할 준비가 되어 있으며, 어리석은 비평을 늘어놓거나 세련된 감식안을 과시하는 일도 없었다. "이 아이는 저기 숄 꾸러미 정도의 지적 수준을 갖고 있는 게야." 이런 생각을 한 의사는 캐서린이 숄 꾸러미보다 나은 점이 있다면 숄 꾸러미는 가끔 행방불명이 되기도 하고 마차에서 굴러 떨어지기도 하지만, 캐서린은 항상 있어야 할 자리에 굳건하고 넉넉하게 자리를 잡고 있다는 것이었다. 그러나 의사는 이 점을 예상했고, 관광객으로서 그녀의 지적 한계를 감상적 우울증의 탓으로 돌려야 할 필요를 느끼지 못했다. 그녀는 희생자의 면모를 완전히 탈피했고, 해외에 나가 있는 동안 한숨 소리 한 번 내지 않았다. 의사는 딸이 모리스 타운젠드와 편지를 주고받을 것이라고 생각했지만, 그 젊은이의 편지가 눈에 띈 적이 없기 때문에 뭐라고 하지는 않았다. 캐서린은 편지를 늘 여행 안내원에게 부쳐 달라고 맡겼다. 그녀는 애인으로부터 꽤 규칙적으로 소식을 들었는데, 그의 편지는 페니먼 부인의 편지 속에 들어 있었다. 그렇기 때문에 의사가 누이의 글씨로 주소 성명이 적힌 봉투를 딸에게 건넬 때마다 그는 자신이 힐난하는 사랑의 뜻하지 않은 도구가 되었던 것이다. 캐서린은 이런 생각을 했고, 6개월 전이었다면 아버지에게 이실직고해 마땅하다고 생각했을 것이다. 하지만 이제 스스로 이런 의무가 면제되었다고 느꼈다. 자신이 옳다고 생각하는 것을 아버지에게 말했을 때 그의 응수가 그녀의 마음에 아픈 상처로 남아 있었다. 할 수 있는 한 아버지의 기분을 맞춰 드리려고 노력하겠지만, 다시는 아버지에 대한 의무감 때문에 속생각을 털어놓지는 않을 작정이었다. 그녀는 연인의 편지를 몰래 읽었다.

여름이 막바지로 치닫던 어느 날, 두 여행객은 알프스의 외딴 계곡을 방문했다. 고갯길을 넘는 긴 오르막길에서 그들은 마차에서 내려 한참을 앞장서 탐사했다. 그러다 의사가 오솔길을 하나 발견했는데, 건너편 계곡으로 이어져 더 높은 곳으로 올라갈 수 있으리라는 그의 추측은 맞아떨어졌다. 그들은 이 꾸불꾸불한 길을 따라가다 길을 잃었다. 계곡은 매우 험한 데다 거칠었고, 걷다가 기어오르다시피 해야 하는 상황이 되었다. 둘 나 잘 걷는 편이라 이런 모험을 별 문제없이 받아들였다. 의사는 딸이 쉴 수 있게 시시때때로 멈춰 섰고, 그녀는 돌 위에 앉아 험상궂은 바위와 황혼 빛에 물든 하늘을 바라보았다. 8월 말의 늦은 오후였다. 고도가 상당히 높았기 때문에 밤이 이슥해지자 공기가 매섭게 찼다. 서쪽 하늘에는 차가운 붉은 빛이 넓게 퍼져 있었는데, 이것이 작은 계곡의 양 편을 더 험하고 음울하게 만들었다. 캐서린이 쉬고 있는 동안 아버지는 경치를 감상하기 위해 좀 더 높은 곳으로 올라가 시야를 벗어났다. 그녀는 적막한 가운데 혼자 앉아 있었다. 어디선가 시냇물 소리가 희미하게 정적을 흔들 따름이었다. 그녀는 모리스 타운젠드 생각을 했지만, 워낙 황량하고 외딴 곳이라 그가 너무 멀리 떨어져 있는 것만 같았다. 아버지가 너무 오래 자리를 비운 나머지 무슨 일이 있나 하는 생각이 들 정도였다. 드디어 그가 땅거미를 배경으로 선명하게 윤곽을 드러내며 돌아왔을 때 그녀는 갈 길을 재촉하기 위해 일어섰다. 그는 손짓해 그녀를 멈춰 세웠고 할 말이 있는 듯 다가왔다. 그는 그녀의 앞에서 멈춰 서서 좀 전에 지켜본 붉게 물든 눈 덮인 산 정상에 고정되었던 눈으로 그녀를 바라보았다. 그러다 불현듯 낮은 목소리로 예기치 못한 질문을 했다.

"그를 포기했냐?"

이런 질문을 예상한 것이 아니라 당황했지만, 캐서린은 마음의 준비가 되어 있었다.

"아니에요, 아버지." 그녀가 대답했다

그는 아무 말 없이 그녀를 잠시 바라보았다.

"편지를 보내 오냐?"

"네, 한 달에 두 번 정도요."

의사는 단장(短杖)을 휘두르며 계곡을 둘러보았다. 그리고 마찬가지로 낮은 목소리로 말했다.

"난 아주 화가 난다."

그녀는 아버지가 무슨 뜻으로 그러는지 알 수 없었다. 겁주려고 그러는 거라면 장소를 잘 고른 셈이다. 여름 햇빛이 비치지 않는 황량하고 음울한 계곡은 그녀에게 고립무원의 느낌을 불러일으켰다. 주변을 둘러보자 심장이 차가워졌다. 그 순간 그녀의 두려움은 컸다. 그러나 "죄송해요"라고 낮게 중얼거리는 것 외에 할 말을 생각해 낼 수 없었다.

"넌 내 참을성을 시험하는구나." 아버지가 말을 이었다. "넌 내가 어떤 사람인지 알아야 한다. 난 썩 좋은 사람이 아니란다. 표면적으로는 아주 부드럽지만 본래 성정은 고약하다. 난 아주 못되게 굴 수 있단다."

그녀는 아버지가 왜 이런 이야기를 하는지 알 수 없었다. 아버지가 의도적으로 이곳에 데리고 온 걸까? 이것이 계획의 일부일까? 계획이 무엇일까? 캐서린은 이렇게 자문했다. 그녀에게 갑자기 겁을 주어 결혼을 취소하게 만들려고 하는 걸까? 두려움을 불러일으켜 그녀를 속여 넘기려고 하는 걸까? 무엇에 대한 두려움? 험악하고 적막한 장소였지만 그곳이 그녀를 해칠 수는 없었다. 그녀의 아버지는 침묵에 집중했는데, 이것이 그를 위험하게 만들었다. 하지만 캐서린은 아버지의 손이 — 출중한 의사의 단정하고 섬세하고 유연한 손이 — 그녀의 목을 조를 계획이라고는 생각하지 않았다. 그럼에도 그녀는 한 발자국 물러섰다. "아버지는 원하시면 무엇이라도 하실 수 있어요." 그녀는 이렇게 말했는데, 그것이 그녀의 소박한 믿음이었다.

"난 아주 화가 난다." 그는 더 날카롭게 대답했다.

"왜 갑자기 그러시는 거예요?"

"갑자기가 아니다. 지난 6개월 동안 속으로 부글거렸다. 하지만 이곳이 불끈 성내기에는 좋은 장소인 것 같다. 우리뿐이라 아주 조용하구나."

"네, 아주 조용하네요." 캐서린이 모호한 어조로 주변을 둘러보며 말했다. "마차로 돌아가시지 않을래요?"

"좀 있다가. 그동안 한 치도 물러서지 않았다는 말이냐?"

"할 수 있으면 그렇게 했을 거예요, 아버지. 하지만 그럴 수 없어요."

의사도 주변을 둘러보았다. "이런 곳에서 버림을 받아 굶어 죽고 싶니?"

"무슨 말씀이세요?" 그녀가 말했다.

"그것이 네 운명이 될 거다. 그가 널 그렇게 버릴 거다."

아버지가 그녀를 건드린 건 아니지만 모리스를 건드렸다. 그녀의 심장이 다시 뜨거워졌다. "그건 사실이 아니에요, 아버지," 그녀가 갑자기 목소리를 높였다. "그렇게 말씀하시면 안 돼요. 그건 옳지 않고, 사실도 아니에요."

그는 고개를 천천히 저었다. "그래, 네가 믿지 않으려고 하니 그건 옳지 않다. 하지만 그건 **사실**이다. 마차로 돌아가자."

그는 몸을 돌렸고, 그녀는 그를 따랐다. 걸음을 재촉한 그는 곧 한참을 앞서 걸었지만, 등을 돌린 채 때때로 멈춰 서서 그녀가 따라잡을 수 있게 해주었다. 그녀는 처음으로 아버지에게 맹렬하게 대들었다는 흥분으로 가슴이 두방망이질 쳤기 때문에 따라잡기 힘이 들었다. 이제는 거의 캄캄해져서 결국 그가 보이지 않는 지경에 이르렀다. 그러나 그녀는 앞으로 향했고, 조금 있다가 계곡의 모퉁이를 돌자 마차가 기다리고 있었다. 그 안에 아버지가 아무 말 없이 근엄하게 앉아 있었다. 그녀도 아무 말 없이 그의 옆자리에 앉았다.

나중에 이 모든 일을 돌이켜보니 그 후 며칠 동안 둘 사이에 한마디도 오가지 않았던 것 같다. 이상한 장면이었지만, 아버지에 대한 감정에 영구적으로 영향을 끼친 것은 아니었다. 어쨌든 그가 시시때때로 소동 비슷한 것을 피워도 할 말이 없을 텐데, 6개월이나 그녀를 내버려둔 것 아니던가. 제일 이상한 부분은 아버지가 좋은 사람이 아니라고 한 것이었다. 캐서린은 그게 무슨 뜻인가를 곰곰이 생각했다. 그의 진술은 그녀의 믿음을 불러일으키지 못했고, 그녀가 마음에 품은 분개심을 달래 주지도 못했다. 그녀가 아버지에게 아무리 쓰라린 원망을 갖고 있더라도 그가 완벽하지 않다고 생각하는 것은 그녀에게 아무런 위로도 되지 않았다. 그런 말은 그의 대단한 영민함의 일환이었다. 그처럼 영리한 사람은 어떤 말도 할 수 있고 어떤 의미도 전달할 수 있다. 그리고 엄혹한 성정이라는 것은 남자에게 있어서는 덕목 아니던가.

그는 6개월 더 그녀를 내버려두었다. 여행 계획을 연장한 것을 캐서린이 한 마디 항변 없이 순응한 그 6개월 말이다. 그러나 마지막에 그는 다시 이야기를 꺼냈다. 아주 마지막에, 뉴욕으로 떠나기 전날 밤 리버풀에 있는 호텔에서였다. 그들은 어둡고 곰팡내 나는 거대한 거실에서 저녁을 먹고 있었다. 상을 치우고 난 다음 의사는 천천히 왔다 갔다 했다. 이윽고 캐서린은 촛불을 들고 침실로 가려고 했다. 그러자 아버지가 그녀에게 머무르라고 손짓했다.

"집으로 돌아가면 어떻게 할 작정이냐?" 그녀가 촛불을 손에 들고 거기 서 있자 그가 물었다.

"타운젠드 씨와 관련해 물으시는 건가요?"

"타운젠드 씨와 관련해서 묻는다."

"우리 결혼할 것 같아요."

의사는 다시 몇 바퀴를 돌았고, 그녀는 기다렸다. "편지가 옛날처럼 자주 오냐?"

"네, 한 달에 두 번 와요." 캐서린이 즉각 대답했다.

"그가 언제나 결혼 이야기를 하냐?"

"오 그래요. 다른 이야기도 하지만 언제나 그 이야기도 한다는 말이에요."

"화제가 다양하다니 다행이구나. 그렇지 않으면 편지가 지루할 텐데."

"편지를 얼마나 잘 쓰는데요." 캐서린은 이런 이야기를 할 기회가 생긴 것이 좋아서 이렇게 말했다.

"그런 친구들은 언제나 편지를 잘 쓴단다. 하지만 어떤 경우라도 편지를 잘 써서 나쁠 것은 없다. 그래서 도착하자마자 그 친구랑 가버릴 작정이냐?"

이것은 조금 상스러운 표현 같았고, 캐서린의 자존심에서 무엇인가가 이 말에 거부감을 드러냈다. "도착하기 전까지는 알 수 없어요." 그녀가 말했다.

"그게 사리에 맞겠구나." 그녀의 아버지가 대답했다. "내가 요구하는 것은 그것뿐이다. 내게 **말해** 달라는 것, 분명하게 예고하라는 것이다. 불쌍한 애비가 무남독녀를 잃게 된 마당에 마음의 준비라도 해야겠지"

"오, 아버지! 저를 잃지 않으실 거예요." 캐서린은 촛불의 농을 흘리며 말했다.

"3일 전이면 된다." 그는 말을 이었다. "확실하게 말할 수 있는 입장이 되면 말이다. 그 친구 내게 감사해야 한다는 거 알지? 널 해외에 데리고 나온 건 그를 위해 좋은 일을 한 셈이다. 그동안 얻게 된 지식과 감식안 덕분에 너의 가치는 두 배로 뛰었어. 1년 전에 너는 시야가 협소하다고 할까, 약간 시골티가 났지. 하지만 이제 봐야 할 것을 다 보고, 감상해야 할 것을 다 감상했으니 화제가 풍부한 대화 상대가 될 테지. 양을 살찌웠으니 이제 그가 잡을 일만 남았구나." 캐서린은 몸을 돌리고 휑한 문을 뚫어져라 주시했다. "자러 가라." 그녀의 아버지가 말했다. "정오에야 승선할 테니 늦잠을 자도 된다. 아마도 아주 힘든 항해가 될 거다."

25

항해는 정말이지 힘들었다. 뉴욕에 도착한 캐서린은, 아버지의 표현을 빌면, 모리스 타운젠드와 '가버리는' 보답을 받지 못했다. 하지만 도착한 다음 날 그를 만났다. 그 사이 우리의 여주인공과 라비니아 고모의 대화에서 그가 당연히 화제가 되었다. 도착하던 날 밤, 캐서린은 잠자리에 들기 전 고모와 오래 밀담을 나눴다.

"난 그를 아주 자주 만났단다." 페니먼 부인이 말했다. "그를 쉽게 알 수 있는 건 아냐, 넌 그를 안다고 생각하겠지만 그렇지 않아. 언젠가 알게 되겠지. 결혼해서 함께 살게 된 다음에 말이야. 나로 말하자면 그와 함께 살았다고 말할 수 있단다." 캐서린이 눈을 크게 뜨고 바라보는 동안 페니먼 부인이 말을 이어갔다. "난 이제 그를 안다고 할 수 있어. 난 아주 기막힌 기회를 가졌단다. 너도 같은 — 아니, 넌 더 좋은 기회를 가질 거야." 라비니아 고모는 미소를 띠었다. "그러고 나면 내 말뜻을 알거다. 열정과 에너지로 충만한 멋진 친구야. 진실하고."

캐서린은 관심과 우려가 교차하는 가운데 귀를 기울였다. 라비니아 고모의 공감력은 아주 강렬했다. 지난 1년 동안 캐서린은 입밖에 내지 않은 생각을 마음에 담은 채 이국의 화랑과 교회를 헤매고 평탄한 우편 도로를 마차로 달렸다. 그동안 말이 통하는 동성의 친구가 있으면 하고 간절히 바랐다. 마음이 따뜻한 여자에게 자기 이야기를 털어놓아도 위로가 될 것이라고 생각하곤 했다. 그래서 여관 주인이나 양장점의 친절한 아가씨에게 속내를 털어놓기 직전까지 간 순간들이 여러 번 있었다. 여자 말동무가 옆에 있었더라면, 눈물 바람을 하는 일이 적잖이 있었으리라. 그래서 귀국해 라비니아 고모의 품에 처음으로 안기게 되면 울음보를 터뜨리지 않을까 걱정을 했다. 하지만 현실 속의 두 사람은 워싱턴 스퀘어에서 눈물 없이 만났다. 단 둘이 남았을 때 아가씨의 감정에 뭔가 건조함이 깔려 있었다. 고모가 1년 내내 그녀의 연인과 많은 시간을 보냈다는 사실이 그녀의 마음을 짓눌렀고, 그 젊은이를 자신이 가장 잘 알고 있는 양 그를 설명하고 해석하는 것을 듣는 일도 유쾌하지 않았다. 질투가 나서는 아니었다. 그동안 잠복해 있던 고모의 무해한 거짓말에 대한 불안감이 다시 마음에 똬리를 튼 것이다. 그래서 그녀는 집에 안전하게 돌아온 것이 기뻤다. 이런 생각을 했음에도 모리스 이야기를 할 수 있고, 그의 이름을 소리 내어 불러 보고, 그를 부당하게 취급하지 않는 사람과 함께 있다는 것이 축복이었다.

"그 사람에게 아주 친절하게 대해 주셨지요." 캐서린이 말했다. "그 사람이 종종 편지에 썼어요. 감사의 마음 잊지 않을게요, 고모."

"내가 할 수 있는 일을 했을 뿐이야. 할 수 있는 일이 별로 없었단다. 집에 오라고 해서 담소를 나누고, 차 한 잔 대접한 깃이 전부야. 아몬드 고모는 내가 지나친 행동을 한다고 끔찍하게도 야단을 치곤 했지. 하지만 적어도 날 배반하지는 않겠다고 약속했어."

"배반이라니요?"

"네 아버지에게 고자질하지 않겠다는 거지. 모리스가 아버지의 서재를 사용했거든." 페니먼 부인이 조그맣게 웃음을 터뜨렸다.

캐서린은 잠시 말이 없었다. 이 그림은 그녀의 마음에 들지 않았고, 그녀는 다시 한 번 고모가 쓸데없이 은밀한 일을 꾸미는 버릇이 있음을 고통스럽게 떠올렸다. 아버지의 서재를 들락거렸다는 이야기를 모리스가 캐서린에게 하지 않을 정도로 요령이 있었다고 독자에게 알려 줘도 되리라. 그녀를 안 지 15년이 넘은 고모보다는 몇 달밖에 안 되는 그가 캐서린이 이 일을 웃어넘길 것이라고 생각하는 실수를 범하지 않은 것이다. "아버지 방에 드나들게 하지 않았으면 좋았잖아요." 잠시 뜸을 들였다 그녀가 말했다.

"내가 그를 들여보낸 게 아니다. 자기 스스로 들어간 거야. 책들하며 유리 케이스에 들어 있는 모든 것들을 보고 싶어했어. 거기 있는 것들에 대해 다 알더라. 뭐든 모르는 것이 없어."

캐서린은 다시 침묵을 지켰다. 그러고 나서 "그 사람이 일자리를 구했기를 간절히 빌었어요."

"일자리를 구했단다. 멋진 소식이지. 네가 도착하자마자 알려주라고 하더라. 거간 일을 하는 상인과 동업을 시작했어. 1주일 전에 정말 갑자기 결정이 되었지 뭐니."

캐서린에게는 정말 반가운 소식이었다. 근사하게 일이 풀릴 것 같은 분위기가 이 소식에 배어 있었다. "오, 정말 너무 기뻐요!" 그녀가 말했다. 그리고 순간 몸을 던져 라비니아 고모의 목을 껴안고 싶은 마음이 들었다.

"누구 밑에 들어가 일하는 것보다는 훨씬 잘된 거지 뭐니. 그 친구는 그런 데 익숙하지도 않고," 페니먼 부인은 말을 이었다. "동업자만큼이나 유능하고, 완전히 대등하단다. 기다리길 얼마나 잘했니. 이제 네 아버지가 뭐라고 할지 궁금하구나! 뒤앤 가에 사무실을 내고 조그만 명함도 찍었지. 내게 보여준다고 명함을 갖고 왔어. 방에 있는데, 내일 보여줄게. 마지막으로 여기 왔을 때 내게 그렇게 말하더라. '제가 기다리길 잘한 걸 아시겠죠.' 부하 노릇을 하는 대신 부하들을 거느리게 되었지. 그는 부하가 될 수 없어. 난 그를 부하로 생각할 수 없다고 종종 말했단다."

캐서린은 이런 주장에 동의했고, 모리스가 자기 사업을 한다는 것이 너무 기뻤다. 하지만 이런 소식을 아버지에게 의기양양하게 전할 것을 생각하면서 만족을 느낄 수는 없었다. 아버지는 모리스가 사업으로 자리를 잡든 무기 유형(流刑)에 처해지든 관심이 없을 것이다. 여행 가방들이 방에 도착했기에 짐을 풀면서 해외여행의 전리품들을 고모에게 보여주는 동안 연인에 대한 이야기는 잠시 중단되었다. 전리품들은 풍부하고 다양했다. 캐서린은 모리스를 제외한 모든 사람에게 선물을 갖고 왔다. 모리스에게는 오롯이 일편단심을 갖고 온 것이다. 고모의 선물로는 아낌없이 돈을 썼다. 페니먼 부인은 고맙다와 멋지다를 감탄사로 연발하며 호사스러운 캐시미이 숄을 반시간을 갰다 폈다 하고 있었다. 캐서린이 받아 달라고 간청한 이 숄을 두르고 한동안 왔다 갔다 하기도 했다. 어깨에 걸치기도 하고 숄의 끝자락이 어떻게 떨어지나 보기 위해 고개를 꼬아 뒤태를 보기도 했다.

"나는 이걸 빌린 걸로 생각할 거야." 그녀가 말했다. "내가 죽을 때 네게 물려줄 거야. 아니," 조카딸에게 다시 키스하면서 그녀가 덧붙였다. "네 맏딸에게 물려줄게." 그리고 숄을 두른 채 서서 미소를 띠었다.

"아기가 태어난 다음 정하셔도 돼요." 캐서린이 말했다.

"그렇게 말하는 것이 좀 걸리는구나." 페니먼 부인이 잠시 있다 대꾸했다. "캐서린, 너 마음 변했니?"

"아니요. 저 변함없어요."

"1보도 후퇴 안 했니?"

"조금도 변함없어요." 이렇게 반복해 답하면서 그녀는 고모가 마음을 조금 덜 써줘도 좋겠다는 생각을 했다.

"그래, 반가운 이야기다." 페니먼 부인은 캐시미어 숄을 걸치고 거울을 보았다. 그러고 난 다음 잠시 후, "네 아버지는 어떠시냐?" 고 조카딸을 주시하면서 물었다. "네 편지는 내용이 불충분해서 — 알 수가 없었단다."

"아버지는 아주 건강하세요."

"아, 내가 무슨 뜻으로 묻는지 알잖니." 페니먼 부인은 위엄 있게 말했는데 캐시미어 숄이 더 극적인 효과를 주었다. "아직도 완강하시냐?"

"오 그래요!"

"전혀 마음이 안 바뀌었다고?"

"오히려 더 완강해지셨는 걸요."

페니먼 부인은 그 훌륭한 숄을 벗어 천천히 갰다. "그거 참 유감이구나. 네 작은 계획이 성공하지 못했구나."

"무슨 작은 계획이요?"

"모리스가 다 이야기했단다. 유럽에서 아버지를 지켜보다 형세를 역전시키기로 했다는 작전 말이야. 명승지에 가서 기분 좋은 감흥을 받았을 때 — 너도 알다시피 네 아버지가 예술 애호가 연(然)하잖니 — 바로 그 순간 간청을 해서 아버지 마음을 돌린다는 거야."

"모리스의 생각일 뿐, 그런 시도조차 하지 않았어요. 그 사람도 유럽에 함께 있었다면 아버지의 마음을 그런 식으로 움직일 수 없다는 걸 알았을 거예요. 아버지는 아주 예술적인 분이시잖아요. 명승지들을 방문해 경탄을 거듭할수록, 아버지의 감정에 호소하기 더 어려웠을 걸요. 그런 풍광을 배경으로 아버지의 결심은 더 무섭게 굳어질 따름이었어요." 가엾은 캐서린은 이렇게 말했다. "전 아버지 마음을 돌릴 수 없어요. 이젠 아무 기대도 하지 않아요."

"그러냐. 정말이지," 페니먼 부인이 대꾸했다. "난 네가 포기하리라고 생각하지 않았단다."

"전 포기했어요. 이제 상관 안 해요."

"아주 용감해졌구나." 짧게 웃음을 터뜨리며 페니먼 부인이 말했다. "네 재산을 희생하라고 충고한 적은 없는데."

"그래요. 옛날보다 용감해졌어요. 제가 변했냐고 물으셨죠. 전 그런 식으로 변했어요. 아," 그녀가 말을 이었다. "전 많이 변했어요. 그리고 그건 제 재산이 아니에요. **그 사람**이 관심을 갖지 않는데 제가 왜 관심을 갖겠어요?"

페니먼 부인이 망설이다 말했다. "모리스가 돈에 관심이 있을 수도 있어."

"저를 위해 관심을 갖는 거예요. 제게 손해가 되는 일을 하고 싶지 않아서 그래요. 하지만 그 사람은 알 거예요, 이미 알고 있어요. 그런 걱정을 할 필요가 없다는 걸. 제 돈도 많잖아요. 우리는 아주 풍족하게 잘살 거예요. 게다가," 캐서린이 말했다. "이제 자기 사업도 시작한 것 아닌가요? 그건 정말 기쁜 소식이에요." 말을 계속하다 캐서린은 상당히 흥분하기 시작했다. 그녀가 그렇게 행동하는 것을 본 적이 없었기 때문에 페니먼 부인은 조카딸을 관찰하면서 해외여행 덕분에 좀 더 적극적이고 성숙해졌다고 생각했다. 그녀는 또한 캐서린의 외모가 향상되어 꽤 당당해 보인다고도 생각했다. 그녀를 보고 모리스 타운젠드의 눈이 번쩍 뜨일까 궁금해지기도 했다. 이런 생각에 빠져 있는데 캐서린이 갑자기 약간 날을 세워 소리쳤다. "고모는 왜 그렇게 오락가락 하세요? 한번은 이랬다. 다음번에는 저랬다 그러시는 것 같아요. 1년 전, 그러니까 제가 떠나기 전에는 아버지의 노여움을 무시하라고 하시더니 이제는 다른 이야기를 하시잖아요. 너무 변덕스러워요."

예상하지 못한 공격이었다. 페니먼 부인은 어떤 종류의 토론에서든 전쟁을 자기 영토에서 치르는 데 익숙하지 않았다. 아마도

처들어가 봤자 얻을 것이 없으리라고 생각되기 때문에 침공을 당하지 않았다고 해두자. 본인이 기억하기로도, 그녀의 이성의 화려한 들판이 적대적 세력에 의해 유린된 적은 거의 없었다. 그래서 기민하게 방어를 취하기보다는 위엄을 부렸다.

"뭘 갖고 날 비난하는지 모르겠다. 네 행복에 깊은 관심이 있다는 것 말고 잘못한 것이 없는데. 내가 변덕스럽다는 이야기는 생전 처음 듣는 이야기이다. 변덕은 내가 평소에 비난받는 허물이 아니란다."

"작년엔 즉시 결혼을 하지 않는다고 화를 내시더니 이제는 아버지를 설득하라고 하시잖아요. 아버지가 절 유럽까지 데리고 갔는데 아무 소득도 없다면 쌤통이라고 하셨잖아요. 자, 아버진 절 데리고 가셨고 아무 소득도 없었어요. 그럼 만족하셔야죠. 아무 것도 바뀐 건 없어요. 아버지에 대한 제 마음만 빼고요. 이제는 예전처럼 신경이 쓰이지 않아요. 최선을 다해 착한 딸이 되려고 했어요. 하지만 아버지는 상관 안 하세요. 이제는 저도 상관 안 해요. 나쁜 애가 돼서 그런지 모르겠어요. 그런지도 몰라요. 하지만 상관 안 해요. 저는 결혼하러 집에 돌아왔어요. 그게 제가 아는 전부예요. 기뻐하셔야 하는 것 아닌가요 ― 새로운 아이디어를 채택한 것이 아니라면. 정말이지 이상하시네요. 고모 좋으신 대로 하세요. 하지만 아버지에게 애원해 보라는 말은 다시 하지 마세요. 다시는 어떤 것을 갖고도 아버지에게 애원하지 않겠어요. 그건 과 거지사예요. 아버지는 절 밀쳐 냈어요. 전 결혼하러 집에 왔어요."

이것이 여태껏 조카딸의 입에서 흘러나온 가장 위엄 있는 진술인 만큼 페니먼 부인은 흠칫 놀랐다. 사실 조카딸이 약간 두려워지기도 했고, 캐서린의 감정과 결심의 강렬함에 뭐라 대꾸할 말을 찾지 못했다. 그녀는 쉽게 겁을 집어 먹었고, 동요를 양보로 무마하곤 했다. 그녀의 양보는, 지금 그렇게 하듯, 소심한 웃음을 수반했다.

26

페니먼 부인이 조카딸의 성질을 건드렸다면 — 그녀는 그때부터 캐서린의 성질을 거론하기 시작했는데, 우리의 여주인공과 관련해 여태껏 별로 언급되지 않던 항목이었다 — 캐서린은 그 다음날 평정을 되찾았다. 페니먼 부인은 캐서린의 귀국을 환영하기 위해 그날 방문하겠노라는 모리스 타운젠드의 메시지를 전했다. 그는 오후에 왔다. 이번에는 슬로퍼 씨의 서재를 제멋대로 드나들지 못했음을 미루어 짐작할 수 있으리라. 지난 1년간, 아주 편하게 그리고 무책임하게 드나들었기 때문에, 그의 영역을 캐서린의 고유 공간인 앞 응접실로 제한해야만 한다고 생각하니 어쩐지 부당한 대우를 받고 있다는 기분이 들었다.

"당신이 돌아와서 너무 기뻐요." 그가 말했다. "당신의 얼굴을 보니 정말 행복하네요." 그리고 그는 미소를 띠고 그녀를 머리끝부터 발끝까지 쳐다보았다. 하지만 나중에 (여자들이 그렇듯 세부적인 것에 관심을 보이는) 페니먼 부인이 그녀가 예뻐졌다고 헀을 때 그는 공감을 표하지 않았다.

캐서린에게 그는 눈이 부실 지경으로 아름다웠다. 이 아름다운 젊은이가 오로지 그녀의 소유라는 것을 다시 믿게 되는 데 얼마간의 시간이 걸렸다. 그들은 다정하게 안부를 묻고 사랑을 확인하는 등 소위 연인들의 대화를 한참 나눴다. 이런 상황에서도 모리스는 탁월한 세련됨을 드러냈다. 중개업을 시작하게 된 이야기도 그림을 펼쳐 내듯 생생하게 흥미를 불러일으키며 서술했다. 이 화제에 대해 그의 연인은 진지하게 질문을 해댔다. 그는 시시때때로 함께 앉아 있는 소파에서 일어나 방 안을 거닐었다. 그러고 난 다음 미소를 띠고 머리카락을 손으로 쓸어 올리며 그녀 곁으로 돌아왔다. 그는 오랫동안 떨어져 있던 연인과 방금 만난 젊은이가 당연히 그렇듯 설레 보였고, 캐서린은 문득 그가 그렇게 흥분한 것을 본 적이 없다는 생각이 들었다. 이 점에 주목하자 아무튼 기분이 좋아졌다. 여행에 대해 여러 가지 질문을 해대는 연인에게 캐서린은 척척 대답을 하지 못했다. 지명과 여정의 순서들을 잊었기 때문이다. 하지만 힘든 나날들이 드디어 지나갔다고 생각하니 너무 기뻤고 기운이 솟은 나머지 부실한 대답을 부끄러워하는 것도 잊어버렸다. 이제 그녀는 추호의 주저 없이, 기쁨의 떨림이 아니면 한 점의 흔들림 없이 그와 결혼할 수 있게 되었다. 그녀는 그가 물어볼 때까지 기다리지 않고, 아버지가 똑같은 마음으로 — 한 치도 양보하지 않고 — 돌아왔다고 말했다.

"우리는 이제 더 기대할 수 없어요." 그녀가 말했다. "아버지의 허락 없이 결혼해야 해요."

모리스는 앉아서 그녀를 바라보며 미소를 지었다. 그리고 "나의 사랑스러운 가엾은 아가씨!"라고 탄식했다.

"날 동정해서는 안 돼요." 캐서린이 말했다. "나는 이제 신경 안 써요. 이제 익숙해졌어요."

모리스는 계속 미소를 띠었다. 그러고 나서 일어나 다시 방을 거닐었다. "내가 아버지를 설득해 보는 것이 좋겠어요."

"아버지의 마음을 돌려 보려고요? 사태를 악화시킬 따름이에요." 캐서린이 단호하게 대답했다.

"지난번에 내가 일을 망쳤기 때문에 그렇게 말하는 거요. 이번에는 다르게 접근할 거요. 난 훨씬 현명해졌어요. 1년 동안 생각할 시간이 있었거든요. 더 신중해졌지요."

"1년 동안 그 생각을 한 거예요?"

"대부분의 시간을 그랬죠. 그 생각이 머리에 박혔거든요. 난 지는 거 싫어해요."

"우리가 결혼하는데 어떻게 지는 게 되겠어요?"

"물론 주요 쟁점에서는 진 건 아니지요. 그렇지만 나머지 쟁점들 ― 내 명성, 당신 아버지와의 관계, 우리에게 아이가 생긴다면 나와 아이들과의 관계 ― 에서는 졌다는 걸 모르겠어요?"

"우리 아이들을 위해 충분한 돈이 있을 거예요. 모든 것을 위한 충분한 돈이 있을 거예요. 사업에서 성공할 작정 아닌가요?"

"내가 눈부신 성공을 거둘 테니 우리가 안락하게 살 건 분명해요. 하지만 난 단순히 물질적 편안함을 이야기하는 것이 아니에요. 도덕적 편안함을," 모리스가 말했다. "지적 만족을 말하는 거에요."

"난 이제 완벽하게 도덕적으로 편안해요." 캐서린은 아주 간명하게 선언했다.

"물론 당신은 그렇겠지요. 내 경우는 다르다고요. 난 당신 아버지가 틀리다는 걸 증명하는 데 내 자존심을 걸었어요. 이제 번창하는 사업을 진두지휘하는 입장이니 당신 아버지와 대등하게 겨룰 수 있어요. 기막힌 계획이 있어요. 한번 부딪혀 볼게요!"

그는 빛나는 얼굴로 의기양양하게, 주머니에 손을 찌른 채, 그녀의 앞에 서 있었다. 그녀도 일어서서 그와 눈을 맞췄다. "그러지 말아요, 모리스. 제발 그러지 말아요." 그녀가 말했다. 그녀의 어조에는 그가 처음으로 들어 본 온화하지만 서글픈 단호함이 배어 있었다. "우리는 아버지에게 부탁하면 안 돼요. 아무 것도 더 요구해서는 안 돼요. 아버지의 마음은 약해지지 않을 거예요. 그래 봐야 좋은 결과가 나올 것이 없다는 걸 이제는 알아요. 이유가 있는걸요."

"그 이유란 게 뭐요?"

망설이다가 드디어 그녀가 말을 뱉어 냈다. "아버지는 날 그렇게 사랑하지 않아요."

"오, 제기랄!" 모리스가 화를 내며 말했다.

"확실하지 않으면 이런 말을 하지 않을 거예요. 그걸 영국에서 봤고 느꼈어요. 돌아오기 직전이었죠. 어느 날 밤 — 마지막 날 밤 — 내게 이야기를 했는데 그때 그런 느낌이 압도해 왔어요. 누가 날 좋아하지 않으면 알 수 있잖아요. 그런 느낌을 내가 받지 않았다면 아버지에 대해 그런 비난을 하지 않을 거예요. 아니, 비난하는 건 아니에요. 그렇다는 이야기를 할 따름이에요. 아버지도 어쩔 수 없겠죠. 우리의 애정을 다스릴 수 있는 건 아니잖아요. 내 애정을 내가 다스리나요? 아버지가 그렇게 물으면 뭐라고 하겠어요? 옛날에 돌아가신 엄마를 너무 사랑하셨기 때문이에요. 엄마는 아름다웠고, 아주 아주 영리한 분이었대요. 아버지는 늘 엄마 생각을 하세요. 난 엄마를 전혀 닮지 않았어요. 고모가 그러시더라고요. 물론 내 잘못은 아니지요. 하지만 아버지 잘못도 아니지요. 그게 사실이라고 말할 따름이에요. 우리의 결혼을 결코 받아들일 수 없는 것은 단순히 당신이 싫다는 것보다 그게 더 강력한 이유예요."

"단순히?" 모리스가 웃음을 터뜨리며 말했다. "그거 고마운 말이네."

"이제 아버지가 당신을 싫어하는 것도 마음 쓰지 않아요. 뭐든지 덜 마음이 써져요. 느낌이 달라졌어요. 아버지와의 끈이 끊어진 것 같아요."

"정말이지," 모리스가 말했다. "이상한 부녀지간이오."

"그렇게 말하지 말아요. 모진 말은 한 마디도 하지 말아요." 캐서린이 애원했다. "이제부터 내게 아주 다정하게 대해 줘야 해요, 모리스. 왜냐하면, 왜냐하면," 그리고 그녀는 잠시 망설였다. "내가 당신을 위해 아주 많은 걸 잃었으니까."

"오, 그거 알아요, 내 사랑."

캐서린은 겉으로는 격렬한 감정을 드러내지 않고, 온화하게, 다

민 설명하겠다는 노력으로 분별 있게 말을 이었다. 하지만 자신의 감정을 효과적으로 억누르지는 못해서 급기야 목소리의 떨림에서 격앙된 감정이 드러났다. "아버지를 숭배해 왔는데 그런 식으로 갈라선다는 건 큰 타격이에요. 난 아주 불행하다는 생각이 들어요. 아니, 당신을 사랑하지 않는다면 불행하다는 생각이 들 거예요. 사람들이 말할 때 알 수 있잖아요. 마치 — 마치—"

"마치 뭐요?"

"마치 날 경멸하듯 말하면요!" 캐서린은 감정에 북받쳐 말했다. "배 타기 전날 밤 아버지는 그런 식으로 말씀하셨어요. 대단한 건 아니었지만, 그것으로 충분했어요. 항해하는 동안 내내 그 생각을 했지요. 그러고 결심했어요. 다시는 아버지에게 아무 것도 부탁하지 않고, 아무 것도 기대하지 않을 거라고요. 이제는 그렇게 하는 것이 자연스럽지 않아요. 우리 둘이 아주 행복하게 살아야 해요. 그리고 아버지의 용서를 구하는 것처럼 보여서도 안 돼요. 그리고 모리스, 모리스, 당신은 날 절대로 경멸하면 안 돼요!"

하기 쉬운 약속인지라 모리스는 멋있게 약속을 해주었다. 하지만 그 순간 이보다 더 성가신 일은 없었다.

27

귀국하자 의사는 물론 누이들에게 할 말이 많았다. 페니먼 부인에게 여행에 관해, 먼 나라에 대한 그의 인상을 전달하려고 노력하기 위해서는 아니었다. 그의 부러워할 만한 경험의 기념품을 벨벳 야회복의 형태로 수여하는 데 만족할 따름이었다. 그러나 더 급박한 문제들에 관해 그녀와 상당히 오랜 시간 이야기했는데, 그가 아직도 완고한 아버지라는 사실을 단도직입적으로 밝히는 것으로 말문을 열었다.

"난 네가 타운젠드를 자주 만나 캐서린의 부재를 위로하기 위해 최선을 다했으리라고 믿어 의심치 않는다." 그가 말했다. "묻는 것이 아니니까 부정하고 나설 것 없어. 그런 질문을 해서 네가 대답을 꾸며 대는 불편을 겪게 하는 일은 결코 없을 거다. 아무도 일러바친 사람이 없고, 네가 어떻게 처신하는지 감시를 붙인 것도 아니다. 엘리자베스는 네가 인물도 잘났고 성격도 좋다고 칭찬하는 것 빼고 아무 이야기도 하지 않았어. 순전히 나의 추론이다. 철학자들이 말하는 귀납 추리에 의하면 네가 고통을 감내하는 흥미진진한 인물에게 피난처를 제공했을 가능성이 높을 것 같다는 거지. 타운젠드는 이 집에 자주 왔어. 이 집의 뭔가가 그렇게 말하고 있다. 우리 의사들은 종국에는 아주 섬세한 감각을 갖게 되지. 나의 감각 기관에 그가 아주 편안한 자세로 이 의자들에 앉아서 따뜻하게 불을 쬐었다는 인상이 전달되는걸. 안락함을 즐긴 걸 배아파할 생각은 없다. 그가 내 덕분에 이익을 볼 일은 그것이 전부일 테니까. 사실 그의 덕분에 절약을 할 수 있을 가능성도 크지. 네가 그에게 뭐라고 말했는지, 앞으로 뭐라고 말할지 내가 알 수는 없다. 하지만 그에게 버티다 보면 뭔가 얻을 것이 있다고, 혹은 내가 1년 전에 취한 입장에서 한 치라도 움직였다고 믿게끔 고무한다면, 너는 그에게 사기를 치는 것이 된다. 그가 네게 보상을 요구할지도 몰라. 소송을 제기하지 말라는 법도 없다. 물론 넌 양심에 입각해 행동했겠지. 너 스스로 내가 지쳐 나가떨어질 거라고 믿은 거지. 그건 마음 편한 낙천가의 머리에 떠오른 가장 근거 없는 망상이야. 나는 전혀 지치지 않았다. 처음 시작할 때와 마찬가지로 혈기왕성한걸. 난 50년은 더 버틸 수 있어. 캐서린도 요지부동이고 혈기왕성해 보인다. 그러니까 우리는 원점으로 돌아온 거야. 하지만 이건 네가 다 알고 있는 거고. 내가 원하는 것은 내 마음 상태를 네게 알리고 싶은 것뿐이다. 마음에 새겨 두렴, 라비니아. 재산을 노리는 구혼자가 속았다고 생각할 때 당연히 품을 원한을 조심해라!"

"오빠가 생각을 바꿀 거라고 기대했다고 말할 수는 없네요." 페

216

니먼 부인이 말했다. "그래도 가장 신성한 문제를 얄밉게 비꼬는 투로 말하는 버릇을 버리고 집에 돌아오리라는 어리석은 희망을 품었는데요."

"비꼬기를 과소평가하지 마라. 아주 쓸모가 많으니까. 하지만 언제나 필요한 자질은 아닌지라, 내가 비꼬는 투를 얼마나 우아하게 버리는지 즉각 보여주마. 모리스 타운젠드가 버틸 거라고 생각하는지 알고 싶은데?"

"오빠의 무기를 써서 대답하지요." 페니먼 부인이 말했다. "기다려 보시구려."

"그런 발언을 내 무기라고 하는 건 심하지 않냐? 난 그렇게 거친 말을 한 적이 없다."

"그럼 오빠를 불편하게 만들 만큼 오래 버틸 거라고 해두지요."

"라비니아야," 의사가 큰 소리로 말했다. "넌 그걸 비꼬기라고 하니? 난 주먹질이라고 부른다."

페니먼 부인은 주먹을 휘둘렀음에도 상당히 겁을 집어먹었고, 그래서 자신의 두려움과 상의했다. 그녀의 오빠는 여러 가지 유보 조항을 붙여 아몬드 부인과 상의했다. 선물의 후함이야 라비니아와 다르지 않았지만, 속내는 훨씬 더 털어놓았다.

"그동안 그를 줄기차게 초대하곤 했던 모양이야." 그가 말했다. "내 포도주 창고의 재고를 점검해 봐야겠어. 이제 내게 이야기해 줘도 된다. 이 문제에 관해서 라비니아에게 할 말을 이미 다 했으니 말이다."

"집에 아주 자주 드나드는 것 같더라고요." 아몬드 부인이 대답했다. "하지만 혼자 지내는 건 라비니아로서도 큰 환경의 변화지요. 말벗이 필요했던 건 당연해요."

"그 점은 내가 인정한다. 그래서 포도주를 갖고 왈가왈부하지 않을 거야. 난 그걸 라비니아에 대한 보상으로 치부할 작정이다. 자기가 다 마셨다고 할 수 있는 아이니까. 이런 상황에서 우리 집에 마음대로 드나들다니 — 아니, 우리 집에 왔다는 것 자체가 상상하기 어려울 정도의 천박함 아니냐! 이것으로 그의 됨됨이를 설명 못한다면 설명 불가다."

"얻어 낼 수 있는 최대한을 얻는 것이 그의 계획이겠지요. 라비니아는 그를 1년은 먹여 살린 셈이에요." 아몬드 부인이 말했다. "그만큼 이익을 본 셈이지요."

"그럼 평생 그 친구를 먹여 살리라지." 의사가 큰 소리로 말했다. "하지만 식당에서 주문할 때 하는 식으로 '포도주 없이' 그렇게 해야 할걸."

"캐서린은 그가 사업을 시작해서 돈을 많이 번다던데요."

의사가 빤히 쳐다보았다. "내게는 그런 이야기를 하지 않던데. 그리고 라비니아도 내게 귀띔해 주는 친절을 베풀지 않았고. 아!" 그가 큰 소리로 말했다. "캐서린이 날 포기했구나. 일이 결국 그렇게 되더라도 상관없다."

"타운젠드를 포기한 건 아니던데요." 아몬드 부인이 말했다. "보자마자 알겠더라고요. 똑같은 상태로 돌아왔어요."

"똑같은 상태야. 눈곱만큼도 더 영리해지지 않았어. 우리가 떠나 있는 동안 막대기 하나 돌멩이 하나 눈여겨보지 않더라. 그림이고 경치고 조각상이고 성당이고 관심 밖이야."

"그런 게 걔의 눈에 들어오겠어요? 달리 생각할 것이 있는데요. 단 한 순간도 그 생각을 하지 않는 적이 없는 것 같아요. 안된 마음이 들더라고요."

"내 짜증을 돋우지 않으면 나도 안된 마음이 들 텐데. 이제 걔는 짜증을 불러일으킬 따름이란다. 모든 걸 다 실험해 보았지. 정말 무자비하게 굴었어. 그런데 아무 소용도 없더구나. **풀로 붙인 듯** 요지부동이야. 그래서 난 짜증 단계로 접어들었지. 처음에는 유쾌한 호기심의 발동 정도였어. 얘가 정말 버틸지 알고 싶었거든. 그런데, 맙소사, 내 호기심은 충족되었지. 그럴 수 있다는 걸 알았으니 이제 그만두었으면 좋겠다."

"캐서린은 결코 그만두지 않을 거예요."

"조심해라, 아니면 네게도 짜증을 내게 될 테니. 그만두지 않으면 털어 내서 먼지 구덩이에 빠지게 해야지. 내 딸이 꼴좋게 되었다. 밀려서 떨어지느니 미리 뛰어내리는 것이 낫다는 걸 걔는 몰라. 그러고 나서 다쳤다고 불평하겠지."

"걔는 절대 불평하지 않을 거예요." 아몬드 부인이 말했다.

"그건 더 싫은걸. 그런데 내가 아무 것도 할 수 없다니 빌어먹을 아니냐."

"캐서린이 밀려 떨어진다면," 아몬드 부인은 부드럽게 웃으면서 말했다. "우리는 가능한 한 많은 카펫을 펼쳐 놓아야요." 그러고 나서 그녀는 조카딸에게 어머니처럼 자애로운 친절을 흠뻑 베푸는 것으로 이런 생각을 실천했다.

페니먼 부인은 즉각 모리스 타운젠드에게 편지를 썼다. 둘 사이의 친밀감은 이즈음 완벽의 경지에 이르렀는데, 그 특징을 몇 가지 지적하는 것으로 족하다고 본다. 둘의 관계에서 페니먼 부인이 느끼는 친밀함은 오해를 받을 수도 있는 특이한 감정이었지만, 그 자체로서 이 가엾은 중년 부인이 부끄러워할 만한 것은 아니었다. 그것은 매력적이고 불운한 젊은이에 대한 낭만적 관심이었다. 그렇다고 캐서린이 질투할 만한 그런 성격의 관심은 아니었다. 페니먼 부인은 조카딸을 조금도 질투하지 않았다. 그녀에게 말하라고 하면 모리스의 엄마나 누나 같은 마음이라고 할 것이다 ─ 감정의 기복이 심한 엄마나 누나라고 해야겠지만 ─ 그래서 그를 편안하고 행복하게 해주고 싶은 열망이 있었다. 그녀는 오빠가 마음대로 하도록 내버려둔 지난 1년 동안 그렇게 하려고 노력했고, 이런 노력은 이미 지적한 성공을 거두었다. 그녀는 아이를 가진 적이 없었고, 페니먼 2세에게는 자연스러운 속성이었을 위풍당당함을 조카딸에게 부여하려는 그녀의 열성에 캐서린은 거의 부응하지 못했다. 애정과 염려의 대상으로서 캐서린은 (그녀의 생각으로) 자신의 자손이 천부적으로 갖췄을 그림과 같은 매력을 발산한 적이 없었다. 페니먼 부인은 모성애조차 낭만적이고 인위적이어야 했는데, 캐서린에게는 낭만적 열정을 불러일으키는 요소가 없었다. 페니먼 부인은 캐서린을 여전히 사랑했지만, 그녀가 자신의 역량을 발휘할 기회를 박탈했다는 생각을 하게 되었다. 그러므로 감정의 차원에서 그녀에게 무진장의 기회를 제공하는 모리스 타운젠드를 입양했다. (그렇다고 조카딸을 폐적한 것은 아니었다.) 잘생기고 폭군 같은 아들이 있다면 그녀는 아주 행복했으리라. 그리고 그의 연애 사건에 극도의 관심을 기울였으리라. 그녀는 모리스를 이런 관점에서 바라보게 되었다. 그는 처음에는 그녀의 환심을 사려고 애썼다. 섬세하고 계산된 경의를 표해 — 페니먼 부인은 이런 식의 연기에 특히 예민하게 반응했다 — 그녀의 마음을 사로잡았다. 나중에는 자원을 절약하기 위해 경의를 대폭 줄여 버렸다. 하지만 그에 대한 인상은 이미 각인되어 젊은이가 박정하게 구는 것조차 아들 같은 느낌을 강화했다. 페니먼 부인에게 아들이 있었다면, 그녀는 아마도 그를 겁냈으리라. 그리고 우리의 이야기가 이 단계로 접어들 즈음 그녀는 확실히 모리스 타운젠드를 겁냈다. 이것은 그가 워싱턴 스퀘어의 집을 자기 집처럼 드나든 결과였다. 그는 그녀를 가볍게 대했다. 따지고 보면 자기 엄마도 가볍게 대했을 위인임이 분명하다.

28

그 편지는 경고를 담고 있었다. 의사가 어느 때보다도 더 완고한 마음으로 돌아왔다고 적었다. 이제 와서는 그에게 필요한 모든 정보를 캐서린이 제공하리라는 생각을 해야 마땅했겠지만, 페니먼 부인이 지당한 생각을 거의 하지 않는다는 것을 우리는 알고 있다. 게다가 캐서린이 무엇을 할 것인가를 그녀가 헤아릴 필요는 없다고 생각했다. 그녀는 캐서린과 무관하게 자신의 의무를 하면 그만이었다. 그녀의 친구가 된 젊은이가 그녀를 가볍게 대한다고 말했는데, 그가 답장하지 않은 것은 이런 사실을 뒷받침한다고 할 수 있다. 그는 편지의 내용을 숙지했지만, 편지지는 시가에 불을 붙이는 데 썼다. 그리고 편지가 또 오리라는 태평한 확신을 갖고 기다렸다. "그의 심리 상태는 정말이지 내 피를 얼어붙게 하네." 페니먼 부인은 그녀의 오빠를 언급하며 이렇게 썼다. 그리고 그녀는 이보다 더 잘 표현하기는 힘들다고 생각했다. 하지만 그녀는 다른 비유의 도움을 빌어 표현하면서 재차 편지를 썼다. "자네에 대한 그의 증오는 무시무시한 불길처럼 — 영원히 꺼지지 않을 불길처럼 타오른다네." 그녀는 이렇게 썼다. "하지만 자네 앞날의 어둠을 비춰 주는 불길은 아니지. 내 애정으로 할 수 있는 일이라면, 영원한 햇빛이 자네 인생의 한 해 한 해를 비출 텐데. C로부터는 아무 것도 알아낼 수가 없어. 저의 아버지처럼 아주 비밀주의야. 곧 결혼하게 될 거라고 생각하는 모양일세. 그리고 유럽에서 결혼 준비를 한 것이 분명하네. 옷이 한 보따리이고, 구두 열 켤레 등등. 자네가 결혼 생활을 몇 켤레의 구두로 시작할 수는 없는데 말일세. 이런 사태에 대해서 어떻게 생각하는지 말해 주게. 자네를 꼭 만나고 싶네. 하고 싶은 말이 너무 많거든. 자네가 없어서 아주 허전하고, 집이 빈 집 같다네. 시내 소식은 새로운 것이 있나? 사업은 번창하는지, 자네의 소중한 사업 말일세. 정말 용감하게 일을 저질렀어! 자네 사무실을 방문하면 안 될까? 그냥 3분만? 고객인 척하고 말이야. 그 업종에선 고객이라고 해야 한다지? 뭘 사러 갈 수도 있네 — 주식이나 철도 채권 같은 것을. **이 계획에 대해서 어떻게 생각하는지 알려주게.** 보통 아낙네들처럼 보이기 위해 작은 손가방을 들고 가겠네."

작은 손가방을 들고 가겠다는 제안에도 불구하고 모리스는 좋은 계획이라고 생각하는 것 같지 않았다. 그의 사무실이 정말 이상할 정도로 찾기 어렵다고 선수를 친 그는 페니먼 부인에게 사무실 방문을 권하지 않았다. 하지만 그녀가 계속 면담을 원하자 — 여러 달 친밀하게 대화를 나누었지만 그녀는 마지막까지 이런 만남을 '면담'이라고 불렀다 — 그는 함께 산보를 하는 데 동의했다. 그리고 그렇게 하기 위해 사무가 가장 바쁠 무렵이라고 여겨지는 시간에 사무실을 비우는 친절을 베풀었다. 공터가 많고 포장도 되어 있지 않은 지역의 거리 모퉁이에서 만났을 때 — 페니먼 부인은 가능한 한 '보통 아낙네'와 가깝게 의상을 차려 입었다 — 화급을 다투는 일이라도 있는 것처럼 말한 그녀가 그에게 할 말은 주로 마음으로 그를 걱정하고 있음을 믿어도 된다는 것뿐이라는 사실에 그는 놀라지 않았다. 하지만 그런 믿음이야 이미 상당한 양이 축적되었고, 페니먼 부인이 그의 일을 자기의 일처럼 여긴다는 말을 천 번째 되풀이하는 것을 듣기 위해 바쁜 사무를 미뤄 둘 만한 가치는 없어 보였다. 모리스는 하고 싶은 말이 있었다. 운을 떼기가 쉽지 않아서, 어떻게 말할까 머리를 굴리는 어려움을 겪다 보니 모지락스러운 마음이 들었다.

"아, 그래요. 오라버니 되시는 분이 얼음 덩어리와 벌겋게 불이 붙은 석탄 덩어리의 결합이라는 사실을 완벽하게 파악했습니다." 그가 말했다. "캐서린이 이 점을 아주 분명히 했고, 고모님도 지켜 위질 정도로 이야기해 주셨지요. 되풀이하실 필요 없어요. 전 완전히 납득했답니다. 그는 한 푼도 우리에게 물려주지 않을 거예요. 그 점은 수학적으로 증명된 셈이라고 생각하고 있어요."

바로 이때 페니먼 부인에게 영감이 떠올랐다.

"그를 상대로 소송을 걸 수는 없을까?" 그녀는 이렇게 간단한 방법을 이전에 생각해 내지 못한 것이 놀라울 따름이었다.

"그런 질문을 계속해 화를 돋우면," 모리스가 말했다. "**고모님에게** 소송을 걸 거예요. 남자라면 패배를 인정해야 합니다." 그리고 잠시 후에 이렇게 덧붙였다. "그녀를 포기해야겠어요!"

심장의 박동이 조금 빨라지기는 했지만, 페니먼 부인은 아무 말 없이 그의 선언을 받아들였다. 마음의 준비가 안 되었다고는 결코 말할 수 없었다. 모리스가 오빠의 돈을 받을 수 없는 것이 확실해지면, 그 돈 없이 캐서린과 결혼하는 것은 안 될 일이라는 생각을 익히 해온 터였기 때문이다. "그건 안 될 일이야"라고 아주 막연하게 표현했지만, 모리스에 대한 페니먼 부인의 자발적 애정은 이 생각을 완성했다. 둘이 대화를 나누는 중에 모리스가 방금 표현한 식으로 노골적인 이야기가 오간 적은 없었다. 그럼에도 그가 의사의 푹신한 팔걸이의자에 다리를 쫙 뻗치고 앉아 쉬엄쉬엄 느긋하게 이야기하는 중에 이런 생각이 너무 자주 암시되었기 때문에 처음에는 달관의 경지에 도달했다고 으쓱했던 페니먼 부인은 급기야 이런 생각에 은밀한 애정을 갖게 되었다. 그녀가 이 사실을 은폐한 것은 물론 부끄럽게 생각했기 때문이다. 하지만 그녀는 자신이 공식적으로는 조카딸이 결혼을 잘하도록 보호해야 한다는 사실을 상기하면서 부끄러움에 대해 눈을 감아 버렸다. 그녀의 논리적 명제는 의사의 분석을 버텨내지 못하리라. 첫째, 모리스는 돈을 **받아야만 하고** 그녀는 그렇게 되도록 그를 돕는다. 둘째, 그가 돈을 받지 못하리라는 것이 명백한데, 더 나은 혼처를 쉽게 찾을 수 있는 젊은이인 만큼 돈 없이 결혼한다는 것은 매우 애석한 일이다. 그녀의 오빠가 유럽에서 돌아와 앞서 인용한 신랄한 발언을 하고 난 다음, 모리스의 목표가 달성될 가능성이 없게 되자 페니먼 부인은 그녀의 두 번째 명제에 초점을 맞췄다. 모리스가 그녀의 아들이었다먼, 물론 그의 더 나은 미래를 상상하며 캐서린을 희생했을 것이다. 모자지간이 아닌데도 그럴 준비가 되어 있다는 것은 그러므로 더 높은 경지의 헌신이었던 것이다. 하지만 그녀의 손에 말하자면 희생양을 잡을 칼이 갑자기 쥐어지니 숨이 탁 막혔다.

모리스는 잠시 걷다가 거칠게 반복했다. "그녀를 포기해야 해요!"

"이해할 수 있을 것 같네." 페니먼 부인이 부드럽게 말했다.

"아주 분명하게, 아주 모질고 천박하게 말했으니 알아들으셨 겠죠."

그는 부끄러웠고, 그래서 불편했다. 불편한 것을 견디는 데 익숙하지 않았기 때문에 심술궂고 무자비한 마음이 들었다. 그는 누군가에게 못되게 굴고 싶었는데, 그래서 조심스럽게 — 그는 항상 조심스러웠다 — 자기 자신에게서 시작을 했다.

"고모님이 캐서린을 좀 주저앉히면 안 될까요?"

"주저앉히다니?"

"준비를 시켜서, 제가 빠져나가기 쉽게 해달라는 거죠."

페니먼 부인은 멈춰 서서 그를 아주 엄숙하게 바라보았다.

"가엾은 모리스, 캐서린이 자네를 얼마나 사랑하는지 아나?"

"아니요, 전 몰라요. 알고 싶지 않습니다. 그 사실을 외면하려고 죽어라 노력했어요. 너무 고통스러울 테니까요."

"캐서린은 큰 상처를 입을 걸세." 페니먼 부인이 말했다.

"고모님이 위로해 주셔야지요. 제 좋은 친구인 척하시는데, 그게 사실이라면 하실 수 있을 거예요."

페니먼 부인은 슬픈 듯 고개를 저었다.

"자네를 좋아하는 '척한다'고 말하는데, 미워하는 척할 수는 없네. 나는 캐서린에게 자네를 매우 높이 평가한다는 말 외에는 할 말이 없어. 그것이 자네를 잃는 그녀에게 무슨 위로가 되겠는가?"

"의사 선생님이 도움이 될 거예요. 약혼이 깨진 것에 손뼉을 칠 것이고, 워낙 아는 것이 많은 분이니 위로할 방법을 고안해 내시겠지요."

"새로운 고문을 고안해 내겠지." 페니먼 부인이 소리쳤다. "아버지의 위로로부터 그녀를 구원하소서! 의기양양해서 캐서린에게 '내가 뭐라고 그러더냐!'라고 큰소리치겠지."

모리스는 불편한 심기에 얼굴이 시뻘게졌다.

"전혀 위로가 안 되시네요. 캐서린에게도 이런 식이라면 고모님은 별 도움이 안 되겠어요. 빌어먹게도 불유쾌한 숙제인데 — 좀 쉽게 만들어 주세요."

"내가 자네의 평생 친구가 되어 주겠네." 페니먼 부인이 선언했다.

"저는 **지금** 친구가 필요해요!"

그녀는 거의 전율을 느끼며 그의 뒤를 좇았다.

"내가 캐서린에게 이야기하기를 원하나?"

"아닙니다. 이야기하시면 안 돼요. 하지만 고모님이 — 고모님이—" 그리고 그는 페니먼 부인이 무엇을 할 수 있을지 생각하느라 잠시 망설였다. "왜 그렇게 해야 하는지 설명해 주세요. 도저히 그녀와 아버지 사이를 갈라놓을 수 없어서라고요. 그녀의 권리를 빼앗으려고 그가 호시탐탐 노리는 데 (정말 끔찍한 광경이에요!)

빌미를 제공할 수 없었다고요."

페니먼 부인은 이런 해법의 매력을 아주 빨리 인지했다.

"정말 자네다운 표현일세." 그녀가 말했다. "절실함이 기막히게 느껴지네."

모리스는 분풀이하듯 단장을 휘둘렀다.

"아 빌어먹을!" 그는 심통을 부리며 소리쳤다.

그럼에도 페니먼 부인은 움츠러들지 않았다.

"생각보다 일이 잘 풀릴지도 모른다네. 캐서린은 아주 특이하니까." 그리고 나서 그녀는 무슨 일이 일어나든 캐서린은 아주 조용할 것이라고 — 찍 소리도 내지 않을 것이라고 그를 안심시키는 일을 떠맡을까 하는 생각을 했다. 그들은 산보를 지속했고, 걸어가는 동안 페니먼 부인은 다른 일들을 떠맡아서, 결국 상당한 부담을 떠안게 되었다. 모리스는, 충분히 예상할 수 있듯이, 그녀에게 몽땅 떠넘길 준비가 되어 있었다. 그렇다고 그녀의 바보 같은 선선함에 일순간이라도 속아 넘어갈 그가 아니었다. 그녀가 하겠노라고 약속한 것 중 아주 미미한 부분밖에 수행할 능력이 없다는 것을 그는 알고 있었다. 그녀가 그를 기꺼이 돕겠노라고 떠들어댈수록, 그는 그녀를 더할 나위 없는 멍청이로 치부했다.

"캐서린과 결혼 안 한다면 무슨 일을 할 건가?" 그녀는 대화를 나누는 도중 이렇게 물었다.

"뭔가 근사한 일요." 모리스가 말했다. "제가 뭔가 근사한 일을 하면 좋지 않겠어요?"

이런 생각을 하자 페니먼 부인은 몹시 기뻤다.

"자네가 근사한 일을 하지 못한다면 내가 사람을 아주 잘못 본 거지."

"이번 일을 벌충하기 위해서라도 그렇게 할 수밖에 없어요. 아시다시피 이건 전혀 근사하지 않잖아요."

어떻게 해서든 근사한 일로 만들려고 페니먼 부인은 잠시 생각에 잠겼다. 하지만 포기하지 않을 수 없었다. 그리고 실패의 어색함을 눙치기 위해 그녀는 새로운 질문을 던졌다.

"자네 말은 — 다른 마땅한 혼처를 찾겠다는 말인가?"

모리스는 들리게 말하지 않았다고 덜 무례하다고 할 수 없게 이 질문에 답했다. "정말이지 여자들이 남자들보다 더 노골적이라니까!" 그리고 소리 내어 이렇게 답했다.

"천만에요!"

페니먼 부인은 실망했고 타박을 당했다고 느꼈다. 그녀는 막연하게 냉소적인 작은 소리를 내지름으로써 기분을 풀었다. 그는 확실히 심통을 부리고 있는 것이다.

"다른 여자 때문에 그녀를 포기하는 것이 아닙니다. 폭넓은 경력을 쌓기 위해서예요." 모리스가 선언했다.

이것이 매우 멋지기는 했지만, 자신을 까발려 보였다고 생각한 페니먼 부인은 희미하게나마 적의를 느꼈다.

"다시는 캐서린을 보러 오지 않을 작정인가?" 그녀는 약간 날카롭게 물었다.

"오, 아니에요. 다시 가기는 할 겁니다. 하지만 질질 끌어 봐야 무슨 소용인가요? 캐서린이 돌아온 다음 네 번을 만났는데, 정말 끔찍이도 거북한 일입니다. 무한정 지속할 수는 없어요. 그녀도 그걸 기대해서는 안 되는 거 아닌가요. 여자는 남자를 어중간한 상태로 끌고 다니면 안 돼요." 그가 멋을 부려 덧붙였다.

"오, 그래도 마지막 작별 인사는 해야지!" 그의 동행이 설득했다. 그녀의 상상 속에서 마지막 작별은 그 중요성에 있어 첫 번째 만남에 뒤질 뿐이었다.

29

그는 다시 왔지만 이별 선언을 하지 못했다. 그 다음에도 그 다음에도 페니먼 부인이 퇴로를 꽃으로 덮는 작업을 꽤 진척했다는 생각이 들지 않았기 때문이다. 그의 표현을 빌면, 빌어먹게도 거북한 상황이었다. 캐서린의 고모에게 격렬한 적개심을 느끼게 된 그는 그녀가 그를 이런 곤경에 빠뜨렸으니 인류애적 차원에서라도 그를 빼내 주어야 한다고 중얼거리는 습관이 생겼다. 사실을 말하자면, 페니먼 부인도 자기 방에서 혼자 — 이즈음 결혼 준비를 하는 처녀의 방처럼 보이는 캐서린의 방이 암시하는 바를 숙고하면서 — 자신의 책임을 헤아려 보고 그 막중함에 겁을 먹었다. 캐서린에게 마음의 준비를 시켜 모리스의 부담을 덜어 주는 임무는 실행 과정에서 어려움에 봉착했고, 그래서 충동적인 라비니아는 그가 원래 계획을 수정한 것이 잘한 일인지 자문하게 되었다. 빛나는 미래, 다채로운 경력, 한 처녀와 그녀의 권리 사이에 끼어들었다는 자책으로부터 자유로운 양심 — 이런 좋은 것들을 얻기 위해 너무 골치를 썩여야 한다는 생각을 한 것이다. 페니먼 부인은 캐서린으로부터 아무런 협조도 얻어 내지 못했다. 가엾은 처녀는 자신이 어떤 위험에 처했는지 전혀 눈치 채지 못했다. 그녀는 한결 같은 믿음의 눈으로 연인을 바라봤다. 수없이 사랑의 맹세를 나눈 젊은이보다야 고모에 대한 믿음이 덜하다고 해야겠지만, 설명하거나 고백할 기회를 주지는 않았다. 주저하고 망설이면서 페니먼 부인은 캐서린이 너무 둔하다고 단정하곤, 그녀라면 절정의 장면이라고 불렀을 순간을 차일피일 미룬 채 — 손에 폭발하지 않은 폭탄을 든 채 — 불안한 마음으로 배회했다. 모리스는 연출하던 구애의 장면들을 대폭 줄여 버렸지만, 이마저도 힘에 부쳤다. 그는 방문 시간을 될 수 있는 대로 단축했고, 애인과 같이 앉아 있으면서 할 말이 거의 없음을 의식했다. 그녀는 속된 표현으로 그가 날을 잡자고 하기를 기다렸는데, 이 점을 명시적으로 할 수 없는 상황에서 더 심오한 이야기를 하는 것이 헛수고로 여겨졌던 것이다. 그녀는 가식을 떨거나 교태를 부릴 줄 몰랐다. 기대를 감추려고 하지도 않았다. 그녀는 그가 형편이 되는 대로 따를 작정이었고, 겸허하고 참을성 있게 기다렸다. 이렇게 중요한 고비에 그가 주춤거리는 것이 이상했지만, 물론 그럴 만한 이유가 있으리라고 생각했다. 캐서린은 — 뜻밖의 선물을 애정의 표시로 당연하게 받아들이지만, 그렇다고 매일 동백꽃 꽃다발을 기대하지도 않는다는 점에서 — 유순한 구식의 아내가 되었으리라. 하지만 약혼 기간 동안 요구라고는 거의 할 줄 모르는 이 아가씨는 다른 어느 때보다도 더 많은 꽃다발을 기대하게 되었다. 급기야 이 중요한 시점에 꽃향기가 나지 않는다는 사실이 그녀의 불안을 불러일으켰다.

"몸이 안 좋아요?" 그녀가 모리스에게 물었다. "안절부절못하는 데다 창백해 보여요."

"몸이 아주 불편해요." 모리스가 말했다. 캐서린이 그를 불쌍하게 여기도록 만들 수 있다면 놓여날 수 있지 않을까 하는 생각에서였다.

"과로하는 것 같아 걱정이에요. 그렇게 열심히 일하면 안 돼요."

"난 일해야 해요." 그러고 나서 일종의 계산된 잔인함을 가미해 이렇게 말했다. "당신한테 모든 것을 빚지고 싶지 않아요."

"아, 어떻게 그런 말을 할 수 있어요?"

"내가 자존심이 너무 강한 모양이지요." 모리스가 말했다.

"그래요. 당신은 자존심이 너무 강해요."

"그렇겠지요. 날 있는 그대로 받아들여야 해요." 그가 말을 이었다. "날 바꿀 수는 없어요."

"난 당신을 바꿀 마음이 없어요." 그녀가 부드럽게 말했다. "난 당신을 있는 그대로 받아들일 거예요." 그리고 그녀는 선 채로 그를 바라보았다.

"돈 많은 여자랑 결혼하는 것에 대해서 사람들이 얼마나 말이 많은지 알지요." 모리스가 말했다. "정말 무지하게 기분 나빠요."

"하지만 나는 부자가 아니에요." 캐서린이 말했다.

"날 이야깃거리로 만들 만큼 당신은 부자요."

"당신이 화제가 되는 건 당연해요. 그건 명예예요."

"그런 명예는 없는 편이 나아요."

그녀는 불행하게도 이런 곤혹감을 그에게 안겨 줄 수밖에 없는 가엾은 소녀가 그를 끔찍이 사랑하고, 그를 진심으로 믿고 있는 것이 보상이 되지 않겠느냐고 묻고 싶었다. 그러나 지나친 요구를 하는 것처럼 비칠까 봐 망설였다. 그녀가 망설이는 동안 그가 갑자기 작별을 고했다.

하지만 다음번에 그가 방문했을 때 그녀는 그의 자존심이 너무 강하다는 이야기를 다시 꺼냈다. 그는 자신을 바꿀 수 없다는 말을 반복했고, 이번에는 그녀도 조금 노력하면 바꿀 수 있을 거라고 말하고 싶은 충동을 느꼈다.

그는 싸움하는 것이 이별의 수순을 밟는 데 도움이 될 거라는 생각을 하곤 했다. 그러나 양보의 보물을 쌓아 놓고 있는 아가씨와 어떻게 싸운단 말인가. "당신만 노력하고 있다고 생각하겠지요." 그가 버럭 소리를 질렀다. "나도 노력해야 한다는 생각은 들지 않나요?"

"이제 모두 당신 몫이에요." 그녀가 말했다. "내 노력은 막을 내렸어요."

"그래요, 난 노력을 더 해야 해요."

"우리는 함께 견뎌 내야 해요." 캐서린이 말했다. "그게 우리가 해야 할 일이에요."

모리스는 자연스러운 미소를 띠려고 해보았다. "우리가 함께 견딜 수 없는 것들이 있어요 — 이별이 단적인 예지요."

"왜 그런 이야기를 해요?"

"아! 좋아하지 않는군요. 안 좋아할 줄 알았어요."

"어디 가는 거예요, 모리스?" 그녀가 얼른 물었다.

그는 한동안 그녀의 얼굴에 눈을 고정했다. 그 순간 그녀는 그의 눈길이 두려웠다. "울고불고 난리치지 않겠다고 약속하겠어요?"

"난리라고요! 내가 언제 울고불고한 적 있나요?"

"여자들은 누구나 그래요!" 모리스는 폭넓은 경험을 가진 사람의 어조로 말했다.

"난 아니에요. 어디로 가는 거예요?"

"사업차 떠난다고 말한다면 이상하다고 생각할 건가요?"

그녀는 그를 주시하며 곰곰 생각했다. "그래요 — 아니요. 날 데리고 간다면 아니요."

"당신을 데리고 가라고요? 일하러 가는데?"

"당신의 일이 뭔데요? 당신의 일은 나와 함께하는 거예요."

"당신과 함께하면서는 먹고사는 것을 해결 못해요." 모리스가 말했다. "아니," 그가 갑자기 영감이 떠올라 외쳤다. "내가 당신 덕에 먹고 사는 것을 해결하는 형국이네요. 적어도 사람들은 그렇게 말할 걸요!"

이것이 대단한 일격이 되었어야 하는데 불발이었다. "어디 가려고 하는 거예요?"

"뉴올리언스로 — 면화 장사를 해보려고요."

"나도 뉴올리언스에 갈 용의가 있어요." 캐서린이 말했다.

"황열병*이 창궐하는 곳에 당신을 데리고 갈 것 같아요?"

"황열병이 있는 곳에 당신은 왜 가는 건데요? 모리스, 가면 안 돼요."

"6천 달러를 벌기 위해서 가는 거요." 모리스가 말했다. "내가 그런 만족을 누리는 것을 시샘하나요?"

"우린 6천 달러가 필요 없어요. 당신은 너무 돈 걱정을 해요."

"당신은 그렇게 말할 수 있죠. 이건 아주 좋은 기회요. 어젯밤에 들었소." 그러고 나서 그는 기회의 내용을 그녀에게 설명했고, 그의 동업자와 함께 계획한 사업이 얼마나 전도유망한지 세부 사항까지 시시콜콜하게 늘어놓았다.

하지만 캐서린은 — 그녀만이 이유를 알겠지만 — 상상의 나래를 펴는 것을 전적으로 거부했다. "당신이 뉴올리언스로 갈 수 있으면, 나도 갈 수 있어요." 그녀가 말했다. "당신도 나만큼 황열병에 걸릴 위험이 있다고요. 난 당신 못지않게 건강하고, 열병은 조금도 두렵지 않아요. 아버지랑 유럽에 갔을 때 병에 걸리기 쉬운 곳에도 갔거든요. 아버지께서 약을 주셔서 먹었는데, 무탈했어요. 아플까 봐 걱정한 적도 없어요. 열병으로 죽는다면 6천 달러가 무슨 소용이에요? 결혼할 예정인 사람들은 일에 대해서 그렇게 많이 생각하면 안 돼요. 면화보다는 날 생각해야지요. 뉴올리언스에는 나중에 가도 된다고요. 면화는 언제라도 있을 텐데요 뭐. 지금은 선택의 시간이 아니에요. 우리는 벌써 너무 오래 기다렸어요." 그녀는 두 손으로 그의 팔을 잡은 채 어느 때보다도 더 열렬하게 말했다.

"난리를 피우지 않겠다고 했지 않소." 모리스가 소리쳤다. "이게 난리가 아니면 뭐요."

"난리를 피우는 건 당신이에요. 여태껏 당신에게 아무 것도 요구하지 않았어요. 우리는 벌써 너무 오래 기다렸어요." 그녀는 그 동안 그에게 거의 아무 것도 요구하지 않은 것에 안도했다. 지금 고집을 부리는 것을 정당화했기 때문이다.

모리스는 잠시 생각에 잠겼다. "그래요 그럼. 더 이상 이야기하지 말기로 합시다. 일은 서신 왕래로 해도 돼요." 그러고 나서 그는 작별을 고하려고 하는 듯 그의 모자를 매만졌다.

"가려는 건 아니죠?" 그녀는 일어나서 그를 올려다보았다.

그는 싸움을 걸어 보자는 계획을 포기할 수가 없었다. 그것이 가장 단순한 방법이었다. 얼굴을 최대한 험상궂게 찌푸린 채 그녀의 얼굴에 시선을 고정한 그는 이렇게 말했다. "사려 깊지 못하네요. 날 윽박질러서는 안 돼요."

하지만 여느 때와 다르지 않게 그녀는 모든 것을 시인해 버렸다. "그래요. 내가 사려 깊지 못했어요. 너무 당신을 압박했어요. 그렇지만 당연한 것 아닌가요? 잠시 그랬을 뿐인 걸요."

"잠시라도 큰 해를 끼칠 수 있어요. 다음에 만날 땐 좀 더 냉정을 찾도록 해요."

"언제 올 건데요?"

"날짜까지 정해 주려고요?" 모리스가 물었다. "다음 토요일에 올 겁니다."

"내일 와요." 캐서린이 애걸조로 이렇게 덧붙였다. "내일 오면 좋겠어요. 아주 가만히 있을 게요." 이제 그녀의 심적인 동요가 너무 커져서 그가 오리라는 확신을 받아 내야 할 것 같았다. 두려움이 갑자기 엄습해 왔다. 열두 가지 실체가 없는 의혹이 견고하게 결합한 듯, 그녀의 상상력은 단숨에 엄청난 거리를 가로질러 갔다. 그녀의 전 존재는 그 순간 그를 방 안에 잡아 두고 싶다는 바람에 집중되어 있었다.

모리스는 머리를 숙여 그녀의 이마에 키스했다. "가만히 있으면 당신은 완벽해요." 그가 말했다. "하지만 격정에 사로잡힐 때는 당신답지 않아요."

심장의 박동을 빼고는 ― 그리고 그것은 어쩔 수 없었다 ― 그녀의 어떤 것도 격렬한 것이 없었으면 하는 것이 캐서린의 바람이었다. 그래서 그녀는 아주 상냥하게 말을 이었다. "내일 오겠다고 약속해 줄 수 있어요?"

"토요일에 오겠다고 했잖소!" 모리스가 미소를 띠며 말했다. 그는 찡그린 표정을 지었다 미소를 띠었다 했다. 그는 어찌할 바를 몰랐다.

"그래요. 토요일에도 오고요." 그녀가 미소를 지으려고 애쓰면서 대답했다. "하지만 내일 먼저 오고요." 그가 문을 향하자 그녀는 얼른 좇아갔다. 그녀는 어깨로 문을 막아섰다. 그를 가지 못하게 하기 위해 어떤 일도 할 수 있을 것 같았다.

"내가 내일 오지 못하게 되면, 내가 당신을 속였다고 하겠지요." 그가 말했다.

"어떻게 오지 못할 수 있어요? 오고 싶으면 당신은 올 수 있어요."

"난 바쁜 사람이오. 여자와 노닥거릴 시간이 없소!" 모리스가 단호하게 말했다.

그의 목소리가 너무 딱딱하고 부자연스러워서, 그녀는 무력하게 그를 지켜보다 몸을 돌렸다. 그러고 나서 그는 얼른 문의 손잡이를 잡았다. 정말이지 도망친다는 느낌이 들었다. 그러나 캐서린이 얼른 다가와 낮지만 날카로운 목소리로 속삭였다. "모리스, 떠나려고 하는 거지요?"

"그래요, 잠시 동안요."

"얼마나요?"

"당신이 분별력을 되찾을 때까지."

"난 다시는 옛날처럼 분별력 있게 굴지 못할 거예요." 그리고 그녀는 그를 더 오래 붙잡아 두려고 했다. 거의 필사적이었다. "내가 당신을 위해 한 일을 생각해 봐요." 그녀가 외쳤다. "모리스, 난 모든 것을 포기했어요."

"모든 걸 되찾게 될 걸요."

"별 뜻 없이 그런 말을 할 리 없어요. 뭐예요? 무슨 일이 일어난 거예요? 내가 뭘 잘못했어요? 무엇 때문에 마음이 변한 거예요?"

"내가 편지를 쓰리다. 그게 낫겠어요." 모리스가 더듬거렸다.

"아, 다시는 오지 않을 거지요!" 그녀는 울음을 터뜨리며 외쳤다.

"사랑하는 캐서린," 그가 말했다. "그렇게 생각하지 말아요. 날 다시 보게 될 거라고 약속할게요." 이렇게 말하고 그는 가까스로 몸을 빼 등 뒤로 문을 닫았다.

30

이것이 그녀의 삶에서 마지막 감정 폭발이라고 해야 할 것 같다. 적어도 세상은 그녀가 이런 격정에 다시 휘말린 것을 알지 못했다. 하지만 이 한 번의 감정 폭발은 오래 지속되었고 격렬했다. 소파에 몸을 던진 그녀는 비탄에 몸을 맡겼다. 무슨 일이 일어났는지 알 수 없었다. 표면상으로는 다른 여자들도 그렇게 하듯 애인과 말다 툼을 했을 따름이다. 결별이 아닐뿐더러 결별의 위협으로 간주할 필요도 없었다. 그럼에도 그녀는 — 그가 가한 상처는 아니라 하 더라도 — 아픔을 느꼈다. 그의 얼굴에서 갑자기 가면이 벗겨진 것 같았기 때문이다. 그는 그녀의 곁을 떠나고 싶어했다. 그는 화 를 냈고 냉정하게 굴었으며 낯선 표정을 짓고 이상한 말을 했다. 숨이 막힐 것 같았고 정신이 혼미했다. 그녀는 쿠션에 머리를 파묻 고 흐느끼면서 혼잣말을 뇌까렸다. 하지만 아버지나 고모가 방에 들어올지 모른다는 불안감에 결국 몸을 일으켰다. 그러고 나서 방 이 어둑해질 때까지 허공을 뚫어져라 바라보며 앉아 있었다. 어쩌면 그가 돌아와서 그런 뜻이 아니었다고 말할지 모른다고 그녀는 중얼거렸다. 그리고 그렇게 믿고 싶어서 현관 쪽에서 벨소리가 들리는지 귀를 기울였다. 시간이 많이 지났지만 모리스는 오지 않았다. 어둠이 깔리기 시작했고, 산뜻한 색깔의 방에 저녁이 희미한 빛의 우아함으로 자리 잡았다. 어두워지자 캐서린은 창가로 가서 밖을 내다보았다. 그가 현관 계단을 올라올지도 모른다는 생각에 그녀는 그곳에 반시간 정도 서 있었다. 마침내 아버지가 들어오는 것을 보고 몸을 돌렸다. 그는 그녀가 창밖을 내다보고 있는 것을 보았고, 흰 대리석 계단을 올라오기 전에 잠시 멈춰 서서 근엄하고 과장되게 예의를 갖춰 모자를 살짝 들어올렸다. 이런 몸짓이 그녀가 처한 상황과 너무 맞지 않아서, 무시당하고 버림받은 가엾은 아가씨에게 격식을 갖춰 경의를 표하는 것이 너무 부적절하다고 느껴져서 그녀는 일종의 전율을 느꼈다. 그녀는 서둘러 방으로 갔다. 모리스가 돌아오리라는 기대를 버린 것 같았다.

30분 후 식사 시간이 되면 그녀는 모습을 드러내야 했다. 무슨 일이 있었음을 아버지가 알아차리지 못하도록 하겠다는 지극한 바람이 식탁에서 버틸 수 있게 해주었다. 이것이 처음부터 도움이 되었고 — 생각한 것만큼은 아니지만 — 이후에도 큰 도움이 되었다. 그날따라 슬로퍼 씨는 수다스러웠다. 왕진을 간 노부인의 집에서 본 놀라운 푸들에 관해 그는 여러 가지 이야기를 했다. 캐서린은 푸들과 관련된 일화들에 관심을 갖는 것처럼 보이려고 했을 뿐 아니라, 모리스와의 사건을 생각하지 않기 위해 푸들에게 관심을 가지려고 노력했다. 아마 그녀의 망상일지도 모른다. 모리스가 오해했고, 그녀가 질투심에 사로잡힌 것이다. 사람들은 그런 식으로 하루아침에 바뀌지 않는다. 이렇게 생각하고 난 다음 그녀는 이전에도 이상한 — 막연하지만 예리한 — 의혹들이 있었음을, 그녀가 유럽에서 돌아오고 난 다음 그가 달라졌음을 떠올렸다. 이런 생각을 하다 그녀는 이야기를 기막히게 잘하는 아버지의 말에 귀를 기울이려고 노력했다. 저녁을 먹고 난 다음 그녀는 자기 방으로 곧장 올라갔다. 고모와 함께 저녁 시간을 보내는 것을 견딜 수 있을 것 같지 않았다. 저녁 내내 혼자서 그녀는 스스로를 심문했다. 그녀의 고통은 극심했다. 이것이 엉뚱한 감수성이 부채질한 상상력의 산물인가, 아니면 명백한 현실로 실제로 일어날 수 있는 최악의 사태인가? 페니먼 부인은 평상시와 달리 조카딸을 혼자 놔두는 상찬할 만한 기지를 발휘했다. 사실인즉슨, 올 것이 왔다는 의심이 들자 소심한 사람으로서는 당연하게 폭발이 국지적 현상에 그치기를 원했던 것이다. 폭발음의 반향이 울리는 동안 그녀는 후미에 처져 있기로 했다.

그녀는 저녁나절 방안에서 애처로운 신음 소리가 들릴 것을 기대하듯 캐서린의 방문을 여러 차례 지나갔다. 하지만 방에서는 아무 소리도 들리지 않았다. 그래서 자기 방으로 자러 들어가기 전 캐서린의 방문을 두드리고 들어갔다. 캐서린은 책을 건성으로 들고 앉아 있었다. 잠이 올 것 같지 않았기 때문에 잠자리에 들 생각이 없었던 것이다. 그녀는 방문객에게 같이 있어 달라는 어떤 표시도 하지 않았고, 고모가 나가고 난 다음 날밤을 새우다시피 했다. 그녀의 고모는 슬머시 들어와 아주 엄숙하게 그녀에게 다가갔다.

"애야, 너 무슨 걱정이 있는 거 같다. 내가 뭐 도울 일이 없을까?"

"전 아무 걱정도 없어요. 어떤 도움도 필요하지 않아요." 캐서린은 두루뭉술하게 둘러댔다. 이런 식으로 거짓말함으로써 그녀는 잘못을 저지를 때뿐 아니라 예기치 못한 불행을 당해도 도덕성이 훼손된다는 사실을 입증해 보였다.

"아무 일도 없니?"

"전혀 아무 일도 없어요."

"정말이니, 애야?"

"정말 그래요."

"그러니까 내가 도울 일이 없다는 거냐?"

"없어요, 고모. 절 그냥 놔두시면 좋겠어요." 캐서린이 말했다.

조금 전만 해도 조카딸이 너무 반가워할까 봐 걱정했던 페니먼 부인은 이렇듯 냉정한 반응에 서운했다. 그리고 이후 조카딸의 파혼에 관해 이야기할 때 — 그녀는 세부 사실들을 바꿔 가면서 여러 사람들에게 이야기하곤 했는데 — 이 아가씨가 한 번은 그녀를 방 밖으로 '떠밀었다'고 언급하는 것을 잊지 않았다. 페니먼 부인이 이런 식으로 이야기한 것은 캐서린에게 조금이라도 악의가 있어서는 아니었다. 그녀는 캐서린을 충분히 동정했다. 다만 어떤 이야기를 해도 윤색하는 천성을 타고 났을 따름이다.

앞서 이야기했듯 캐서린은 모리스 타운젠드가 현관 벨을 울릴 것을 기다리다 날밤을 샜다. 날이 밝자 이런 기대가 덜 불합리해 보였다. 하지만 젊은이가 출현하여 이런 기대가 충족되는 일은 생기지 않았다. 그는 편지도 하지 않았다. 해명 한 마디, 안심시키는 말 한 마디가 없었다. 다행히도 격앙된 마음을 아버지가 알아차리지 못하도록 하겠다는 결심이 캐서린의 방파제가 되어 주었다. 그녀가 아버지를 얼마나 잘 속였는지 우리는 앞으로 알게 될 기회가 있을 것이다. 그러나 그녀의 순진한 가식은 페니먼 부인같이 남다른 통찰력을 가진 사람 앞에서는 거의 쓸모가 없었다. 그녀는 캐서린이 격심한 흥분 상태임을 쉽게 간파했다. 그리고 흥분 상태가 진행 중일 때 자신이 마땅히 즐겨야 할 몫을 포기할 사람이 아니었다. 그 다음날 저녁 그녀는 자신의 담당인 조카딸에게 다시 가서 비밀을 털어놓으라고 — 마음의 짐을 내려놓으라고 요구했다. 지금은 이해하기 어려운 어떤 것들을 그녀가 설명해 줄 수도 있을 거라고, 캐서린이 생각하는 것보다 더 많은 것을 알고 있다고 말했다. 그 전날 밤 캐서린이 쌀쌀맞게 굴었다면, 오늘은 오만불손했다.

"고모, 완전히 잘못 아신 거예요. 무슨 말씀인지 도무지 알아들을 수가 없네요. 뭘 뒤집어씌우려고 하시는지 모르겠는데, 제 인생에서 지금처럼 그 어떤 해명도 필요하지 않은 때는 없었어요."

이렇게 말하면서 빠져나간 캐서린은 시시각각 고모의 접근을 견제했다. 페니먼 부인의 호기심은 시시각각 커져 갔다. 모리스가 뭐라고 말하고 어떻게 행동했는지, 어떤 어조를 취했는지, 어떤 구실을 댔는지 알 수만 있다면 새끼손가락이라도 떼어 줄 마음이 들었다. 그녀는 당연히 편지를 써서 면담을 청했지만, 역시 당연히 답을 받지 못했다. 모리스는 편지를 쓸 기분이 아니었다. 캐서린도 그에게 짧은 편지를 두 통 보냈는데 답이 없었다. 이 편지들은 너무 짧아서 전문을 실을 수도 있다. "화요일에 그렇게 박정하게 군 것이 본의가 아니라는 표시를 보여줄 수 없나요?" 이것이 첫 번째 편지였고, 두 번째는 약간 더 길었다. "내가 화요일에 불합리하게 굴거나 공연히 의심을 했다면 — 내가 어떤 식으로든 당신을 짜증나게 했거나 속상하게 했다면 — 용서를 빌어요. 다시는 그렇게 바보같이 굴지 않겠다고 약속할게요. 그에 대한 벌로 난 충분히 고통을 당했어요. 당신이 왜 그러는지 난 모르겠어요. 사랑하는 모리스, 난 죽을 거 같아요!" 이 편지들을 각각 금요일과 토요일에 보냈는데, 이 가엾은 아가씨가 원하는 답신을 받지 못한 채 토요일과 일요일이 지나갔다. 그녀의 고통은 증폭되었다. 하지만 피상적인 강인함을 상당히 발휘해 참아 나갔다. 아무 말 없이 그녀를 지켜본 의사는 토요일 아침에 누이 라비니아에게 이렇게 말했다.

"일이 벌어졌구나! 그 악당 놈이 물러섰구나!"

"절대로 아니에요!" 캐서린에게 뭐라고 말할지 생각을 해놓았지만, 오빠에게는 한 마디의 방어도 마련하지 못한 페니먼 부인이 외쳤다. 그래서 분노에 찬 부정(否定)이 그녀의 손에 쥔 유일한 무기였다.

"그럼 그놈이 집행을 유예해 달라고 청했다고 할까? 좋으신 대로!"

"딸의 순정이 농락당해서 아주 기쁘신 모양이에요."

"그렇단다." 의사가 말했다. "내가 그렇게 예언을 했으니까! 내가 옳다는 것을 알게 되는 거 큰 기쁨이지."

"그걸 기쁨이라고 하다니 몸서리가 나네요!" 그의 누이가 소리 쳤다.

캐서린은 매일 하던 일들을, 예컨대, 일요일 아침 고모와 함께 교회에 갈 정도로 엄정하게 진행해 나갔다. 그녀는 대개 오후 예 배도 가곤 했는데, 이번에는 그녀의 용기가 꺾여 고모에게 혼자 갈 것을 청했다.

"무슨 비밀이 있는 게 분명해." 조카딸을 다소 엄격한 표정으로 바라보면서 페니먼 부인이 의미심장하게 말했다.

"비밀이 있으면 혼자 간직할 거예요!" 캐서린이 돌아서면서 대 답했다.

페니먼 부인은 교회로 향했지만, 도중에 발길을 돌렸다. 20분도 안 돼 집에 다시 들어서서 빈 거실을 들여다보고, 그러고 나서 2 층으로 올라가 캐서린의 방문을 두드렸다. 응답이 없었다. 캐서린 은 방에 없었고, 페니먼 부인은 그녀가 집에 없다는 사실을 확인 했다. "애가 모리스에게 간 거야! 집을 나간 거야!" 라비니아는 찬 탄과 부러움에 두 손을 맞잡았다. 그러나 그녀는 곧 캐서린이 아 무 것도 갖고 가지 않았음을 깨달았다. 그녀의 소지품이 모두 그 대로 방에 있었다. 그러자 조카딸이 애정이 아니라 원한 때문에 달려 나갔다는 가설로 비약했다. "그 집 문간까지 쫓아간 거야! 그의 집에 불쑥 들이닥친 거지!" 페니먼 부인은 조카딸이 이런 용 건으로 나갔다고 상상해 보았는데, 그러고 보니 비밀 결혼에 못 미칠 뿐 그림 같은 장면이 연출되었다는 생각에 만족했다. 눈물 바람에 원망을 늘어놓으며 애인의 집을 방문한다는 것은 페니먼 부인의 마음에 드는 그림이라, 이 경우, 음산한 날씨에 폭풍이 휘몰아치는 배경이 조화를 이루지 못했다는 것에 일종의 미학적 실망을 느꼈다. 조용한 일요일 오후는 이런 사건의 배경으로 부적절한 것 같았다. 그리고 사실 페니먼 부인은 시간적 상황이 도통 마음에 맞지 않았다. 모자를 쓰고 캐시미어 숄을 두른 채 캐서린이 돌아오기를 기다리면서 응접실에 앉아 있자니 시간이 아주 더디 지나갔던 것이다.

드디어 고대하던 사건이 일어났다. 창문으로 캐서린이 계단을 올라오는 것이 보였다. 그녀는 현관으로 나가 캐서린이 집으로 들어서자마자 달려들어 응접실로 끌고 들어와 엄숙하게 문을 닫았다. 캐서린은 얼굴이 상기되었고 눈에 빛이 났다. 페니먼 부인은 어떻게 생각해야 할지 몰랐다.

"어디 갔다 왔는지 물어도 되겠니?" 그녀가 물었다.

"산보 나갔다 왔어요." 캐서린이 말했다. "교회 가신 줄 알았는데요."

"갔었지. 그런데 예배가 평소보다 빨리 끝났단다. 도대체 어디로 산보 갔다 온 거니?"

"몰라요!" 캐서린이 말했다.

"넌 몰라도 너무 모르는구나! 캐서린 얘야, 내게 털어놓아도 된단다."

"뭘 털어놓으라는 거예요?"

"너의 비밀을 ─ 너의 슬픔을."

"네게 슬픔 따위는 없어요!" 캐서린이 사납게 대꾸했다.

"이 가엾은 것," 페니먼 부인이 물고 늘어졌다. "내게 거짓말할 생각은 마라. 난 모든 것을 알고 있어. 너와, 음, 대화를 나눠 달라는 요청을 받았단다."

"난 대화를 나누고 싶지 않아요!"

"이야기를 하면 나아질 거야. 셰익스피어에 나오는 대사 모르니? 〈말하지 못한 슬픔!〉* 애야, 이렇게 된 게 차라리 나아!"

"무엇이 낫다는 거예요?" 캐서린이 물었다.

그녀는 정말이지 아주 별나게 굴었다. 애인한테 버림받은 아가씨가 어느 정도 별나게 구는 거야 눈감아 줄 수 있지만, 그 애인을 옹호하는 사람의 입장에서 불편함을 느낄 정도는 곤란한 것 아닌가. "사려 있게 행동하는 것이," 페니먼 부인이 다소 준엄하게 말했다. "세속적으로 신중하게 따져 보고, 현실적인 고려를 참작해 — 음 — 헤어지기로 하는 것이 낫다는 거야."

이 순간까지 캐서린은 얼음장같이 냉정했는데 이 말에 폭발했다. "헤어지다니? 우리가 헤어지는 것에 대해 뭘 알고 계신가요?"

페니먼 부인은 슬프게 고개를 저었는데 거의 모욕을 당했다는 표정이었다. "너의 자존심이 내 자존심이고, 네가 느끼는 감정을 나도 느낀단다. 나는 네 입장을 완벽하게 이해해. 하지만 난 또한—" 그리고 그녀는 암시적으로 서글픈 미소를 띠었다. "게다가 난 큰 그림을 그릴 수 있단다."

이런 암시를 묵살한 캐서린이 격렬하게 질문을 반복했다. "왜 헤어진다는 이야기를 하는 거죠? 뭘 알고 있는 거죠?"

"우리는 체념을 배워야 한다." 페니먼 부인은 망설이다가 격언 풍을 시도했다.

"뭘 체념하라는 거죠?"

"우리들의 계획을 — 바꿔야 하는 것을 받아들여야 한단다."

"내 계획은 바뀌지 않았어요!" 캐서린이 콧방귀를 뀌며 말했다.

"아, 하지만 타운젠드 씨의 계획이 바뀐걸." 그녀의 고모가 아주 우아하게 대답했다.

"무슨 뜻이에요?"

이런 물음의 어조에 깃든 오연(傲然)한 간결함에 페니먼 부인은 항의해야 한다고 느꼈다. 그녀는 어쨌거나 호의로 조카딸에게 정보를 제공하려고 한 것이었다. 신랄하게도 해봤고 엄격하게도 해봤지만 어느 쪽도 소용이 없었다. 그녀는 조카딸의 고집스러움에 충격을 받았다. "아 그래." 그녀가 말했다. "그가 네게 이야기하지 않았다면!⋯⋯" 그리고 그녀는 몸을 돌렸다.

캐서린은 한순간 아무 말 없이 고모를 주시했다. 그리고 고모가 문간에 도달하기 전에 서둘러 그녀의 뒤를 좇았다. "무슨 이야기를요? 무슨 뜻이에요? 뭘 암시해서 겁을 주려는 거죠?"

"파혼한 것 아니니?" 페니먼 부인이 물었다.

"파혼이라니요? 천만에요!"

"그렇다면 미안하구나. 내가 너무 빨리 말했나 보다!"

"너무 빨리 말해요? 빠르든 늦게든," 캐서린이 갑자기 소리쳤다. "고모는 바보 멍청이같이, 몰인정하게 말할 뿐이에요!"

"그럼 너희 둘 사이에 무슨 일이 있었니?" 캐서린의 외침에 진심이 배어 있는 것에 놀라 그녀의 고모가 물었다. "분명 무슨 일이 일어났어."

"그를 더 사랑하게 되었다는 것을 빼면 아무 일도 없어요!"

페니먼 부인은 잠시 침묵했다. "오늘 오후 그를 만나러 간 건 그래서였나 보지."

캐서린은 한 대 얻어맞기라도 한 듯 얼굴을 붉혔다. "그래요, 그 사람을 만나러 갔어요. 하지만 다른 사람이 상관할 일이 아니에요."

"그렇다면 좋다. 우리 이야기를 관두자." 페니먼 부인은 다시 문 쪽을 향했지만, 조카딸이 갑자기 탄원하듯 소리를 질러 멈춰 섰다.

"라비니아 고모, 그 사람 **어디** 갔어요?"

"아, 그럼 그가 떠났다는 건 인정하는 거구나? 그의 집에서 알려주지 않던?"

"뉴욕을 떠났다고 해요. 더 물어보지 않았어요. 창피해서요." 캐서린이 짤막하게 답했다.

"네가 날 조금만 믿었더라면 그렇게 난처한 상황에 처하지 않았을 텐데." 페니먼 부인이 아주 위엄을 갖춰 말했다.

"뉴올리언스로 간 건가요?" 캐서린은 고모의 말을 듣지 못한 듯 말을 이었다.

페니먼 부인이 모리스와 관련해 뉴올리언스 이야기를 들은 것은 처음이었다. 하지만 모르고 있다는 사실을 캐서린이 아는 것을 원하지 않았다. 그녀는 모리스로부터 들은 이야기를 갖고 해명을 하는 양 시도했다. "사랑하는 캐서린, 헤어지기로 합의한 이상 멀리 갈수록 좋은 거란다."

"합의요? 고모랑 합의한 거예요?" 지난 5분 동안 그녀는 참견하기 좋아하는 고모의 지극한 어리석음에 압도되었다. 고모가 말하자면 그녀의 행복을 갖고 놀았다는 생각에 넌더리가 났다.

"내게 가끔 상의를 해온 것은 사실이다." 페니먼 부인이 말했다.

"그럼 그 사람의 마음을 그렇게 몰인정하게 바꾼 사람이 고모예요?" 캐서린이 외쳤다. "그를 조종해서 내게서 빼앗아 간 건가요? 그 사람은 고모의 소유가 아닌데 어떻게 우리 둘 사이의 일에 고모가 끼어들 수가 있어요! 그 사람에게 날 떠나라고 계획을 짠 것이 고모인가요? 어떻게 그렇게 심술궂고 잔인할 수가 있어요? 내가 고모에게 뭘 어쨌다고 이러세요? 고모가 모든 걸 망칠까 봐 겁이 났어요. 손을 **대는** 것마다 망쳐 버리니까요! 외국에 나가 있는 동안 고모 때문에 불안했어요. 고모가 그 사람에게 계속 이야기를 해댄다는 생각을 하면 마음이 놓이지 않았어요." 캐서린은 점점 더 격정을 띠면서 말을 이어갔다. 쓰라린 슬픔으로, 그리고 열정의 통찰로 (돌연 모든 단계를 뛰어넘어 그녀의 고모를 재심의 여지없이 최종적으로 심판하고) 수개월 동안 그녀의 마음을 짓누르던 불안감을 토로했다.

페니먼 부인은 겁이 났고 당황스러웠다. 모리스의 동기가 순수했다는 이야기를 조금이라도 꺼낼 수 있을 것 같지 않았다. "넌 아주 배은망덕한 아이야!" 그녀가 소리질렀다. "그와 이야기했다고 야단을 치는 거냐? 우리는 네 이야기밖에 한 게 없어!"

"그래요, 그런 식으로 성가시게 굴어서 내 이름만 들어도 지겹게 만든 거예요! 그에게 내 이야기를 하지 않았더라면 좋았잖아요. 도와 달라고 한 적도 없어요!"

"내가 아니었더라면 그가 우리 집에 오기나 했겠니? 그가 널 좋아한다는 걸 네가 알기나 했고?" 페니먼 부인은 자신이 옳다는 확신을 갖고 대꾸했다.

"그 사람이 우리 집에 안 온 게, 그 사람을 알지 못한 게 나아요. 이것보다는 나아요." 가엾은 캐서린이 말했다.

"넌 아주 배은망덕한 아이다." 라비니아 고모가 되풀이해 말했다.

부당한 대우를 받아 분노가 폭발한 캐서린은 분노가 지속되는 동안, 모든 힘의 표현이 그러하듯, 후련했다. 그녀는 분노에 휘둘렸고, 그런 감정의 토로에는 언제나 일종의 쾌감이 있었다. 그러나 캐서린은 마음 속 깊이 격한 분노를 혐오했고, 자신이 조직적인 원한에 소질이 없음을 잘 알고 있었다. 엄청난 노력을 기울여야 했지만, 그녀는 아주 빨리 평정을 되찾았다. 그러고 방안을 잠시 왔다 갔다 하며 고모가 좋은 뜻으로 그렇게 했다고 스스로에게 납득시키려고 했다. 그녀는 확신을 갖고 말하는 데 성공하지 못했다. 하지만 조금 있다 그런 대로 차분하게 말할 수 있었다.

"저는 배은망덕하지 않아요, 하지만 전 너무 불행해요. 불행해서 감사하다고 하기는 어렵네요." 그녀가 말했다. "그 사람 어디 있는지 말씀해 주시겠어요?"

"나도 전혀 모르겠다. 그 친구랑 몰래 편지를 주고받는 건 아니니!" 페니먼 부인은 정말이지 모리스랑 편지를 주고받았으면 좋겠다는 생각이 들었다. 그래야 캐서린이 여태껏 그렇게 애써 준 그녀를 어떻게 매도했는지 알려줄 수 있을 테니 말이다.

"그럼 파혼하는 것이 그의 계획이었나요?" 이제 캐서린은 완전히 평정을 찾았다.

페니먼 부인은 드디어 기회를 잡았다는 생각에 설명을 시작했다. "겁이 난 거야. 겁이 난 거란다." 그녀가 말했다. "용기가 부족했던 거야. 하지만 네게 해를 끼치지 않으려고 용기를 낸 거란다! 네가 아버지의 저주를 받는 것을 견딜 수가 없었던 거야."

고모에게 눈을 고정한 채 귀를 기울이던 캐서린은 한참 후에도 고모를 뚫어져라 주시했다. "그 사람이 그렇게 말하라고 하던가요?"

"네게 해주라는 말은 아주 많았다. 다 아주 자상하고, 분별력 있는 말이었지. 그리고 자기를 경멸하지 말기를 바란다고 하더라."

"경멸하지 않아요." 그러고 캐서린은 이렇게 덧붙였다. "그 사람은 영원히 돌아오지 않을 건가요?"

"오, 영원히는 너무 긴 기간이란다. 네 아버지도 영원히 살지는 않을 테니."

"아마도 그렇겠지요."

"가슴이 찢어지겠지만 너는 분명 알 거야. 이해할 거야." 페니먼 부인이 말했다. "너는 모리스가 너무 양심적이라고 생각할 거야. 나도 그렇게 생각한다만, 나는 그의 양심을 존중하기로 했어. 너도 그렇게 해주기를 모리스가 바랄 거다."

캐서린은 계속 고모를 주시했다. 하지만 그녀의 말을 듣지도 이해하지도 못했다는 듯 입을 열었다. "그럼 철저히 계획을 짠 셈이네요. 그는 의도적으로 약속을 깬 거예요. 날 포기한 거죠."

"당분간이야, 캐서린. 미룬 것뿐이야."

"그는 날 혼자 남겨 두었어요." 캐서린이 말을 이었다.

"네게는 **내가** 있지 않니?" 페니먼 부인이 다소 근엄하게 물었다.

캐서린은 고개를 천천히 저었다. "믿을 수 없어요!" 그리고 그녀는 방을 나갔다.

31

그녀는 평정을 유지하려고 애썼지만, 평정의 미덕을 혼자 연습하고자 했기 때문에 차 마실 시간 — 일요일에는 6시 차가 정찬을 대신했다 — 에 얼굴을 내밀지 않았다. 슬로퍼 씨와 그의 누이는 얼굴을 맞대고 앉았지만, 페니먼 부인은 오빠와 눈을 마주치지 않았다. 저녁 늦게 그녀는 오빠와 함께 — 캐서린 없이 — 언니 집으로 갔는데, 여자들은 캐서린의 불행한 상황을 — 페니먼 부인의 모호한 태도가 제약으로 작용하기는 했지만 — 솔직하게 토의했다.

"그놈이 캐서린과 결혼하지 않기로 해서 너무 기뻐." 아몬드 부인이 말했다. "그렇기는 해도 그놈은 말채찍으로 매질을 당해도 싸다고 봐."

언니의 거친 언사에 충격을 받은 페니먼 부인은 그가 고귀한 동기로 — 캐서린이 재산상 손해를 보지 않도록 — 그렇게 했다고 말대꾸했다.

"캐서린의 재산이 줄어들지 않은 건 아주 기쁜 일이지. 하지만 그놈에게는 공돈이 한 푼도 생기지 않기를 빌겠어! 그래, 가엾은 아이가 뭐라고 하든?" 아몬드 부인이 물었다.

"내가 위로하는 데 천재적이라고 하지 뭐." 페니먼 부인이 말했다.

그녀는 언니에게 사건의 진상에 대해 이렇게 전했다. 그리고 그날 저녁 워싱턴 스퀘어로 돌아오자 다시 캐서린의 방문을 두드린 것은 아마 이런 천재성을 의식해서이리라. 캐서린이 문을 열어 주었다. 그녀는 아주 평온해 보였다.

"그냥 충고 한 마디 하려고." 그녀가 말했다. "너의 아버지가 물어보시면 모든 일이 잘되고 있다고 해라."

캐서린은 문고리를 쥔 채 거기 서 있었지만, 들어오라고 청하지 않았다. "아버지가 제게 물으실 거 같아요?"

"물론이지. 방금 엘리자베스 고모네서 오는 길에 내게 묻더라. 큰 고모에게는 다 설명했단다. 너의 아버지에게는 아무 것도 모른다고 했고."

"아버지가 제게 물으실까요? 알게 되면 — 알게 되면—?"

"알게 될수록 더 고약하게 굴 거다." 그녀의 고모가 말했다.

"아버지가 가능한 한 알지 못하게 할 거예요!" 캐서린이 선언했다.

"결혼할 예정이라고 말해."

"결혼할 예정이에요." 이렇게 말하고 캐서린은 문을 닫아 버렸다.

이틀 후인 화요일, 드디어 모리스 타운젠드의 편지를 받고 난 다음 그녀는 그렇게 말할 수 없게 되었다. 다섯 장을 널찍널찍하게 채운 상당한 길이의 편지는 발신지가 필라델피아였다. 그것은 해명하는 문건이었고, 아주 많은 것을 해명했다. 그중 주요한 것은 글쓴이가 급박한 출장을 핑계 삼아 그와의 만남으로 삶이 엉망진창이 되어 버린 그녀를 마음속에서 지워 버리려고 노력하게 된 사연이었다. 그는 이런 시도가 부분적인 성공을 거둘 뿐이라고 예상하지만, 실패한다 하더라도, 그녀의 따뜻한 마음과 눈부신 미래와 자식으로서의 도리 사이에 끼어들지 않겠노라고 약속할 수 있다고 했다. 그는 사업상의 이유로 여러 달 여행을 해야 할 것 같다고 암시하면서 편지를 맺었다. 각자의 위치에서 불가피하게 주어진 상황에 익숙해졌을 때 — 여러 해가 지나도록 이렇게 되지 않는다 하더라도 — 그들은 친구로, 고통을 나누는 동료로, 죄 없이 당하는 고통을 담담하게 받아들이는 사회 규범의 희생자로 만나자고 했고, 그녀의 삶이 평화롭고 행복하기를 마음 속 깊이 기원하는 그는 여전히 그녀의 가장 충실한 종으로 감히 기명한다고도 했다. 아주 잘 쓴 편지였다. 이후 여러 해 동안 이 편지를 소지하고 있었던 캐서린은 그 의미의 쓰라림과 어조의 공허함에 다소간 무뎌졌을 무렵이 되어 표현을 참 아취 있게도 했다라고 감탄하게 되었다. 하지만 당시로서는, 편지를 받고 한참 동안은, 그녀가 기댈 곳이라고는 아버지의 동정심에 호소하지 않겠다는 결심을 나날이 견고하게 하는 것뿐이었다.

슬로퍼 씨는 1주일이 지나기를 기다렸다. 그리고 어느 날 아침,

그녀가 아버지와 마주칠 가능성이 거의 없다고 생각할 시간에 거실로 천천히 걸어 들어갔다. 그는 적당한 기회를 노렸던 것이고, 혼자 있는 그녀를 발견했다. 무슨 일감을 갖고 앉아 있는 딸에게로 다가가 앞에 섰다. 외출할 것이라 중절모를 들고 장갑을 끼고 있었다.

"너는 지금 내게 마땅히 해야 할 도리를 다하는 것 같지 않구나." 그는 잠시 뜸을 들이다 말했다.

"제가 뭘 안 했다는 말씀이세요?" 캐서린이 일감에 눈을 주고 대답했다.

"우리가 배 타기 전 리버풀에서 네게 한 부탁을 마음에서 완전히 지워 버린 것 같구나. 내 집을 떠나기 전 미리 내게 알려주기로 한 부탁 말이다."

"전 집을 떠나지 않았어요." 캐서린이 말했다.

"하지만 떠날 작정이지 않니. 내가 이해하기로는 떠날 날이 임박했고, 사실 네 몸은 아직 여기 있지만 마음은 이미 떠났다고 해야겠지. 네 마음은 장래의 남편과 함께 살고 있다고 해야 할 거야. 네가 우리 곁에 있다뿐이지 출가한 것과 다르지 않다고 해도 될 것 같다."

"좀 더 쾌활하도록 노력하겠어요." 캐서린이 말했다.

"쾌활해야 마땅하지. 그렇지 않다면 너무 많은 것을 바라는 거다. 매력적인 젊은이와 결혼하는 기쁨에 너는 네 멋대로 하는 즐거움을 더한 거야. 내가 보기에 너는 아주 운이 좋은 아가씨다!"

캐서린은 숨이 막혀 벌떡 일어섰다. 그러나 그녀는 수놓던 천을 침착하고 정확하게 접은 다음 고개를 숙여 불타오르는 얼굴에 댔다. 그녀의 아버지는 자리를 잡은 곳에 버티고 서 있었다. 그녀는 아버지가 가주기를 바랐지만, 그는 장갑을 쓰다듬어 단추를 채우고 나서 뒷짐을 지고 섰다.

"언제 빈 집이 될지 미리 알 수 있으면 좋겠구나." 그는 말을 이었다. "네가 집을 나가면, 네 고모도 나가는 거다."

그녀는 마침내 고개를 들었다. 한참을 아무 말 없이 바라보는 눈길에는 자존심을 지키겠다는 결의에도 불구하고 아버지에게 하지 않으려고 했던 호소가 들어 있었다. 차가운 회색 눈이 그녀의 눈을 읽듯 들여다보면서 요점을 반복했다.

"내일이냐? 다음 주, 아니면 그 다음 주냐?"

"저는 어디 가지 않아요!" 캐서린이 말했다.

의사가 눈을 치켜떴다. "그가 뒷걸음친 거냐?"

"제가 파혼을 한 거예요."

"파혼을 했다고?"

"제가 그에게 뉴욕을 떠나 달라고 요구했어요. 그 사람 아주 오래 돌아오지 않을 거예요."

의사는 어리둥절했고 실망했다. 하지만 그는 딸이 그냥 사실을 왜곡했다고 — 정당화하려고 한다면야 할 수 있지만, 그럼에도 왜곡은 왜곡이다 — 혼자 생각함으로써 당혹감을 해소했다. 그리고 그는 큰 소리로 몇 마디 덧붙임으로써 그의 실망감을 달랬다. 기대했던 작은 승리의 기회를 잃어버린 사내의 실망감을.

"그래, 그가 추방을 어떻게 받아들이든?"

"몰라요!" 캐서린이 지금까지보다는 머리를 덜 쓰면서 말했다.

"상관 안 한다는 거냐? 너 마음이 퍽이나 모질구나. 그렇게 오래 동안 결혼할 듯 갖고 놀다가!"

의사는 결국 복수의 한 방을 먹였다.

32

여태껏 우리의 이야기는 잔걸음을 쳤는데, 결말을 향해 성큼 성큼 걸어 나아가기로 하겠다. 의사는 모리스 타운젠드에게 결별을 통고했다는 딸의 설명을 허세로 받아들였지만, 시간이 지나면서 이어지는 정황을 보고 어느 정도 근거가 있다는 생각을 하게 되었다. 모리스는 상사병으로 죽기라도 한 양 꿋꿋이 부재 상태를 지속했고, 캐서린은 자신이 선택해서 관계를 끝낸 양 이 무익한 사건의 기억을 묻어 버린 것처럼 보였다. 우리는 그녀가 깊이, 치유 불능의 지경으로 상처를 입었다는 것을 알지만, 의사는 알지 못했다. 그는 물론 궁금했고, 정확한 사실을 알기 위해 상당한 대가를 지불할 용의도 있었지만, 영원히 알지 못한 것이 그가 받은 벌이었다. 딸과의 관계에서 냉소를 남용한 데 대한 벌 말이다. 캐서린이 그를 무지의 상태로 남겨 놓은 것에는 상당히 효과적인 냉소가 있었고, 세상도 이런 의미의 냉소를 그에게 보내는 데 그녀와 공모했다. 페니먼 부인은 그에게 아무 이야기도 해주지 않았다. 그

기 묻지 않았기 때문이기도 하지만 — 그렇게 하기에는 그가 그
녀를 너무 우습게 알았다 — 그녀 딴에는 감질 나는 침묵을 지키
며 무심하게 무지를 선언함으로써 그 일에 오지랖 넓게 끼어들었
다는 그의 이론에 복수해야지 하는 우쭐한 마음이 들었던 것이다.
그는 몽고메리 부인을 만나러 두세 번 갔지만, 동생의 약혼이 깨
졌다는 사실만 알고 있는 그녀로서는 해줄 말이 없었다. 슬로퍼
양이 위험에서 벗어난 지금 그녀는 어떤 식으로든 모리스에게 불
리한 말을 하고 싶어하지 않았다. 그 전에는 슬로퍼 양이 가엾어
서 마지못해 그렇게 했지만, 이제는 가엾지 않았다 — 전혀 가엾
지 않았다. 모리스는 이전에도 슬로퍼 양과의 관계에 대해 아무
이야기도 해주지 않았고, 그 이후도 하지 않았다. 집에 돌아온 적
이 없고, 편지도 거의 쓰지 않았는데 캘리포니아에 있는 것 같다
고 했다. 아몬드 부인은 최근의 파국 이후, 페니먼 부인의 말을 빌
면, 캐서린을 끔찍이 '싸고돌았다.' 캐서린은 다정하게 대해 주는
큰 고모가 매우 고마웠지만, 속내를 털어놓지는 않았다. 따라서
아몬드 부인 역시 의사의 호기심을 만족시킬 수 없었다. 하지만
그녀가 캐서린의 불행한 연애 사건의 내막을 오빠에게 말해 줄 수
있다 하더라도, 그를 무지 상태로 남겨 놓는 것에 일종의 위안을
느꼈을 것 같다. 이즈음의 아몬드 부인은 오빠의 생각에 동조하지
않았다. 캐서린이 박정하게 버림을 받았다는 것이 그녀의 추측이
었다. 페니먼 부인에게서 무슨 이야기를 들은 것은 아니다. 페니
먼 부인은 언니에게도 모리스의 훌륭한 동기를 설명할 엄두가 나
지 않았다. 캐서린에게는 그것이 충분한 설명이라고 생각했지만

말이다. 아몬드 부인은 가엾은 조카딸이 고통을 당했고, 아직도 고통을 당하는 것이 분명한데 오빠가 오불관언하고 있다는 의견을 제시했다. 하지만 슬로퍼 씨는 나름의 이론이 있었고, 그는 자기 이론을 바꾸는 법이 거의 없었다. 모리스와의 결혼 생활이 끔찍했을 것이 뻔한데, 캐서린은 운이 좋아 이를 모면했다. 그렇기 때문에 그녀를 동정하는 것은 말이 안 되고, 그녀를 위로하는 것은 모리스를 결혼 상대로 생각할 권리가 있었다고 인정하는 형국이라는 것이다.

"나는 처음부터 결혼에 반대했고, 지금도 그렇다." 의사가 말했다. "아무리 오래 반대해도 지나치지 않은데 그게 뭐가 잔인한지 모르겠구나." 의사의 말에 아몬드 부인은 캐서린이 부적절한 상대와 결별했다면 칭찬받을 일이고, 그 문제에 관해 아버지의 사리분별을 받아들이려고 노력했다면 그 역시 높이 평가해야 한다고 여러 번 말했다.

"나는 걔가 그놈을 포기했다고 생각 안 한다." 의사가 말했다. "지난 2년간 노새처럼 고집을 부리다가 갑자기 합리적이 될 리 없어. 그놈이 걔를 포기했을 공산이 훨씬 커."

"그러니까 따뜻하게 대해 주셔야지요."

"따뜻하게 대하고 있어. 하지만 난 연민을 연기하지는 못한다. 점잖게 보이자고 캐서린에게 일어난 가장 다행스러운 일을 두고 눈물을 뽑아 낼 수는 없지."

"오빠는 동정심이라고는 없어요." 아몬드 부인이 말했다. "그 점이 오빠의 강점인 적은 없었지요. 옳든 그르든, 걔 쪽에서 결별을 했든 그가 버린 것이든, 가엾게두 여린 마음을 심하게 다친 건 누가 봐도 알 수 있어요."

"상처를 보듬고 눈물 방울을 떨어뜨린다고 나아지는 건 아니지! 내가 할 일은 걔가 더 이상 상처를 받지 않도록 하는 건데, 이제 유념해 신경을 쓸 작정이다. 하지만 네가 묘사하는 캐서린은 낯이 설구나. 내가 보기에 캐서린은 마음에 붙일 반창고를 찾아 헤매는 것 같지는 않던데. 사실 그놈이 얼쩡거릴 때보다 훨씬 좋아 보인단다. 아주 편안하고 건강미가 넘쳐. 잘 먹고 잘 자고, 늘 하던 대로 운동하고, 늘 그렇게 하듯 화려한 옷으로 지나치게 치장을 하고 말이야. 걔는 언제나 지갑을 뜨지 않으면 손수건에 자수를 놓고 있어. 이런 물건들을 끊임없이 생산하고 있지. 말은 별로 하지 않는다. 하지만 언제는 걔가 뭐 할 말이 있었냐? 춤을 한바탕 추었고, 이제 앉아서 쉬고 있는 셈이야. 내 생각으로는 대체로 그걸 즐기는 것 같다."

"캐서린이 즐긴다면, 다리가 으스러진 사람이 다리 절단을 반기는 식이겠지요. 일단 절단 수술을 하고 난 사람의 심리 상태가 상대적 안정감일 테니까요."

"네가 언급한 다리가 타운젠드에 대한 비유라면, 그 젊은 놈은 으스러진 적이 없는 것이 확실하다. 으스러졌냐고? 천만에! 그는 살아 있고, 아주 멀쩡해. 그래서 난 만족할 수가 없어."

"그를 죽이고 싶으세요?"

"그래, 그리고 이게 모두 눈가림일 가능성이 있다고 생각한다."

"눈가림이요?"

"둘 사이에 이야기가 된 거지. 프랑스에서 말하는 식으로 하자면, *il fait le mort* (죽은 척하는 거야). 그리고 곁눈으로 보고 있는 거지. 그가 배를 다 태워 버리지 않은 것이 틀림없어. 타고 돌아올 배 한 척은 남겨 두었지. 내가 죽고 나면, 다시 항해를 할 거다. 그러면 캐서린은 그놈과 결혼할 거야."

"하나밖에 없는 딸을 사악하기 짝이 없는 위선자로 비난하고 있다는 사실이 흥미롭네요." 아몬드 부인이 말했다.

"걔가 하나밖에 없는 딸인 것이 무슨 상관인지 모르겠구나. 열둘보다는 하나를 비난하는 것이 낫지 않겠니? 하지만 난 아무도 비난하지 않는다. 캐서린에게는 위선이라고는 한 점도 없단다. 그리고 걔가 불행한 척 가장한다는 것도 난 받아들일 수 없단다."

이것이 전부 '눈가림'일 수 있다는 의사의 생각은 수면으로 가라앉았다 솟아오르곤 했는데, 나이를 먹어 가면서 — 캐서린이 건강하고 편안하게 지낸다는 인상과 함께 — 더 심해졌다. 캐서린이 큰 아픔을 속으로 삭인 한두 해 동안 의사가 딸을 실연한 아가씨로 간주할 근거를 찾지 못했다면, 그녀가 완전히 평정을 찾고 난 다음 그럴 근거를 찾지 못한 것은 당연하다. 두 청춘 남녀가 그가 사라지기를 기다리고 있다면 아주 참을성 있게 기다리고 있음을 인정하지 않을 수 없었다. 그는 가끔 모리스가 뉴욕에 왔다는 이야기를 들었다. 그러나 오래 머무르지는 않았다. 그리고 그가 아는 한 캐서린과 연락을 취하지 않았다. 그는 그들이 만나지 않는다고 확신했고, 모리스가 그녀에게 연락을 취하지 않는다고 생각할 이유가 있었다. 이미 언급한 편지 이후, 그녀는 그로부터 상당한 간격을 두고 두 번 편지를 받았지만, 그러나 두 번 다 답장을 쓰지 않았다. 다른 한편, 그녀가 다른 남자와의 결혼에 완고하게 얼굴을 돌렸음을 의사는 주목했다. 결혼할 기회가 많았던 것은 아니지만 그녀의 성향을 시험할 수 있을 정도로 자주 있었다고 할 수 있다. 그녀는 재산이 많고 어린 딸을 셋 둔 사람 좋은 홀아비의 청혼을 거절했다. (그는 그녀가 아이들을 아주 귀여워한다는 이야기를 듣고, 자기 아이들 이야기를 꽤 자신 있게 했다고 한다.) 그러고 난 다음 그녀는 영리한 변호사의 구애에도 귀를 기울이지 않았다. 그는 전도유망한 변호사인 데다 아주 유쾌한 사람이라는 평판을 갖고 있었는데, 아내감을 찾아야 할 시점이 되자 어리고 예쁜 다른 여자들보다 그녀가 그와 더 잘 맞는다고 생각할 만큼 현명했다. 홀아비였던 매칼리스터 씨는 합리적인 결혼을 하려고 했고, 그녀의 잠재한 모성 본능을 높이 평가해 캐서린을 선택했다. 하지만 캐서린보다 한 살 연하로 여자를 '골라잡을' 수 있는 젊은이로 알려진 존 러들로는 진지하게 그녀와 사랑에 빠졌다. 그런데도 캐서린은 그를 쳐다보지도 않았다. 그녀는 그에게 너무 자주 찾아온다고 면박을 주었다. 그는 나중에 아주 다른 종류의 사람 — 아주 무딘 사람도 눈이 번쩍 뜨이게 매력적인 스터트반트 양과 결혼함으로써 위로를 받았다. 이런 일들이 벌어지는 와중에 캐서린은 서른을 훌쩍 넘겨 노처녀로 자리를 잡았다. 그녀의 아버지는 그녀가 결혼하기를 원했고, 한 번은 지나치게 까다롭게 굴지 말라고 하기도 했다. "내가 죽기 전에 믿음직한 남자의 아내가 되는 걸 보고 싶구나." 그가 말했다. 그가 이렇게 말한 것은 존 러들로가 할 수 없이 포기하고 난 다음이었다. 의사는 물론 그에게 버텨 보라고 권고했지만, 더 이상의 압력을 행사하지 않았다. 그는 딸이 독신인 것을 전혀 걱정하지 않는다는 명성을 얻었다. 실제로 겉으로 보기보다는 더 많이 걱정했고, 상당 기간 모리스 타운젠드가 문 뒤에 숨어 있는 것이 분명하다는 의심을 품기도 했다. "그렇지 않다면 왜 결혼하지 않는 거야?" 그는 자문했다. "지적 능력이 뛰어난 편은 아니지만, 여자가 가정을 이뤄 살게 되어 있다는 것쯤은 잘 알고 있을 텐데." 하지만 캐서린은 훌륭한 노처녀가 되었다. 그녀는 습관을 형성했고, 자기 나름의 방식으로 규칙적인 생활을 했고, 자선 단체, 요양소, 병원과 원조 단체에 관여했다. 그리고 대체로 규칙적이고 소리 없이 그녀의 삶에서 해야 할 일들을 엄밀하게 수행했다. 그런데 그녀의 삶에는 공적인 역사뿐 아니라 — 공적으로 모습을 드러내는 것이 언제나 두려움의 조합이곤 했던 중년의 소심한 노처녀에게 공적인 역사라는 말을 쓸 수 있다면 — 사적인 역사도 있었다. 캐서린의 관점에서 보면 그녀의 삶에서 주요한 사실들은 모리스 타운젠드가 그녀의 애정을 가지고 놀았고, 아버지가 그 근원을 망가뜨렸다는 것이다. 어떤 것도 이 사실들을 바꿔 놓을 수 없었다. 그것들은 그녀의 이름, 나이, 평범한 얼굴처럼 언제나 거기 있었다. 어떤 것도 모리스가 그녀에게 한 잘못을 되돌려 놓을 수 없었고, 그가 준 고통을 치유할 수 없었다. 그리고 어떤 것도 어린 시절 아버지에게 품었던 경애의 마음을 되살릴 수 없었다. 그녀의 삶에서 뭔가가 죽어 버렸고, 그녀의 의무는 그 빈 공간을 채우려고 노력하는 것이었다. 캐서린은 최대한 이런 의무를 다하려고 했다. 그녀는 속을 끓이고 침울해하는 것이 옳지 않다고 생각했다. 물론 그녀는 유흥으로 과거의 기억을 지워 버리는 데 소질은 없었다. 하지만 뉴욕 시에서 늘 열리곤 하는 파티에 거리낌 없이 섞여 들었고, 급기야 모든 점잖은 파티에 꼭 초대받는 인사가 되었다. 모두들 그녀를 아주 좋아했고, 시간이 지남에 따라 사교계의 젊은 사람들에게 이해심 많은 독신 고모 비슷하게 되었다. 젊은 아가씨들은 연애의 속내를 그녀에게 털어놓았고(페니먼 부인에게는 그러는 법이 없었다), 젊은 사내들은 이유를 모른 채 그녀를 좋아했다. 그녀는 몇 가지 별난 습성을 개발했는데, 일단 버릇으로 굳어지고 난 다음 이를 완고하게 지켜 나갔다. 도덕적이고 사회적 문제에 관한 한 그녀의 견해는 아주 보수적이었다. 그리고 40이 되기 전에 그녀는 구식의 인물로 간주되었고, 지나가 버린 관습의 권위자가 되었다. 반면에 페니먼 부인은 나이를 먹음에 따라 더 젊어져서 소녀풍을 유지했다. 그녀는 아름다움과 비밀스러움에 대한 흥미를 잃지 않았지만, 이를 만족시킬 기회는 거의 없었다. 모리스 타운젠드와 그토록 많은 흥미로운 시간을 보내면서 갖게 된 친밀한 관계를 캐서린의 이후 구혼자들과 갖는 데 실패했기 때문이다. 이 신사들은 그녀의 호의를 막연하게 의심했고, 그녀에게 캐서린의 매력에 관해 논하지 않았다. 그녀의 고수머리 컬과, 버클과 팔찌들은 해가 갈수록 더 반짝거리면서 빛났고, 그녀는 우리가 익히 알게 된 참견하기 좋아하고 공상적인 페니먼 부인, 그리고 충동과 용의주도함의 기이한 조합인 페니먼 부인으로 남아 있었다. 하지만 한 가지 점에서는 용의주도함이 충동을 눌렀다. 이 점은 높이 평가할 만하다. 이후 17년 동안 그녀는 조카딸에게 모리스 타운젠드의 이름을 일체 언급하지 않았다. 캐서린은 이 점에 감사했다. 그러나 고모의 성격과 거의 일치하지 않는 이런 일관된 침묵이 그녀의 경계심을 다소간 불러일으키기도 했다. 페니먼 부인이 때로 그의 소식을 듣는 것이 아닌가 하는 의심을 전적으로 불식할 수 없었던 것이다.

33

슬로퍼 씨는 조금씩 진료를 줄이고 은퇴를 준비했다. 증세가 어느 정도 특이하다고 생각되는 그런 환자들만 왕진하기로 한 것이다. 그는 다시 유럽에 가서 2년을 머물렀는데, 캐서린이 함께 갔고 이번에는 페니먼 부인도 동행했다. 가장 낭만적인 유적지에서도 "이것 모두 내가 익히 아는 거예요"라고 말하곤 한 것을 보니 페니먼 부인이 유럽에서 경탄할 것은 거의 없었던 것 같다. 이런 말을 그녀의 오빠나 조카에게 한 것은 아니라 가까이 서 있는 관광객, 심지어는 관광 안내원과 경치의 일부를 이루는 염소치기에게 했음을 부연해야 할 것 같다.

유럽에서 돌아오고 난 어느 날 의사는 딸이 흠칫 놀랄 말을 했다. 너무 먼 과거로부터 온 말이었기 때문이다.

"내가 죽기 전에 약속을 하나 해주면 좋겠구나."

"왜 돌아가신다는 말씀을 하세요." 그녀가 말했다.

"내가 예순여덟 살이니까."

"오래오래 사셔야 해요." 캐서린이 말했다.

"나도 그렇게 되길 바란다. 하지만 언젠가 고약한 감기에라도 걸리게 되면, 나의 바람이 무슨 상관이겠니. 나는 그런 식으로 인생에서 퇴장할 것이고, 그 일이 일어나면 내가 그렇게 말했다는 것을 기억해라. 내가 죽고 난 다음 모리스 타운젠드와 결혼하지 않겠다고 약속해 다오."

앞서 말했듯, 이것이 캐서린을 흠칫 놀라게 했다. 그러나 그녀는 내색을 하지는 않았고, 잠시 아무 말을 하지 않았다. "왜 그 사람 이야기를 하세요?" 그녀가 이윽고 물었다.

"넌 내가 하는 말마다 토를 달더라. 그 친구도 다른 것과 마찬가지로 화제 거리이기 때문에 이야기하는 거다. 그는 다른 사람과 마찬가지로 눈여겨봐야 하는데, 아직도 마누라 감을 찾고 있다고 하더라. 마누라가 하나 있었는데 어떤 수단을 동원했는지 자유의 몸이 되었다나. 최근 뉴욕에 와 있고, 네 사촌 메리언의 집에도 들렀다고 들었다. 엘리자베스 고모가 거기서 그를 봤다고 하더라."

"두 사람 다 제게는 아무 이야기도 안 했어요." 캐서린이 말했다.

"그들의 미덕이지, 너의 미덕은 아니다. 그 친구 살이 찌고 대머리가 벗겨졌다는데, 한 재산 모으지는 못한 모양이다. 이런 사실만으로 네가 그에 대해 모진 마음을 다져 먹으리라고 확신할 수 없구나. 그래서 약속해 달라고 하는 거다."

〈살이 찌고 대머리가 벗겨졌다〉— 이 말이 세상에서 가장 아름다운 청년에 대한 기억이 희미해진 적이 없는 캐서린의 마음에 낯선 이미지를 불러일으켰다. "아버지 뭘 오해하신 것 같은데요."

그녀가 말했다. "저 타운젠드 씨 생각을 하는 적이 거의 없어요."

"그럼 계속 그렇게 하는 것이 어려울 것 없겠구나. 내가 죽고 난 다음 계속 그렇게 하겠다고 약속해 주면 된다."

다시 얼마 동안 캐서린은 침묵을 지켰다. 그녀는 아버지의 요구에 경악했다. 옛날 상처를 후벼 파 새롭게 고통을 느꼈다. "그런 약속을 할 수는 없을 것 같네요." 그녀가 대답했다.

"내게 큰 만족을 줄 것이다."

"제 말 뜻을 알아듣지 못하시네요. 전 그런 약속을 할 수 없어요."

의사는 잠시 침묵했다. "그렇게 요구하는 특별한 이유가 있단다. 난 유언장을 고치려고 한다."

그의 말은 캐서린의 주의를 끌지 못했다. 정말이지 그게 무슨 상관인지 이해하기 어려웠다. 그녀의 격앙된 감정은 그가 여러 해 전 그녀를 무시했듯 그런 식으로 그녀를 무시하려고 한다는 생각으로 모아졌다. 그때 그녀는 고통을 당했다. 그러나 이제 그녀의 모든 경험, 그녀가 획득한 모든 평정과 완강함이 저항했다. 젊었을 때 그렇게 몸을 낮추었으니 이제 약간의 자존심을 세워도 되었다. 아버지의 요구에는, 그리고 그런 요구를 해도 된다는 그의 생각에 그녀의 자존심에 상처를 입히는 무언가가 있었다. 가엾은 캐서린의 자존심은 공격적이지 않았다. 당당하게 버티는 그런 자존심은 아니었다. 하지만 그녀를 너무 밀어붙이면 자존심이 거기 있음을 알게 된다. 그녀의 아버지는 너무 밀어붙였던 것이다.

"전 약속할 수 없어요." 그녀가 짤막하게 반복했다.

"넌 정말 고집불통이구나." 의사가 말했다.

"아버지는 이해 못하시는 것 같아요."

"그럼 설명을 해다오."

"설명할 수는 없어요." 캐서린이 말했다. "그리고 약속 드릴 수도 없어요."

"정말이지," 그녀의 아버지가 소리를 질렀다. "네가 그렇게 고집이 센지 몰랐다."

그녀는 자신이 고집이 세다는 것을 알고 있었다. 그 사실에 그녀는 일말의 기쁨을 느꼈다. 그녀도 이제 중년이었다.

이 일이 있고 1년쯤 후에 의사가 예측한 사고가 일어났다. 4월 어느 날 정신이 온전치 못한 환자를 만나기 위해 블루밍데일*로 나갔다가 독감에 걸렸던 것이다. 정신병원에 입원해 있는 환자의 가족이 저명한 권위자의 의학적 소견을 듣고 싶다고 해서 간 것인데, 덮개가 없는 마차에서 소나기를 만나 뼈 속까지 젖게 되었다. 그는 불길한 한기를 느끼며 집에 돌아왔고, 그 다음 날 아침 심하게 앓았다. "폐출혈이야." 그가 캐서린에게 말했다. "간호를 잘 받아야 할 거다. 회복을 못할 것이니 그래 봐야 별 소용은 없을 테지만, 회복한다고 보고 아주 사소한 것까지 최선을 다해 주기를 바란다. 난 병실이 잘못 관리되는 건 질색이야. 내가 나을 거라는 가정 하에 간호해 주면 좋겠구나." 그는 동료 의사 중 누구를 부르라고 말했고, 아주 많은 지시 사항을 자세하게 주었다. 캐서린은 전적으로 낙관적인 가정에 근거해 아버지를 간호했다. 그러나 그는 평생 틀린 적이 없었고, 이번에도 틀리지 않았다. 일흔 고개에 접어든 그는 아주 건강한 체질이었지만 삶에 대한 확고한 장악력을 잃었다. ㄱ는 3주간 앓다가 죽었다. 그동안 그의 딸뿐만 아니라 페니먼 부인도 열심히 병실을 지켰다.

적절한 기간이 지나고 난 다음 그의 유언장이 공개되었다. 유언장은 두 부분으로 되어 있었다. 첫 부분은 10년 전에 작성한 것으로, 그의 딸에게 대부분의 재산을 물려주는 일련의 증여로 구성되어 있되 두 누이에게 적당한 유산을 남겼다. 둘째 부분은 최근에 만든 추가 조항이었는데, 누이들에게 연금을 지급하는 것은 같았지만, 캐서린의 몫은 처음 물려주기로 한 액수의 1/5로 줄어들었다. "딸애는 어머니 쪽으로부터 물려받은 유산으로 충분한 수입이 있다." 그 문건에는 이렇게 기록되었다. "여기서 나오는 수입에서 조금밖에 쓰지 않았기 때문에 그녀의 재산은 파렴치한 협잡꾼들 ― 아직도 그녀가 이런 부류의 인간에게 관심을 갖는다고 믿을 만한 이유가 있다 ― 의 흥미를 끌고도 남을 만큼의 액수에 이르렀다." 그러므로 의사는 그의 나머지 재산의 대부분을 균등하지 않은 일곱 몫으로 나눠 미국 여러 도시의 병원과 의과대학에 기부했다.

페니먼 부인은 '남의 돈'으로 그런 장난을 친 것은 어처구니없는 일이라고 생각했다. 죽고 난 다음에는 물론 남의 돈이 된다는 것이 그녀의 논리였다. "즉각 유언장을 무효로 만들어야 해." 그녀가 캐서린에게 말했다.

"오, 아니에요." 캐서린이 대답했다. "저는 아주 좋은데요. 표현을 조금만 달리 했더라면 좋을 뻔했네요."

34

캐서린은 늦여름이 될 때까지 도심에 남아 있곤 했다. 그녀는 다른 어떤 곳보다 워싱턴 스퀘어에 있는 집을 좋아했고, 8월 한 달 바닷가로 피서를 가는 것도 마지못해 그렇게 했다. 바닷가에 가 있는 한 달 그녀는 호텔에 머물렀다. 아버지가 돌아가신 해에는 그나마 상복(喪服)과 여름휴가가 어울리지 않는다는 생각에 떠나지 않았다. 그 다음 해에도 출발 일자를 너무 늦춰 잡은 나머지 8월 중순이 되도록 후끈후끈한 워싱턴 스퀘어에 홀로 남아 있게 되었다. 변화를 좋아하는 페니먼 부인은 대개의 경우 시골로 휴가를 떠나고 싶어했지만, 그 해에는 거실 창문에서 나무 울타리 너머 가죽나무들이 자아내는 전원풍을 즐기는 데 만족하는 듯 보였다. 이 식물의 독특한 향기가 저녁 공기로 흩어져 퍼지는 7월의 더운 밤이면 페니먼 부인은 열린 창문 가까이 앉아 그 향기를 들이마셨다. 이 순간 페니먼 부인은 행복을 느꼈다. 오빠가 세상을 뜨자 그녀는 자신의 충동이 이끄는 대로 살아도 될 것 같은 기분이 들었다. 그녀의 삶에서 막연한 억압감이 사라져서, 아주 오래 전 의사가 캐서린을 데리고 해외로 떠난 다음 집에 혼자 남아 모리스 타운젠드를 환대한 잊지 못할 시기 이후 느끼지 못한 해방감을 즐겼다. 오빠가 죽고 난 후 보낸 1년은 그 행복한 시절을 생각나게 했다. 나이를 먹은 캐서린이 옛날처럼 만만하지는 않았지만, 그녀와 함께 사는 것은, 페니먼 부인의 표현을 빌면, 차가운 물탱크와 함께 사는 것과는 다르다는 것이었다. 이 손위의 숙녀는 삶의 큰 여백을 어떻게 해야 할지 몰랐다. 그녀는 바늘을 들고 태피스트리 틀 앞에 앉을 때마다 그 여백을 바라보았다. 그러나 그녀의 풍부한 충동을, 윤색(潤色)의 재능을 써먹을 기회가 아직 있을 거라는 확신이 있었다. 그리고 이런 확신은 여러 달 지나지 않아 정당화되었다.

조용하게 살아가는 독신녀에게 도시의 북부 지역을 가로지르는 대로변에 늘어선 적갈색 사암으로 지은 작은 집이 더 편리한 주거지가 될 것이라고들 말했지만, 캐서린은 워싱턴 스퀘어의 집에서 계속 살았다. 그녀는 옛날 건물의 구조를 더 좋아해서 이제 '구식' 건물로 여겨지는 워싱턴 스퀘어의 집에서 생애를 마치기로 작정했다. 이 집이 유난스럽지 않은 두 숙녀가 살기에 너무 큰 집이라면, 좁은 것보다는 나았다. 캐서린은 고모와 너무 가깝게 부대끼며 사는 것을 원치 않았다. 그녀는 워싱턴 스퀘어에서 여생을 보낼 것이고, 그 기간을 고모와 함께 지낼 예정이었다. 그녀가 살아 있는 동안 고모도 살아 있을 것이고, 언제나 재기발랄하고 활동적일 것이라고 생각했다. 페니먼 부인은 캐서린에게 왕성한 활력을 연상시켰다.

앞서 언급한 7월의 무더운 어느 저녁 두 여자는 열린 창 앞에 함께 앉아 조용한 공원을 내다보고 있었다. 램프를 켜고 책을 읽거나 일을 하기에는 너무 더웠다. 페니먼 부인이 오래 아무 말 없는 것을 보니 대화를 하기에도 너무 더운 것 같았다. 그녀는 창가에 앉아 발코니에 반쯤 몸을 내밀고 나지막하게 노래를 흥얼거렸다. 흰 옷 차림의 캐서린은 방 안 낮은 흔들의자에 앉아 야자수 부채를 천천히 흔들었다. 이 계절에 고모와 조카는 차를 마시고 난 다음 저녁 시간을 이런 식으로 보내곤 했다.

"캐서린." 드디어 페니먼 부인이 말문을 열었다. "널 놀라게 할 말을 하려고 한단다."

"그렇게 해주세요." 캐서린이 대답했다. "전 놀라는 걸 좋아해요. 그리고 지금은 너무 조용하잖아요."

"그래 그럼. 모리스 타운젠드를 만났단다."

캐서린이 놀랐다면, 내색은 하지 않았다. 그녀는 흠칫하지도 소리를 내지도 않았다. 그녀는 정말이지 얼마 동안 아주 가만히 있었다. 그리고 이것이 격정의 증후일 수도 있으리라. "잘 있으면 좋겠네요." 이윽고 그녀가 말했다.

"그건 모르겠다. 무지하게 많이 변했거든. 널 아주 만나고 싶어 하더라."

"전 만나고 싶지 않아요." 캐서린이 얼른 대꾸했다.

"네가 그렇게 말할까 봐 걱정했다. 그런데 넌 별로 놀라는 것 같지 않구나."

"아주 많이 — 놀랐어요."

"메리언의 집에서 만났어." 페니먼 부인이 말했다. "그 집에 드
나드나 보더라. 혹여 너와 마주칠까 봐 전전긍긍하더구나. 내 생
각에 모리스는 그래서 그 집에 오는 거야. 널 아주 만나고 싶어
해." 캐서린이 여기에 아무 반응도 하지 않자, 페니먼 부인은 말을
이었다. "너무 변해서 처음에는 알아보지 못했어. 하지만 모리스
는 날 단박에 알아보더라. 내가 조금도 변하지 않았대. 언제나 예
의바르게 굴었잖아. 내가 나오자 모리스 타운젠드도 따라 나와서
얼마간 같이 걸었어. 아직도 인물은 훤칠해. 물론 조금 나이가 들
어 보이고, 옛날 같은 그런 활기는 없었어. 슬픔이 배어 있더라.
하지만 옛날에도, 특히 떠날 때에는 슬픔이 배어 있었지. 유감스
럽게도 썩 성공한 것 같지는 않더라. 확고하게 기반을 잡지는 못
했다고. 우직하게 노력하는 스타일은 아니잖아. 결국 세상에서 성
공하는 길은 그건데 말이야." 페니먼 부인은 조카딸에게 지난 20
년 동안 모리스 타운젠드의 이름을 언급하지 않았다. 이제 주문을
깨자 그녀는 잃어버린 시간을 보상이라도 하듯, 그의 이야기를 하
는 자신의 목소리를 듣는 데서 일종의 흥분을 느끼는 것 같았다.
그러나 그녀는 상당히 조심하면서, 캐서린이 뭔가 반응을 보일 여
지를 남기면서 말을 이어갔다. 캐서린은 흔들의자와 부채의 움직
임을 멈춘 것 외에 아무 반응도 보이지 않았다. 그녀는 미동도 하
지 않고 아무 말 없이 앉아 있었다. "지난 화요일이었어." 페니먼
부인이 말했다. "네게 이야기를 해야 하나 마나 내내 망설였단다.
결국 워낙 옛날에 일어난 일이라 별 감정이 남아 있지 않을 거라

고 생각했지. 메리언 네서 만나고 난 다음, 거리에서 한 번 더 만나 함께 좀 걸었단다. 첫 마디가 네 이야기야. 너무나 많은 질문을 하더라. 메리언은 네게 이야기하지 말라고 했어. 그를 집에 들인 것을 네가 알까 봐 전전긍긍하는 거야. 이렇게 오랜 세월이 지났으니 일말의 감정도 남아 있지 않을 것이 확실하다고 내가 말했지. 모리스가 사촌의 집에서 환대를 받는 것을 고깝게 생각해서는 안 된다. 정말이지 그렇게 한다면 앙심을 품는 게 될 거야. 너희 둘 사이에 일어난 일에 대해 메리언은 아주 터무니없는 생각을 하고 있더라. 모리스가 정말이지 이상하게 행동했다고 생각하는 거야. 내가 걔에게 진짜 사실을 알려 주는 임무를 담당했지. 그 사건을 제대로 바라볼 수 있게 해준 거지. **그는** 아무 원한도 없더라, 캐서린, 그건 확실해. 그리고 잘 풀린 것도 아니니 옛날 일은 용서해 줘도 된다. 전 세계를 떠돌아다니면서 자리를 잡으려고 했나 봐. 하지만 불운이 그를 따라다녔대. 그가 겪은 불운은 정말 흥미진진해. 모든 것이 실패로 돌아갔지만, 너도 기억하다시피, 그의 자존심과 기백은 꺾이지 않았어. 유럽 어디선가 어떤 여자와 결혼했나 보더라. 유럽에서는 그렇게 당연지사로 결혼을 하잖니. 그곳에서는 합리적인 결혼이라고 부르지. 아내가 곧 죽었대. 그의 삶을 스치고 지나갔다고 하더라. 그는 10년간 뉴욕에 온 적이 없는데 며칠 전에 돌아왔나 봐. 그가 처음으로 한 일은 너의 안부를 물은 거야. 네가 결혼하지 않았다는 이야기에 아주 관심을 보이더라. 그의 삶에서 진정한 사랑은 너뿐이라고 했어."

캐서린은 시선을 바닥에 고정한 채 귀를 기울여 그녀의 말동무가 쉬엄쉬엄 상세히 이야기하게 내버려두었다. 하지만 내가 인용한 마지막 구절이 특별히 의미심장한 휴지로 이어지자 이윽고 캐서린이 말했다. 그렇게 하기까지 그녀가 모리스 타운젠드에 관해 상당한 정보를 얻었음에 주목할 필요가 있다. "제발 더 이상 말하지 말아요. 그 이야기 그만 해요."

"관심이 없니?" 페니먼 부인은 다소 소심한 계산속을 드러내며 물었다.

"힘들어요." 캐서린이 말했다.

"그렇게 말할까 봐 걱정했다. 하지만 그냥 받아들일 수는 없겠니? 그는 널 너무 만나고 싶어한단다."

"제발 그만두세요, 고모." 자리에서 일어나면서 캐서린이 말했다. 그녀는 재빨리 몸을 빼 발코니를 향해 열려 있는 다른 창문으로 걸어갔다. 그리고 흰 커튼으로 몸을 숨기고 후끈 열기로 달아오른 어둠을 내다보면서 오랫동안 서 있었다. 그녀는 큰 충격을 받았다. 과거의 심연이 갑자기 열려 유령과 같은 형상이 나타났다. 극복했다고 믿은 어떤 것들, 묻어 버렸다고 생각한 느낌들에 아직도 생명력이 남아 있는 것 같았다. 고모가 이것들을 되살렸다. 일시적인 동요야 하고 캐서린은 혼잣말했다. 곧 지나갈 거야. 몸이 떨리고, 가슴이 뛰는 걸 느낄 수 있을 정도지만 이 역시 가라앉을 거야. 평정을 회복하려고 기다리는 동안 캐서린은 갑자기 울음을 터뜨렸는데, 눈물이 아주 조용히 흘러내려서 고모의 주목을 끌지 않았다. 하지만 그날 저녁 고모가 모리스 타운젠드 이야기를 더 꺼내지 않은 것은 아마도 이를 눈치 챘기 때문이 아닐까 싶다.

35

캐서린은 고모가 이 신사에 대한 새로운 관심에 알아서 선을 긋기를 원했지만, 그렇게 되지 않았다. 재론하는 데 1주일을 기다릴 정도로 자제했을 따름이다. 그녀가 이야기를 다시 꺼낸 것은 저녁나절을 조카딸과 함께 보내는 비슷한 상황에서였다. 이번에는 날씨가 그렇게 덥지 않았기 때문에 램프를 켰고, 캐서린은 자수 조각을 갖고 자리를 잡았다. 페니먼 부인은 발코니로 나가 반시간을 혼자 앉아 있다가 다시 들어와 망연히 방을 오갔다. 드디어 약간 흥분한 표정으로 손을 맞잡은 채 캐서린 옆의 의자에 앉았다.

"**그 사람** 이야기를 다시 하면 화낼 거니?" 그녀가 물었다.

캐서린은 조용히 그녀를 올려다보았다. "**그 사람**이 누군데요?"

"네가 한때 사랑한 그 사람 말이야."

"화를 내지는 않겠지만, 듣고 싶지 않아요."

"네게 말을 전해 달라고 하더라." 페니먼 부인이 말했다. "전해 주겠다고 약속했으니, 약속을 지켜야겠다."

세월이 흘렀지만 캐서린은 자신이 당한 불행에 고모가 일조했음을 잊지 않았다. 그녀는 오래 전에 자기 일에 지나치게 나섰던 고모를 용서했다. 그러나 사심 없이 개입하는 듯한 태도, 메시지 전하기와 약속 이행하기는 그녀의 말동무가 위험한 여자라는 느낌을 순간적으로 되살렸다. 화를 내지 않겠다고 말했지만 잠시 울화가 치밀었다. "고모가 약속한 걸 내가 알게 뭐예요!" 그녀가 대답했다.

그러나 약속의 성스러움을 높이 평가하는 페니먼 부인은 자신의 주장을 관철했다. "그만두기에는 너무 멀리 갔어"라고 말했지만 이것이 정확히 무엇을 의미하는지 애써 설명하려고 하지 않았다. "타운젠드가 널 무척 만나보고 싶어한단다, 캐서린. 널 얼마나 많이, 왜 만나고 싶어하는지 네가 알면 허락할 거라고 하더라."

"그럴 이유가 없어요." 캐서린이 말했다. "합당한 이유는 없어요."

"그 사람의 행복이 네게 달려 있단다. 그게 합당한 이유가 아니냐?"

"내게는 아니에요. 내 행복은 그에게 달려 있지 않아요."

"그를 만나고 나면 네가 훨씬 행복해질 거라는 생각이 든다. 다시 떠나기로 했대. 방랑을 다시 시작한다고 하더라. 아주 외롭고, 불안정하고, 기쁨이라고는 없는 삶이지. 떠나기 전에 너와 이야기를 나누고 싶은가 봐. 항상 그 생각을 할 정도로 고정관념이 됐다는 거야. 네게 할 중요한 말이 있대. 네가 자기를 이해하지 못했다고 ― 자기를 제대로 판단하지 못했다는 생각이 든다고 하더라. 그런 생각이 항상 그의 마음을 끔찍하게 짓누른다고 했어. 자신이 옳았음을 입증하고 싶은데 몇 마디로 그렇게 할 수 있다고 생각한다는 거야. 널 친구로서 만나고 싶어해."

캐서린은 일감에서 손을 놓지 않은 채 이 놀라운 연설에 귀를 기울였다. 그녀는 요 며칠 동안 모리스 타운젠드를 다시 현실로 인식하는 데 익숙해졌다. 연설이 끝나자 그녀는 간명하게 말했다. "제발 날 내버려두라고 타운젠드 씨에게 전해 주세요."

이 말을 하자마자 문에서 날카롭고 또렷한 현관 종소리가 여름밤의 정적을 깼다. 캐서린은 시계를 올려다보았다. 9시 15분을 가리켰다. 방문객이 오기에는 너무 늦은 시간이었고, 도심이 텅 비어있음을 감안하면 더욱 그러했다. 페니먼 부인은 그 순간 약간 놀라는 기색을 보였고, 캐서린의 시선이 재빨리 고모 쪽으로 향했다. 눈이 마주치자 그녀는 잠시 날카롭게 고모의 눈을 탐사했다. 얼굴을 붉힌 페니먼 부인의 표정에 자의식이 드러났다. 무엇인가를 고백하려는 것 같았다. 그 의미를 짐작한 캐서린은 의자에서 서둘러 일어났다.

"고모," 그녀의 말동무를 겁먹게 하는 그런 어조로 그녀가 말했다. "고모가 **멋대로**……?"

"내 사랑하는 캐서린," 페니먼 부인이 더듬거렸다. "이야기는 그를 만나고 난 다음으로 미루자."

캐서린 때문에 고모가 겁을 먹었지만, 캐서린도 겁을 먹었다. 그녀는 문 쪽으로 가고 있는 하인을 불러 세워 아무도 들이지 말라고 서둘러 명령을 내리려고 했다. 하지만 방문객과 마주칠 것이 두려워 그만두었다.

"모리스 타운젠드 씨가 방문하셨습니다."

하인이 이렇게 말하는 것을 멍하게 그러나 분명하게 듣는 순간에도 그녀는 망설였다. 응접실의 문 쪽으로 등을 돌리고 선 그녀는 그가 방에 들어 온 것을 느꼈지만 얼마 동안 등을 돌린 채 그렇게 서 있었다. 그가 아무 말도 하지 않아서 결국 몸을 돌려 방 한 가운데 서 있는 한 신사와 마주했을 때 그녀의 고모는 슬그머니 방을 빠져나가고 난 다음이었다.

우연히 만났다면 그를 알아보지 못했으리라. 마흔다섯 살이 된 그는 그녀가 기억하는 쭉 뻗은 늘씬한 젊은이가 아니었다. 그러나 풍채는 아주 좋았다. 떡 벌어진 가슴 위로 금발의 윤기 흐르는 수염이 펼쳐 있어서 더 풍채가 좋아 보였다. 캐서린은 잠시 후에야 그의 얼굴의 윗부분을 알아보았다. 숱이 많았던 머리카락은 듬성 듬성해졌지만, 아직도 빼어나게 잘생긴 얼굴이었다. 그는 그녀의 얼굴을 주시한 채 극진한 경의를 표하며 서 있었다. "실례를 무릅쓰고 감히 — 감히," 이렇게 말하고 나서 말을 멈추었다. 그리고 그녀가 앉으라고 권할 것을 기대하는 듯 주변을 둘러보았다. 옛날의 그 목소리였다. 하지만 옛날의 매력은 없었다. 캐서린은 그 순간 그에게 앉으라고 권하지 않겠노라는 결심을 뚜렷이 의식했다. 이 사람은 왜 왔을까. 오지 말았어야 했다. 모리스는 당황해서 어쩔 줄 몰랐지만, 캐서린은 아무런 도움을 주지 않았다. 그 상황을 즐겨서는 아니었다. 그녀 자신이 잘 당황하는 성격이라 오히려 더 큰 고통을 느꼈다. 하지만 그가 오지 말았어야 했다는 생각이 명료하게 드는데 어떻게 그를 환영할 수 있겠는가? "당신을 너무 만나고 싶었소. 그래서 결심한 거요." 모리스는 말을 이었다. 하지만 다시 말을 멈추었다. 쉽지 않았던 것이다. 캐서린이 계속 아무 말도 하지 않았기 때문에 모리스는 그녀가 예전에 보이던 침묵의 재능을 걱정스럽게 상기하지 않을 수 없었다. 그녀는 계속 그를 주시했는데, 그렇게 하면서 아주 이상한 생각을 하게 되었다. 그 사람처럼 보이기는 했지만 그가 아니었다. 그녀의 전부였던 남자이지만, 이 사람은 아무 것도 아니었다. 얼마나 오래 전의 일인가. 그녀는 그동안 얼마나 나이를 먹은 것인가. 그녀는 얼마나 오래 산 것인가! 그와 연결된 무엇을 의지해 살았고, 그렇게 하는 와중에 그녀는 그것을 소모했던 것이다. 이 사람은 불행해 보이지 않았다. 그는 말쑥했고, 나이에 비해 젊어 보였고, 옷도 완벽하게 차려 입었고, 흠잡을 데 없이 중후했다. 그를 지켜보자, 그의 삶의 이야기가 그의 눈에 나타났다. 그는 자신의 안락을 최우선으로 했고 한 번도 진면목이 까발려진 적이 없었다. 이 사실을 명징하게 인식하는 와중에도 그녀는 그의 진면목을 폭로하고 싶은 생각이 없었다. 그녀는 그와 자리를 같이하는 것이 고통스러웠고, 그가 가기를 바랄 따름이었다.

"앉지 않을 건가요?" 그가 물었다.

"그렇게 하지 않는 게 좋겠어요." 캐서린이 말했다.

"내가 와서 불쾌한가요?" 그는 아주 침통하게, 경의가 짙게 배어나는 어조로 말했다.

"오지 않았어야 한다고 생각해요."

"고모님이 말씀하시지 않던가요? 제 말을 전하지 않으셨나요?"

"뭐라고 말씀은 하셨는데, 알아듣지 못했어요."

"내가 당신에게 직접 말할 기회를 원했어요."

"그럴 필요가 없다고 생각해요." 캐서린이 말했다.

"당신에게는 필요 없을지 모르지만, 내게는 필요했어요. 그렇게 하는 것이 내게는 큰 만족이 될 겁니다. 그리고 내게 만족을 주는 것이 그렇게 많지 않아요." 그가 가까이 다가오는 것 같았다. 캐서린은 몸을 돌렸다. "우리 다시 친구가 될 수 없을까요?" 그가 물었다.

"우리는 원수가 아니에요." 캐서린이 말했다. "난 당신에게 우호적인 감정밖에 없어요."

"아, 당신이 그렇게 말하는 것을 듣는 것이 얼마나 큰 행복을 주는지 아실까 모르겠네요!" 캐서린은 그녀가 하는 말의 영향력을 가늠해 보려고 한다는 암시를 내비치지 않았다. 이윽고 그가 말을 이었다. "당신은 변하지 않았군요. 세월을 행복하게 보냈나 봐요."

"조용하게 보냈어요." 캐서린이 말했다.

"세월이 흔적을 남기지 않았어요. 참 감탄할 만큼 젊어 보이네요." 이번에는 한 걸음 다가서는 데 성공한 그는 그녀와 지척에 서 있었다. 그녀는 그의 향수 냄새 풍기는 윤기 나는 수염을 보았는데 수염 위에 달린 그의 눈이 낯설고 무정해 보였다. 그의 옛날 — 젊었을 때의 얼굴과 너무 달랐다. 처음 만났을 때 이런 모습이었다면 그녀는 그를 좋아하지 않았을 것이다. 그가 미소를 띠는 것, 아니, 미소를 띠려고 하는 것 같았다. "캐서린," 그는 목소리를 낮쳐 말했다. "당신 생각을 하지 않은 적이 없소."

"그런 말 하지 않으면 좋겠어요." 그녀가 대꾸했다.

"날 미워하나요?"

"오, 아니에요." 캐서린이 말했다.

그녀의 어조의 어떤 부분에 그는 기가 죽었다. 하지만 곧 기운을 내 이렇게 말했다. "그렇다면 아직도 나에 대한 애정이 남아 있나요?"

"왜 여기 와서 그런 질문을 하는지 모르겠어요." 그녀가 소리쳤다.

"우리가 다시 친구가 되는 것이 여러 해 동안 내 인생의 바람이었기 때문이오."

"그건 불가능해요."

"왜요? 당신이 허락한다면 그래도 되잖아요."

"허락하지 않겠어요." 캐서린이 말했다.

그는 아무 말 없이 그녀를 바라보았다. "알았어요. 나의 존재가 당신을 성가시게 하고 고통을 주는군요. 가겠습니다. 하지만 다시 와도 된다고 허락해 주셔야 합니다."

"제발 다시 오지 마세요." 그녀가 말했다.

"영원히? 영원히?"

그녀는 전력을 기울였다. 그녀는 그가 다시는 그녀의 문지방을 넘지 못하도록 말을 하고 싶었다. "잘못 하신 거예요. 적절치 않아요. 그럴 이유도 없고요."

"아, 날 오해하고 있군요!" 모리스 타운젠드가 외쳤다. "우리는 기다렸을 뿐이고, 이제 우리는 자유예요."

"당신은 내게 잘못했어요." 캐서린이 말했다.

"생각하기 나름 아닌가요. 당신은 아버지와 조용한 삶을 누렸어요. 내가 당신에게서 빼앗을 수 없었던 것이 바로 그것이었소."

"그래요. 그런 삶을 누렸어요."

그녀가 그 외의 것들도 가졌다고 덧붙일 수 없는 것이 그의 명분에 상당한 흠집을 가한다고 모리스는 생각했다. 그는 물론 슬로퍼 씨의 유언장 내용을 알고 있었다. 그럼에도 그는 당황하지 않았다. "그보다 더 나쁜 삶이 있을 수 있어요." 그는 감정을 실어 큰 소리로 외쳤다. 그 자신의 의지가지없는 상황을 언급하는 것 같았다. 그러고 나서 그는 더 낮은 목소리로 부드럽게 덧붙였다. "캐서린, 날 용서하지 않았나요?"

"용서는 여러 해 전에 했어요. 하지만 친구가 되려고 해봐야 소용없어요."

"우리가 과거를 잊는다면 친구가 될 수 있어요. 우리에게는 감사하게도 미래가 있어요."

"난 잊을 수 없어요. 그리고 잊지 않을 거예요." 캐서린이 말했다. "당신은 내게 너무 잘못했어요. 여러 해 동안 뼈에 사무쳤어요." 그가 이런 식으로 찾아오지 않게 만들어야 한다는 마음에 그녀는 말을 이었다. "난 다시 시작할 수 없어요. 아무 일 없었다는 듯 이어갈 수는 없어요. 모두 죽어서 묻어 버렸어요. 그건 너무 심각한 일이었어요. 내 인생에 너무 큰 변화를 가져왔어요. 당신이 여기 오리라고 생각하지 못했어요."

"아, 화가 난 거지요!" 모리스는 그녀의 평정을 깨뜨려 발끈하게 만들 수 있기를 간절히 원했다. 그렇다면 희망이 있는 것이다.

"아니, 난 화가 난 게 아니에요. 분노는 그런 식으로 몇 년씩 계속되지는 않아요. 분노와는 다른 무엇이에요. 받은 느낌은 오래 가지요, 강한 느낌일 경우는요. 하지만 더 말하고 싶지 않아요."

모리스는 어두워진 눈빛으로 수염을 쓰다듬었다. "그럼 왜 결혼하지 않았나요?" 그는 갑자기 물었다. "그럴 기회가 있었잖아요."

"결혼하고 싶지 않았어요."

"그래요. 당신은 부자고 자유의 몸이지요. 결혼으로 얻을 것이 없지요."

"얻을 것이 없어요." 캐서린이 말했다.

모리스는 막연하게 주변을 둘러보다 깊은 한숨을 쉬었다. "난 우리가 친구가 될 수 있을 거라는 희망을 가졌거든요."

"당신의 전언에 대한 대답으로 고모를 통해 ─ 당신이 대답을 기다렸다면 ─ 그런 희망을 갖고 오지 말라고 이야기하려고 했어요."

"그럼 잘 있어요." 모리스가 말했다. "경솔한 행동을 한 것을 용서해 주기 바랍니다."

그는 고개를 숙였고, 그녀는 등을 돌렸다. 문을 닫는 소리를 듣고 난 다음에도 그녀는 비켜선 자리에서 한참 동안 바닥을 내려다보고 있었다.

복도에서 그는 안절부절 조바심을 치는 페니먼 부인을 발견했다. 호기심과 체면의 모순된 충동 때문에 그곳에서 맴돌고 있었던 것 같았다.

"정말 멋진 제안을 하셨어요!" 모리스가 그의 중절모를 탁탁 털면서 말했다.

"그렇게 매정하게 굴던가?" 페니먼 부인이 물었다.

"나한테 조금도 관심이 없어요. 지독하게 냉담하던 걸요."

"그렇게 냉담하던가?" 페니먼 부인이 애달아 말을 이었다.

모리스는 이 질문을 무시했다. 그는 모자를 쓴 다음 잠시 생각에 잠겨 서 있었다. "그럼 대체 왜 결혼하지 않은 거지?"

"그래 ─ 정말 왜 안 한 거야?" 페니먼 부인이 한숨을 내쉬었다. 그리고 나서 이것이 설명으로 불충분하다고 느낀 듯 이렇게 덧붙였다. "그렇지만 낙담은 금물이네 ─ 다시 돌아올 거지?"

"다시 돌아온다고? 제기랄!" 그리고 모리스 타운젠드는 눈이 휘둥그레진 페니먼 부인을 남겨 놓은 채 집 밖으로 성큼 성큼 걸어 나갔다.

그사이 응접실의 캐서린은 자수 조각을 집어 들고 다시 자리를 잡았다. 마치 평생을 그럴 듯이.

7 "금세기": 19세기.

9 "전도유망한 수도": 뉴욕은 아주 잠깐 미국의 수도였던 적이 있었다 (1789~1790).

"배터리 공원": 맨해튼 섬의 남쪽 끝에 자리 한 공원으로 원래 포병 중대(battery)가 주둔하고 있던 곳이라 그렇게 이름이 붙여짐.

"운하로": 브루클린 다리에서 몇 블록 북쪽에 위치.

"연 1만 달러": 현재의 액수로는 대충 백만 달러 정도 된다.

12 "퍼킵시": Poughkeepsie. 뉴욕 주 북부의 조그만 도시.

24 "스퀘어 공원 부근": 1828년에 공원이 생기고 난 다음 곧바로 인근에 신고전주의 양식의 고급 주거지가 조성되었다.

40 "엑셀시오르": 1840년대와 1850년대에 엄청나게 인기를 끈 롱펠로 의 시 제목임.

49 "문화적 암흑시대": 제임스 세대에 이르면 이 이탈리아 오페라 작곡 가들을 별로 높이 평가하지 않게 되었다.

"파스타, 루비니와 라블라슈": 1830년대 런던에서 명성을 날린 이탈 리아 오페라 가수들.

189 "대여행": grand tour. 상류층 자제들의 교육을 위한 유럽 여행.

235 "황열병" : 1853~1855년에 뉴올리언스에 황열병이 돌았다.

248 "말하지 못한 슬픔" : 맥베스 4막 3장.

273 "블루밍데일" : 1821년에 개원한 뉴욕 병원 부설 정신병원.

『워싱턴 스퀘어』 — 한 여인의 초상

유명숙(서울대 영문과 교수)

1. 작가의 생애

헨리 제임스의 조부는 사망할 즈음 뉴욕 주의 부자 서열 2위였다고 한다. 1위가 당시 미국의 최대 거부요 최초의 백만장자인 애스터(John Jacob Astor)였으니, 제임스는, 영어 속담으로 표현하자면, "은수저를 입에 물고" 태어난 셈이다. 1세대에 재산을 모으면 2세대에는 기반을 더 닦고 3세대에 가서야 문화 예술계 인사를 배출하는 것이 보통인데, 제임스 집안은 아버지 대부터 문화 쪽으로 — 다시 말해 돈을 버는 쪽보다는 쓰는 쪽으로 — 관심을 돌렸던 것 같다. 제임스가 말년에 경제적으로 쪼들렸던 것은 물려받은 재산을 낭비해서가 아니라, 아버지 대에 이미 가산이 상당 부분 소진되었기 때문이다.

신학자로 당대 최고의 지식인으로 손꼽혔던 제임스의 아버지는 자녀들을 유럽 여행에 데리고 다니면서 견문을 넓혀 주었다. 호텔을 전전히는 삶이 교육적이었을까라는 의문이 들 수 있지만, 큰 아들이 철학자로, 둘째 아들이 소설가로 대성했으니 교육 효과는 좋았다고 해야 할 것 같다. 열두 살 무렵부터 5년여를 스위스, 영국, 프랑스, 독일 등지에서 살면서 프랑스어와 독일어를 습득한 제임스는 유럽 문학 중 러시아 문학을 빼고 대부분을 원문으로 읽을 수 있게 되었다. 미국의 집에는 당대의 한다하는 문화계 인사들이 드나들었다. 작가가 되기에 최상의 환경에서 양육된 셈이다.

그렇다고 아버지가 작가가 되라고 장려한 것은 아니었다. 유럽에서 엔지니어 학교에 보내 대실패를 겪고 난 다음에도 법 공부를 하기 바랐으니 말이다. 하라는 법 공부는 뒷전으로 미뤄 놓고 도서관에서 자기가 읽고 싶은 책을 실컷 읽으면서 대학 생활을 보낸 제임스는 스물한 살의 나이에 작가의 길을 택했다. 이후 그의 삶은 글쓰기로 채워진다. 이렇듯 작가로서의 소명 의식에 입각해 전력투구한 경우는 ― 물론 유복한 환경이 일조했겠지만 ― 흔치 않다. 제임스는 20편의 장편소설과 130편 가량의 중단편, 12편의 연극, 여러 권의 여행기, 250여 편의 서평과 수십여 편에 달하는 비평문 그리고 만 통 이상의 편지를 남겼다. 뉴욕 판 전집에 싣기로 한 18편의 소설은 꼼꼼하게 개고하기도 했다. 결혼도 하지 않고 50여년을 전업 작가로 살았음을 감안하더라도 엄청난 양의 글이다.

글의 양으로 보자면 그가 사표(師表)로 삼은 오노레 드 발자크(Honoré de Balzac)를 연상시키지만, 발자크와 달리 대중적 인기는 없었다. 그의 생전에 제법 팔린 소설은 『데이지 밀러』, 『한 여인의 초상』, 『나사의 회전』 정도였고, 난해하기로 악명 높은 후기 소설로 가면 독서 대중과 완전히 유리된다. 소설가로서 평생의 업적을 집대성한 뉴욕 판 전집의 판매는 제임스를 우울증에 빠뜨릴 정도로 저조했다. 그가 말년에 명예박사 학위나 메리트 훈장을 받은 것도 소설가로서 그의 업적을 높이 평가하는 극소수의 사람들이 힘을 쓴 결과였다.

제임스가 정전의 반열에 오르는 것은 1950~1960년대이다. 그 발판이 되는 F. R. 리비스의 『위대한 전통』(1948) 이후, "제임스 산업"(James industry)이라고 해야 할 정도로 엄청난 양의 비평이 쏟아져 나왔다. 글쓰기를 빼고는 별로 한 일이 없는 그의 전기가 6권에 달하는 것이 단적인 예다. 본격 문학의 연구와 교육을 본령으로 삼은 영문학이라는 제도에 대한 비판이 탈정전, 탈문학의 양상을 띠면서, 다른 정전 작가들과 다르지 않게, 제임스의 성가(聲價)도 예전만 못하다고 할 수 있다. 하지만 1990년대 후반부터는 『한 여인의 초상』이나 『워싱턴 스퀘어』같이 비교적 알려진 소설뿐 아니라 『비둘기의 날개』나 『황금 주발』같이 난해한 소설들까지 영화화되면서, 제임스의 저작에서 문학성과 대중성의 이중 구조를 읽어 내려는 시도가 나타나기도 한다.

비평의 부침과 무관하게 남을 제임스의 성취는 크게 세 가지로 요약할 수 있다. 첫째, 미국인도 아니고 유럽인도 아닌 어정쩡한 상황을 버텨 내면서 제임스는 대서양 양안의 관계를 성찰하는 "국제 주제"를 심도 있게 다루었다. 최근 영문학에서 대서양 양안 연구(transatlantic studies)로 일컫는 분야가 새롭게 각광을 받고 있는데, 제임스는 이미 한 세기도 전에 이를 쟁점화한 셈이다. 둘째, 리얼리즘이 대가이면서 모더니즘의 선구로서 제임스는 형식에 대한 고려가 별로 없었던 소설에 형식적 완결성을 부여했고, 『호손 평전』(1879)과 「소설의 예술」(1884) 등의 비평문을 통해 소설 비평과 이론의 기반을 만들었다. 마지막으로 내면 갈등을 겪는 여성 인물의 전면 배치를 들 수 있다. 다양한 여성 인물들을 그려 냈을 뿐 아니라, 남성 인물들과의 관계에서 이들을 내면이 있는 개인으로 형상화하는 데 성공했다는 것이다. 『워싱턴 스퀘어』는 세 번째 성취의 사례이다.

2. 작품 해설

제임스의 저작을 대체로 3단계로 나눈다면, 첫째 단계는 『한 여인의 초상』(1881)을 정점으로 끝난다. 『워싱턴 스퀘어』(1880)는 『한 여인의 초상』과 거의 같은 시기에 쓰인 소설이다. 하지만 제임스의 대표작으로 일컬어지는 『한 여인의 초상』과는 매우 다른 소설이라고 해야 할 것 같다. 『한 여인의 초상』에서 제임스는 유럽에 건너간 재기발랄한 미국 아가씨가 예상하지 않았던 재산을 상속받는 바람에 내리게 되는 일련의 선택을 다룬다. 반면에 『워싱턴 스퀘어』는 특정한 시기의 미국, 더 구체적으로 이야기하자면 1880년대에는 사라져 버린 구 뉴욕(Old New York)을 배경으로 한 가정의 이야기를 서술한다. 적어도 그런 맥락에서는 낭만기의 영국을 배경으로 몇 가정의 이야기를 서술하는 데 장기를 발휘한 제인 오스틴(Jane Austen)에 가장 근접한 소설이라고 할 수 있다.

오스틴을 별로 좋아하지 않았던 제임스로서야 이것을 찬사라고 생각하지 않았을 테고, 『워싱턴 스퀘어』를 뉴욕 판 전집에 넣지 않은 것으로 알 수 있듯이, 오스틴적인 이 소설을 그의 대표작으로 꼽지 않았다. 하지만 제임스의 평가와 무관하게, 『워싱턴 스퀘어』는 오스틴뿐 아니라 발자크, 호손(Nathaniel Hawthorne) 등의 '흔적'이 뚜렷하게 각인되어 있으면서도 제임스 고유의 터치가 살아 있는 작품으로 한 세기 이상 사랑을 받았다. 여주인공이 아버지의 반대로 사랑하는 남자와 결혼하지 못하는, 어떻게 보면 지극히 통속적인 줄거리를 제임스가 어떻게 변주하나 살펴보자.

여주인공 같지 않은 여주인공

『워싱턴 스퀘어』는 순정을 배반당한 여자의 이야기이다. 발자크의 『외제니 그랑데』(*Eugénie Grandet*, 1833), 레프 톨스토이(Lev Tolstoi)의 『안나 카레니나』(*Anna Karenina*, 1873~1877), 토마스 하디(Thomas Hardy)의 『테스』(*Tess of the d'Urbervilles*, 1891)가 그렇듯 19세기 소설에서는 익숙한 소재이다. 『워싱턴 스퀘어』가 이런 소설들과 뚜렷이 다른 점은 여주인공인 캐서린 슬로퍼 대신 지명이 소설의 제목 자리를 차지하고 있다는 것이다.

19세기 소설 중 지명을 제목으로 삼는 경우도 많이 있다. 하지만 제인 오스틴의 『맨스필드 파크』(*Mansfield Park*, 1814)나 에밀리 브론테의 『워더링 하이츠』(*Wuthering Heights*, 1847)와 비교할 때, 소설의 제목이 된 워싱턴 스퀘어라는 장소가 특별히 상징적 의미를 띠는 것은 아니다. 하루가 다르게 팽창하던 19세기 중반의 뉴욕을 배경으로 하는 이 소설에서 여주인공의 아버지는 주거 지역이 상업 지역으로 바뀌면서 번잡해진 동네를 떠나 워싱턴 스퀘어 공원 인근의 고급 주택가로 이사한다. 이 집이 소설의 주요 무대가 된다. 하지만 그뿐이다. 여주인공이 사는 동네가 여주인공을 대신해 소설의 제목으로 자리 잡은 셈이다.

소설의 제목 자리도 차지하지 못한 캐서린 슬로퍼는 여주인공 같지 않은 여주인공이다. 남녀 간의 사랑을 소재로 하는 소설의 여주인공이라면 모름지기 남주인공의 시선을 끌 만한 매력이 있어야 한다. 꼭 예뻐서가 아니다. 여주인공들이 언제나 예쁜 것은 아니다. 『오만과 편견』(Pride and Prejudice, 1813)의 여주인공인 엘리자베스 베넷도 다시와의 첫 만남에서 "봐줄 만하지만 춤을 청하고 싶을 정도는 아니다"라는 식의 모욕적인 평가절하를 당하는 것 아닌가. 그럼에도 다시가 두 번 청혼을 할 정도로 사랑에 빠지는 것은 엘리자베스가 세상의 다른 어떤 여자보다도 예쁘게 '보이기' 때문이다. 안나 카레니나처럼 눈이 번쩍 뜨이는 미인이건 ─ 브론스키 백작이 파티에서 그녀를 처음 보았을 때의 묘사를 상기하라 ─ 엘리자베스 베넷처럼 재치 있고 활달한 아가씨이건, 남녀 간의 사랑을 소재로 하는 소설의 여자 주인공에게는 뭔가 특별한 것이 있게 마련이다.

캐서린에게는 그 무엇이 없다. 물론 여주인공 감이 아닌 여주인공도 없지는 않다. 제인 오스틴의 『노생거 사원』(Northanger

Abbey, 1818)은 소설의 모두(冒頭)에서 이 점을 분명히 하고 시작한다. "소싯적의 캐서린 모랜드를 보고 여주인공이 되려고 태어났구나 생각한 사람은 아무도 없으리라." 이 아가씨는 당대 유행하던 고딕 소설에 탐닉하다 현실과 가상의 세계를 혼동하는 우스꽝스러운 실수를 범하지만, 그런 경험을 통해 남주인공의 변함없는 사랑에 값하는 여주인공으로 성장한다. 소설의 말미에 가면 오히려 현실과 가상의 구분이 그렇게 명확하기나 한 건지 의문이 제기되기도 한다.

『워싱턴 스퀘어』의 여주인공인 캐서린은 처음이자 마지막 사랑인 남자로부터 그런 사랑을 받지 못한다. 모리스 타운젠드는 상속녀로서 그녀의 '가치'를 평가해 청혼했을 뿐, 그녀를 못생긴 데다 따분하기까지 한 여자로 치부한다. 아버지의 개입으로 유산의 액수가 연 3만 달러에서 1만 달러로 줄어들자, 그는 "사랑하는 여자에게 재산상 손해를 입힐 수 없다"는 어설픈 파혼의 변을 남긴 채 그녀를 버린다. 그 돈으로는 너와 결혼할 수 없다는 뜻이다. 독자는 물론 캐서린을 동정한다. 하지만 테스가 에인절로부터, 안나 카레니나가 브론스키 백작으로부터 버림을 받을 때, 비련의 여주인공 편에 서는 것과 같은 감정이입은 일어나지 않는다. 버림을 받았다기보다는 '걷어채었다'는 느낌이 더 강하게 들기 때문이다.

독자가 캐서린과 감정이입하기 힘든 까닭을 설명하기 어렵지 않다. 캐서린은 자신의 생각과 느낌을 말로 잘 표현하지 못한다. 자신을 내세우기를 꺼리는 그녀는 사람들이 모인 곳에서는 대체로 뒤편에 몸을 숨긴다. 좌중을 휘어잡는 화술을 구사하는 아버지의 기대에 부응해 재치 있는 말대답을 하기는커녕 꿀 먹은 벙어리가 되기 일쑤이다. 의무 교육밖에 받지 못한 테스도 말로 자기를 표현하는데, 캐서린은 결정적인 순간에도 "설명할 수 없다"고 하지 않으면 "더 할 말이 없다"라고 하면서 답답하게 군다. "말로써 하지 못하는 것을 과감한 의상으로 보상"(22페이지)하기 위해 지나치게 화려한 옷을 차려 입은 모습에는 한숨이 나올 지경이다.

이런 캐서린을 소설의 등장인물들은 대체로 둔감한 아가씨로 받아들인다. 하지만 캐서린을 따뜻한 눈길로 바라보는 서술자는 그녀가 수줍어서 자기표현을 못할 따름이지 너무나 다감한 존재라고 말한다. 이런 직접적인 진술이 생경하게 느껴지기도 하고, 캐서린에 관한 한 이해심 많은 아저씨같이 구는 것이 걸리기도 한다. 하지만 자기표현을 잘하지 못하는 여주인공을 설정한 만큼 서술자의 '훈수'는 불가피하다고 할 수 있다.

다감하지만 둔감하게 '보이는' 캐서린은 약혼자가 돈을 보고 사랑을 연기(演技)했고, 아버지가 자신을 그런 남자의 손쉬운 먹잇감으로 경멸한다는 사실을 알게 되었을 때 치유 불능의 상처를 입는다.

캐서린의 관점에서 보면 그녀의 삶에서 주요한 사실들은 모리스 타운젠드가 그녀의 애정을 가지고 놀았고, 아버지가 그 근원을 망가뜨렸다는 것이다. 어떤 것도 이 사실들을 바꿔 놓을 수 없었다. 그것들은 그녀의 이름, 나이, 평범한 얼굴처럼 언제나 거기 있었다. 어떤 것도 모리스가 그녀에게 한 잘못을 되돌려 놓을 수 없었고, 그가 준 고통을 치유할 수 없었다. 그리고 어떤 것도 어린 시절 아버지에게 품었던 경애의 마음을 되살릴 수 없었다. 그녀의 삶에서 뭔가가 죽어 버렸고, 그녀의 의무는 그 빈 공간을 채우려고 노력하는 것이었다. (267페이지)

약혼자와 아버지는 한 사람의 마음을 죽여 버린 '용서받을 수 없는 죄'를 저질렀음을 완벽하게 간과한다. 캐서린은 그들을 정죄하지도 과거를 떨쳐 버리고 새 출발을 하지도 못한다. 정말이지 답답한 상황이 아닐 수 없다.

이 소설의 영화화는 이런 답답한 상황을 타개하는 방식을 취한다. 윌리엄 와일러(William Wyler)가 만든 『상속녀』(*The Heiress*, 1949)는 캐서린이 두 남자에게 복수하는 냉혹한 여성으로 변신하는 모습에 초점을 맞춘다. 반면에 원작의 제목으로 돌아간 1997년 영화에서는 남자들에게 받은 상처를 과거지사로 돌리고 유치원 교사로 삶의 의미를 찾아가는 캐서린의 모습이 그려진다. 영화에 대한 평가야 여하 간에, 양쪽 다 원작과는 거리가 있는 각색이라고 해야 할 것 같다. 소설의 캐서린은 복수를 실행에 옮길 수 있을 정도로 그렇게 모진 사람이 못된다. 또 그런 사람이기에 새로 시작할 수 없을 정도로 모진 상처를 입는다. 그리고 그녀의 이런 답답한 면모를 독자는 견뎌 내야 한다. 캐서린의 답답함을 경멸함으로써 그녀의 아버지와 약혼자가 '용서받을 수 없는 죄'를 저지르는 것이니 말이다.

캐서린이 두 남자 — 아버지와 약혼자

이 소설의 재미는 상당 부분 캐서린을 대단하게 생각하지 않는 아버지와 약혼자가 그녀를 놓고 벌이는 대결에서 나온다. 두 남자다 잘났고 자신이 잘난 것을 누구보다도 더 잘 알고 있다는 점에서 여주인공과 대조를 이룬다. 아버지 오스틴 슬로퍼는 의사로서, 사교계의 인사로서 남다른 성공을 거둔 사람이다. 한 다스의 청혼자를 물리치고 맨해튼에서 가장 아름다운 눈을 가진 아가씨와 결혼한 그는 캐서린을 낳고 산후 합병증으로 죽은 아내의 미모는 물론 재기발랄함도 물려받지 못한 캐서린이 그의 딸이라는 것이 믿어지지 않을 정도이다. 이 사실을 받아들이는 과정에서 그는 철학자연(然)하는 냉소주의자가 된다. "여자개 영리하지 않으면 착해 봐야 아무 소용 없"다는 것을 지론으로 삼아 착하다 못해 심심한 딸과 감정적 거리를 유지하는 것이다.

딸의 평범함에 실망한 아버지가 객관적 관찰자로 거리를 둔다면, 딸의 태도는 경외심으로 특징지을 수 있겠다.

그녀는 아버지를 끔찍이도 좋아했지만, 아주 어려워하기도 했다. 그녀는 아버지가 이 세상 누구보다도 똑똑하고 잘생기고 고명한 사람이라고 생각했다. 아버지에 대한 그녀의 이런 평가는 애정의 실천과 완벽하게 맞아떨어져서 그 가엾은 아이의 열렬한 효심에 섞여 있는 두려움의 작은 떨림들이 효심을 무디게 하기보다는 풍미를 더했다. 그녀의 가장 간절한 소망은 아버지를 기쁘게 해드리는 것이었고, 그녀에게 있어 행복은 그를 기쁘게 하는 데 성공했다고 생각하는 것이었다. 그

녀는 어느 정도 이상으로는 성공하지 못했다.(17페이지)

아버지와 딸의 관계가 이런 식으로 균형을 이루고 있는 시점에 모리스 타운젠드가 등장한다. 배우 뺨치게 잘생긴 외모와 빠른 두뇌 회전으로 그가 원하는 것 — 최소한의 노력으로 안락하게 살기 — 을 얻어 마땅하다고 믿는 그는 연 3만 달러의 수입을 갖게 될 상속녀의 남편 자리를 꿰차기 위해 캐서린에게 사랑을 고백하고 그녀의 마음을 빼앗는다. 만난 지 불과 몇 달 만에 이들은 결혼을 약속한다.

일이 일사천리로 진행된 것에 놀란 아버지의 대응은 일견 나무랄 데 없다. 무일푼에 무직인 것을 빼면 빠질 데가 없는 모리스가 캐서린과의 결혼을 원한다면 돈 때문이라고 추론하지만, 자신이 틀렸을 가능성 — "스무 번에 열아홉 번은" 자신의 추론이 맞았다고 생각하는 사람의 여유라고 해야 하겠지만 — 을 열어 놓는다. 사윗감이 가난하다는 이유로 결혼에 반대하는 속물도 아니다. "빈털터리라 하더라도 괜찮은 남자"(57페이지)임을 입증해 보이면 사람 하나 보고 시집보낼 용의를 천명하기도 한다. 하지만 모리스가 캐서린의 유산을 노리고 있음을 '확인'하는 과정에서 아버지는 결혼에 반대하는 확고한 입장을 취한다.

그리고 모리스에 대한 그의 판단은 대체로 옳다. 모리스는 겉으로 보이는 자질 — 화술이나 순발력 등 — 이 뛰어날 뿐이지, 다른 사람을 사랑할 수 있는 능력은 계발이 되지 않았다. 백수로 빈둥거리면서 아이가 다섯 딸린 과부 누나에게 손을 벌릴 정도로 이기적이기도 하다. "삶에서 쾌락만을 취하려는 단호한 결심"에 입각해 "다른 사람들에게 시킬 수 있는 일이면 절대로 스스로 하는 법이 없는"(116페이지) 그런 유형의 젊은이로 모리스를 분류한 아버지가 결혼에 반대하는 것은 놀랄 일이 아니다. 하지만 그가 전혀 고려하지 않은 것은 캐서린이 모리스를 사랑한다는 사실이다. 그의 여동생인 아몬드 부인이 이 점을 상기시켜 줘도 마이동풍이다.

『워싱턴 스퀘어』의 사건 전개는 두 잘난 남자가 캐서린은 안중에 없이 대립하면서 정점으로 치닫는다. 아버지가 "딸의 마음에서 인출할 존경심과 애정의 큰 기금이 있으니 포기하라고 강력하게 권할 작정"(102페이지)이라고 말하면, 모리스는 "인출할 애정의 기금"으로 말하자면 자기도 있으니 결코 포기하지 않겠노라고 맞서는 식이다. 이런 기싸움에서 아버지는 캐서린이 모리스와 결혼하면 유언장을 바꾸겠노라고 일찌감치 승부수를 띄운다. 캐서린은 아버지가 반대하는 결혼을 할 경우 유산을 받아서도 안 된다고 생각하지만, 아버지의 허락을 받고 결혼할 수 있기를 간절하게 바란다. 그렇기 때문에 아버지의 제안대로 유럽 여행에 동행한다. 물론 캐서린이 결혼을 당분간 연기하는 데 약혼자가 동의한 다음의 일이다.

이 과정에서 두 남자의 불꽃 튀는 머리싸움이 벌어진다. 아버지는 일단 모리스와 떼어놓고 딸의 마음을 조종하겠다고 작정한 것이고, 모리스는 캐서린이 여행 중에 "영리하게 굴어" 아버지의 마음을 돌려놓을 수도 있으리라 생각한 것이다. 둘 다 틀렸다. 아버지의 바람과 달리 모리스에 대한 캐서린의 사랑은 요지부동이다.

하지만 모리스의 바람과 달리 캐서린은 아버지의 마음을 돌려놓는 영리함을 발휘하지 못한다. 오히려 모리스와 같은 인물에게 일편단심을 보이는 딸에 대한 아버지의 경멸감은 커지고, 급기야 딸에게 이를 드러내 보인다. 자신을 경멸하는 아버지에게 더 이상 아무 것도 요구하지도 기대하지도 않기로 마음먹은 캐서린은 아버지의 허락 없이 결혼을 하기로 한다. 하지만 결혼식은 불발한다. 연 3만 달러의 유산이 1만 달러로 줄어드는 것이 확실해지자 모리스는 아버지의 예상대로 발을 뺀다. 두 남자의 대결은 여러 모로 한 수 위인 아버지의 '승리'로 끝난다.

아버지의 '승리'는 모리스의 됨됨이를 적확하게 파악한 데 기인한다. 그러나 캐서린에 관한 한 그는 청맹과니나 다름없다. 결혼 조건을 바꿈으로써 모리스를 떼어 내는 데 성공했지만 딸에게 치유 불능의 상처를 입혔음을 간과한다는 것이다. 좋은 혼처가 나서도 캐서린이 결혼하지 않자 아버지는 모리스가 돌아오기를 기다리고 있다는 의심을 떨치지 못하고, 결국 캐서린에게 자신이 죽고 난 다음 모리스와 결혼하지 않겠다고 약속하라고 요구하기에 이른다. 캐서린은 자신을 '상속녀'로 사랑한 모리스와 결혼할 생각은 꿈에도 없지만, 이런 부당한 요구도 거부한다. 그러자 아버지는 그녀에게 물려주려고 한 유산을 대폭 줄여 버리면서 그 이유로 이미 갖고 있는 재산으로도 모리스 같은 부류의 흥미를 끌 만하다고 유언장에 기술한다. 치졸한 복수가 아닐 수 없다. 소설의 결말부에서 아버지가 예상한 대로 모리스는 돌아온다. 하지만 캐서린은 모리스에게 옛 사랑의 편린조차 느끼지 않는다. 모리스는

"(날 기다린 것이 아니라면) 대체 왜 결혼하지 않은 거지?" 하고 자문한다.(290페이지) 일찍이 아버지도 똑같이 자문한 바 있다.(267페이지) 잘난 남자들의 우문(愚問)이다.

캐서린에게는 결혼은 물론 테스와 안나 카레니나의 비극적인 죽음이나 외제니 그랑데의 성화(聖化)도 허락되지 않는다. 사실 이 잘난 남자들이 그녀를 체스의 말[馬]로 걸고 대결을 벌이지 않았더라면 그녀는 보통 여자들처럼 결혼해 아내와 엄마로서의 삶을 살았을 것이다. 이것이 당대의 여자들에게 허용된 거의 유일한 창조적 삶이고 캐서린으로서는 더할 나위 없이 잘할 수 있는 역할이었다. 하지만 몇 번 결혼을 할 기회가 있었음에도 캐서린은 그렇게 하지 않는다. 감정의 원천을 다친 그녀로서는 누구를 사랑해서 결혼하는 과정을 밟을 수 없게 된다. 캐서린이 소설의 마지막 장면에서 "마치 평생을 그럴 듯이" 자수 조각을 집어들 때, 워싱턴 스퀘어의 집은 마치 무덤처럼 그녀의 무의미한 삶의 배경을 이룬다.

번역을 마무리하는 단계에서 친구인 장진과 제자인 최선령, 임재인, 박아란이 읽어주었다. 생색은 안 나면서 품만 많이 드는 작업을 해주어 고맙다.

판본 소개

제임스가 미국의 『애틀랜틱 먼슬리』지의 의뢰를 받고 단편으로
쓰기 시작한 『워싱턴 스퀘어』는 긴 중편 혹은 짧은 장편이라고 해
야 할 만큼 길이가 길어지자 영국의 『콘힐』지와 미국의 『하퍼스
뉴 먼슬리』지에 1880년 후반에 6회에 걸쳐 연재되었고 그 다음
해 책으로 출간되었다. 제임스가 뉴욕판 전집에서 『워싱턴 스퀘
어』를 제외했기 때문에 판본 문제는 별로 없는 소설이다. 1881년
미국에서는 하퍼 출판사가, 영국에서는 맥밀런 출판사가 두 편의
단편과 함께 책으로 출간했고, 맥밀런 판에서 제임스는 약 30군데
의 표현을 바꾸었다. 일일이 대조해 본 결과 개고 이전이 낫다는
판단을 내렸다. 이 책은 1881년 하퍼 판에 의거해 번역했다.

헨리 제임스 연보

1843   이 소설의 배경이 되는 뉴욕의 위싱턴 스퀘어 공원 부근에서 4월
       15일 출생. 4남 1녀 중 둘째 아들로 한 살 위인 형은 미국의 손꼽히는
       철학자요 심리학자인 윌리엄 제임스임. 첫 번째 가족 유럽 여행
       (~1844).

1845   뉴욕에서 유년 시절을 보냄(~1855). 신학자인 아버지는 랠프 월도
       에머슨 등 당대의 손꼽히는 지식인, 문필가와 교유함.

1855   두 번째 가족 유럽 여행. 제네바, 런던, 파리 등지에 머무르다 귀국해
       서 로드아일랜드의 뉴포트에 거주(~1858).

1859   다시 유럽 여행을 떠남. 제네바와 본에서 학교를 다님.

1860   뉴포트의 집으로 돌아옴(~1862). 프랑스 문학과 내서니얼 호손의
       소설을 탐독함. 의용 소방수로 불 끄는 것을 돕다가 허리를 다쳐서
       남북전쟁에 참전할 수 없게 됨. 남동생 둘은 참전함.

1862   법학 공부를 하러 하버드 대학에 진학하지만 책만 읽음.

1864   가족과 함께 보스턴으로 이사. 단편소설 「실수의 비극」(A Tragedy
       of Errors)을 익명으로 발표. 미국의 유수한 잡지에 서평을 쓰기 시
       작함.

1865   본명으로 「한 해의 이야기」(The Story of a Year) 발표.

1869 영국, 프랑스, 스위스, 이탈리아 여행(~1870). 사촌 여동생 미니 템플의 죽음에 타격을 받음.

1871 귀국해 『애틀랜틱 먼슬리』(*Atlantic Monthly*)에 최초의 장편소설 『파수꾼』(*Watch and Ward*) 연재.

1872 유럽을 여행함(~1874). 기행문, 서평, 단편 등을 기고해 받은 원고료로 경제적으로 자립함.

1875 『로데릭 허드슨』(*Roderick Hudson*). 신문사의 특파원으로 파리에 거주하면서 플로베르, 졸라, 도데, 투르게네프 등과 교유(~1876). 특파원을 그만 두고 런던으로 이주.

1877 『미국인』(*The American*) 발표. 다시 프랑스와 이탈리아 여행.

1878 『프랑스의 시인들과 소설가들』(*French Poets and Novelists*)을 영국에서 출간. 영국의 유수한 잡지에 『데이지 밀러』(*Daisy Miller*)를 발표해 대서양 양안에서 소설가로 입지를 굳힘. 이 중편은 같은 해 발표한 『유럽인들』(*The Europeans*)과 함께 제임스가 천착한 '국제 주제'(international theme) ― 유럽 문명과 조우하는 미국인들의 경험 ― 를 다룸.

1879 『호손 평전』 발표. 미국을 문화의 불모지로 묘사해 물의를 일으킴.

1880 『워싱턴 스퀘어』(*Washington Square*) 발표.

1881 『한 여인의 초상』(*The Portrait of a Lady*) 발표. 귀국해 뉴욕과 워싱턴 방문. 어머니의 죽음. 영국으로 돌아가 프랑스를 여행하다 아버지의 죽음을 임종하기 위해 귀국. 임종은 못함.

1883 맥밀런 사에서 14권으로 된 소설 전집 출간. 연말이 되어서야 영국으로 돌아옴.

1884 파리를 다시 찾아 도데, 졸라와 재회. 소설론인 「소설의 예술」(The Art of Fiction) 발표.

1886 『보스턴 사람들』(*The Bostonians*), 『카사마시마 공작부인』(*The Princess of Casamassima*) 발표.

1887 이탈리아 여행.

1888 「대가의 교훈」(The Lesson of the Master), 『애스펀 문서들』(The Aspern Papers) 발표.

1890 『비극적인 시신』(The Tragic Muse)의 실패에 낙담하고 극작으로 관심 이동.

1891 『미국인』을 희곡으로 만들어 런던에서 공연해 비교적 성공을 거둠.

1895 런던에서 공연된 연극 「가이 돔빌」(Guy Domville)의 작가로서 커튼콜을 받을 때 관객의 야유를 받은 타격으로 다시 소설로 돌아옴.

1897 『포인튼 가의 전리품』(The Spoils of Poynton), 『메이지가 안 것』(What Maisie Knew) 발표. 구술로 소설을 쓰기 시작함.

1898 『나사의 회전』(The Turn of the Screw) 발표. 『데이지 밀러』이후 가장 대중적 인기를 얻은 소설임.

1899 『사춘기』(The Awkward Age) 발표.

1901 『성자의 샘』(The Sacred Fount) 발표.

1902 『비둘기의 날개』(The Wings of Dove) 발표.

1903 『특사들』(The Ambassadors) 발표.

1904 『황금 주발』(The Golden Bowl) 발표. 20년 만에 귀국해 여행도 하고 강연도 다님(~1905).

1906 새로 출간될 소설 전집에 넣을 18편의 소설을 골라 개고하고 각 소설에 서문을 붙임.

1907 『미국 기행』(The American Scene) 발표. 24권으로 된 뉴욕 판 소설 전집 출간(~1909).

1908 소설 전집의 저조한 판매로 우울증에 시달림.

1911 하버드와 옥스퍼드 대학에서 명예 학위를 받음(~1912).

1913 자서전의 첫째 권 『작은 소년과 다른 사람들』(A Small Boy and Others) 발표.

1914 자서전의 둘째 권 『아들과 동생의 비망록』(Notes of a Son and Brother) 발표. 1차 대전의 발발에 심적 충격을 받음.

1915 미국이 참전에 소극적이라는 점에 실망해 영국으로 귀화.

1916 신년에 영국 국왕으로부터 메리트 훈장을 수여받고 2월 28일 별세.

1917 자서전 셋째 권 『중년의 세월』(*The Middle Years*) 간행.

1921 맥밀런 출판사에서 전집 출간(~1923).

새롭게 을유세계문학전집을 펴내며

을유문화사는 이미 지난 1959년부터 국내 최초로 세계문학전집을 출간한 바 있습니다. 이번에 을유세계문학전집을 완전히 새롭게 마련하게 된 것은 우리가 직면한 문화적 상황에 적극적으로 대응하기 위해서입니다. 새로운 을유세계문학전집은 세계문학의 역할이 그 어느 때보다 중요해졌다는 인식에서 출발했습니다. 오늘날 세계에서 타자에 대한 이해는 우리의 안전과 행복에 직결되고 있습니다. 세계문학은 지구상의 다양한 문화들이 평등하게 소통하고, 이질적인 구성원들이 평화롭게 공존할 수 있는 문화적인 힘을 길러 줍니다.

을유세계문학전집은 세계문학을 통해 우리가 이런 힘을 길러 나가야 한다는 믿음으로 만들어졌습니다. 지난 5년간 이를 준비하기 위해 많은 노력을 기울였습니다. 세계 각국의 다양한 삶의 방식과 문화적 성취가 살아 있는 작품들, 새로운 번역이 필요한 고전들과 새롭게 소개해야 할 우리 시대의 작품들을 선정했습니다. 우리나라 최고의 역자들이 이들 작품 속 한 문장 한 문장의 숨결을 생생히 전하기 위해 심혈을 기울였습니다. 또한 역자들은 단순히 번역만 한 것이 아니라 다른 작품의 번역을 꼼꼼히 검토해 주었습니다. 을유세계문학전집은 번역된 작품 하나하나가 정본(定本)으로 인정받고 대우받을 수 있도록 최선을 다 했습니다. 세계문학이 여러 경계를 넘어 우리 사회 안에서 주어진 소임을 하게 되기를 바라며 을유세계문학전집을 내놓습니다.

을유세계문학전집 편집위원단
김월회(서울대 중문과 교수)
박종소(서울대 노문과 교수)
손영주(서울대 영문과 교수)
신정환(한국외대 스페인어통번역학과 교수)
정지용(성균관대 프랑스어문학과 교수)
최윤영(서울대 독문과 교수)

을유세계문학전집

1. 마의 산(상) 토마스 만 | 홍성광 옮김
2. 마의 산(하) 토마스 만 | 홍성광 옮김
3. 리어 왕 · 맥베스 윌리엄 셰익스피어 | 이미영 옮김
4. 골짜기의 백합 오노레 드 발자크 | 정예영 옮김
5. 로빈슨 크루소 대니얼 디포 | 윤혜준 옮김
6. 시인의 죽음 다이허우잉 | 임우경 옮김
7. 커플들, 행인들 보토 슈트라우스 | 정항균 옮김
8. 천사의 음부 마누엘 푸익 | 송병선 옮김
9. 어둠의 심연 조지프 콘래드 | 이석구 옮김
10. 도화선 공상임 | 이정재 옮김
11. 휘페리온 프리드리히 횔덜린 | 장영태 옮김
12. 루쉰 소설 전집 루쉰 | 김시준 옮김
13. 꿈 에밀 졸라 | 최애영 옮김
14. 라이겐 아르투어 슈니츨러 | 홍진호 옮김
15. 로르카 시 선집 페데리코 가르시아 로르카 | 민용태 옮김
16. 소송 프란츠 카프카 | 이재황 옮김
17. 아메리카의 나치 문학 로베르토 볼라뇨 | 김현균 옮김
18. 빌헬름 텔 프리드리히 폰 쉴러 | 이재영 옮김
19. 아우스터리츠 W. G. 제발트 | 안미현 옮김
20. 요양객 헤르만 헤세 | 김현진 옮김
21. 워싱턴 스퀘어 헨리 제임스 | 유명숙 옮김
22. 개인적인 체험 오에 겐자부로 | 서은혜 옮김
23. 사형장으로의 초대 블라디미르 나보코프 | 박혜경 옮김
24. 좁은 문 · 전원 교향곡 앙드레 지드 | 이동렬 옮김
25. 예브게니 오네긴 알렉산드르 푸슈킨 | 김진영 옮김
26. 그라알 이야기 크레티앵 드 트루아 | 최애리 옮김
27. 유림외사(상) 오경재 | 홍상훈 외 옮김
28. 유림외사(하) 오경재 | 홍상훈 외 옮김
29. 폴란드 기병(상) 안토니오 무뇨스 몰리나 | 권미선 옮김
30. 폴란드 기병(하) 안토니오 무뇨스 몰리나 | 권미선 옮김
31. 라 셀레스티나 페르난도 데 로하스 | 안영옥 옮김
32. 고리오 영감 오노레 드 발자크 | 이동렬 옮김
33. 키 재기 외 히구치 이치요 | 임경화 옮김

34. 돈 후안 외   티르소 데 몰리나 | 전기순 옮김

35. 젊은 베르터의 고통   요한 볼프강 폰 괴테 | 정현규 옮김

36. 모스크바발 페투슈키행 열차   베네딕트 예로페예프 | 박종소 옮김

37. 죽은 혼   니콜라이 고골 | 이경완 옮김

38. 워더링 하이츠   에밀리 브론테 | 유명숙 옮김

39. 이즈의 무희 · 천 마리 학 · 호수   가와바타 야스나리 | 신인섭 옮김

40. 주홍 글자   너새니얼 호손 | 양석원 옮김

41. 젊은 의사의 수기 · 모르핀   미하일 불가코프 | 이병훈 옮김

42. 오이디푸스 왕 외   소포클레스 | 김기영 옮김

43. 야쿠비얀 빌딩   알라 알아스와니 | 김능우 옮김

44. 식(蝕) 3부작   마오둔 | 심혜영 옮김

45. 엿보는 자   알랭 로브그리예 | 최애영 옮김

46. 무사시노 외   구니키다 돗포 | 김영식 옮김

47. 위대한 개츠비   프랜시스 스콧 피츠제럴드 | 김태우 옮김

48. 1984년   조지 오웰 | 권진아 옮김

49. 저주받은 안뜰 외   이보 안드리치 | 김지향 옮김

50. 대통령 각하   미겔 앙헬 아스투리아스 | 송상기 옮김

51. 신사 트리스트럼 샌디의 인생과 생각 이야기   로렌스 스턴 | 김정희 옮김

52. 베를린 알렉산더 광장   알프레트 되블린 | 권혁준 옮김

53. 체호프 희곡선   안톤 파블로비치 체호프 | 박현섭 옮김

54. 서푼짜리 오페라 · 남자는 남자다   베르톨트 브레히트 | 김길웅 옮김

55. 죄와 벌(상)   표도르 도스토예프스키 | 김희숙 옮김

56. 죄와 벌(하)   표도르 도스토예프스키 | 김희숙 옮김

57. 체벤구르   안드레이 플라토노프 | 윤영순 옮김

58. 이력서들   알렉산더 클루게 | 이호성 옮김

59. 플라테로와 나   후안 라몬 히메네스 | 박채연 옮김

60. 오만과 편견   제인 오스틴 | 조선정 옮김

61. 브루노 슐츠 작품집   브루노 슐츠 | 정보라 옮김

62. 송사삼백수   주조모 엮음 | 김지현 옮김

63. 팡세   블레즈 파스칼 | 현미애 옮김

64. 제인 에어   샬럿 브론테 | 조애리 옮김

65. 데미안   헤르만 헤세 | 이영임 옮김

66. 에다 이야기   스노리 스툴루손 | 이민용 옮김

67. 프랑켄슈타인   메리 셸리 | 한애경 옮김

68. 문명소사   이보가 | 백승도 옮김

69. 우리 짜르의 사람들   류드밀라 울리츠카야 | 박종소 옮김

70. 사랑에 빠진 여인들   데이비드 허버트 로렌스 | 손영주 옮김

71. 시카고   알라 알아스와니 | 김능우 옮김

72. 변신 · 선고 외   프란츠 카프카 | 김태환 옮김

73. 노생거 사원   제인 오스틴 | 조선정 옮김

74. 파우스트   요한 볼프강 폰 괴테 | 장희창 옮김

75. 러시아의 밤   블라지미르 오도예프스키 | 김희숙 옮김

76. 콜리마 이야기   바를람 샬라모프 | 이종진 옮김

77. 오레스테이아 3부작   아이스퀼로스 | 김기영 옮김

78. 원잡극선   관한경 외 | 김우석 · 홍영림 옮김

79. 안전 통행증 · 사람들과 상황   보리스 파스테르나크 | 임혜영 옮김

80. 쾌락   가브리엘레 단눈치오 | 이현경 옮김

81. 지킬 박사와 하이드 씨 · 존 니컬슨   로버트 루이스 스티븐슨 | 윤혜준 옮김

82. 로미오와 줄리엣   윌리엄 셰익스피어 | 서경희 옮김

83. 마쿠나이마   마리우 지 안드라지 | 임호준 옮김

84. 재능   블라디미르 나보코프 | 박소연 옮김

85. 인형(상)   볼레스와프 프루스 | 정병권 옮김

86. 인형(하)   볼레스와프 프루스 | 정병권 옮김

87. 첫 번째 주머니 속 이야기   카렐 차페크 | 김규진 옮김

88. 페테르부르크에서 모스크바로의 여행   알렉산드르 라디셰프 | 서광진 옮김

89. 노인   유리 트리포노프 | 서선정 옮김

90. 돈키호테 성찰   호세 오르테가 이 가세트 | 신정환 옮김

91. 조플로야   샬럿 대커 | 박재영 옮김

92. 이상한 물질   테레지아 모라 | 최윤영 옮김

93. 사촌 퐁스   오노레 드 발자크 | 정예영 옮김

94. 걸리버 여행기   조너선 스위프트 | 이혜수 옮김

95. 프랑스어의 실종   아시아 제바르 | 장진영 옮김

96. 현란한 세상   레이날도 아레나스 | 변선희 옮김

97. 작품   에밀 졸라 | 권유현 옮김

을유세계문학전집은 계속 출간됩니다.

을유세계문학전집 연표

BC 458 **오레스테이아 3부작**
아이스퀼로스 | 김기영 옮김 | 77 |
수록 작품: 아가멤논, 제주를 바치는 여
인들, 자비로운 여신들
그리스어 원전 번역
서울대 선정 동서고전 200선
시카고 대학 선정 그레이트 북스

BC 434 **오이디푸스 왕 외**
/432 소포클레스 | 김기영 옮김 | 42 |
수록 작품: 안티고네, 오이디푸스 왕, 콜
로노스의 오이디푸스
그리스어 원전 번역
「동아일보」 선정 '세계를 움직인 100권의 책'
서울대 권장 도서 200선
고려대 선정 교양 명저 60선
시카고 대학 선정 그레이트 북스

1191 **그라알 이야기**
크레티앵 드 트루아 | 최애리 옮김 | 26 |
국내 초역

1225 **에다 이야기**
스노리 스툴루손 | 이민용 옮김 | 66 |

1241 **원잡극선**
관한경 외 | 김우석·홍영림 옮김 | 78 |

1496 **라 셀레스티나**
페르난도 데 로하스 | 안영옥 옮김 | 31 |

1595 **로미오와 줄리엣**
윌리엄 셰익스피어 | 서경희 옮김 | 82 |
미국대학위원회 선정 SAT 추천 도서

1608 **리어 왕·맥베스**
윌리엄 셰익스피어 | 이미영 옮김 | 3 |

1630 **돈 후안 외**
티르소 데 몰리나 | 전기순 옮김 | 34 |
국내 초역 '불신자로 징계받은 자」 수록

1670 **팡세**
블레즈 파스칼 | 현미애 옮김 | 63 |

1699 **도화선**
공상임 | 이정재 옮김 | 10 |
국내 초역

1719 **로빈슨 크루소**
대니얼 디포 | 윤혜준 옮김 | 5 |

1726 **걸리버 여행기**
조너선 스위프트 | 이혜수 옮김 | 94 |
미국대학위원회가 선정한 고교 추천 도서 101권
서울대학교 선정 동서양 고전 200선

1749 **유림외사**
오경재 | 홍상훈 외 옮김 | 27, 28 |

1759 **신사 트리스트럼 섄디의
인생과 생각 이야기**
로렌스 스턴 | 김정희 옮김 | 51 |
노벨연구소 선정 100대 세계 문학

1774 **젊은 베르터의 고통**
요한 볼프강 폰 괴테 | 정현규 옮김 | 35 |

1790 **페테르부르크에서 모스크바로의 여행**
A. N. 라디셰프 | 서광진 옮김 | 88 |

1799 **휘페리온**
프리드리히 횔덜린 | 장영태 옮김 | 11 |

1804 **빌헬름 텔**
프리드리히 폰 실러 | 이재영 옮김 | 18 |

1806 **조플로야**
샬럿 대커 | 박재영 옮김 | 91 |
국내 초역

1813 **오만과 편견**
제인 오스틴 | 조선정 옮김 | 60 |

1817 **노생거 사원**
제인 오스틴 | 조선정 옮김 | 73 |

1818 **프랑켄슈타인**
메리 셸리 | 한애경 옮김 | 67 |
뉴스위크 선정 세계 명저 10
옵서버 선정 최고의 소설 100
미국대학위원회 선정 SAT 추천 도서

1831 **예브게니 오네긴**
알렉산드르 푸슈킨 | 김진영 옮김 | 25 |

1831 파우스트
요한 볼프강 폰 괴테 | 장희창 옮김 | 74 |
서울대 권장 도서 100선
미국대학위원회 SAT 권장 도서

1835 고리오 영감
오노레 드 발자크 | 이동렬 옮김 | 32 |
서머싯 몸 선정 세계 10대 소설
연세 필독 도서 200선

1836 골짜기의 백합
오노레 드 발자크 | 정예영 옮김 | 4 |

1844 러시아의 밤
블라지미르 오도예프스키 | 김희숙 옮김 | 75 |

1847 워더링 하이츠
에밀리 브론테 | 유명숙 옮김 | 38 |
서머싯 몸 선정 세계 10대 소설
서울대 선정 동서 고전 200선
미국대학위원회 SAT 권장 도서

1847 제인 에어
샬럿 브론테 | 조애리 옮김 | 64 |
연세 필독 도서 200선
미국대학위원회 SAT 권장 도서
BBC 선정 영국인들이 가장 사랑하는 소설 100선
「가디언」 선정 가장 위대한 소설 100선

사촌 퐁스
오노레 드 발자크 | 정예영 옮김 | 93 |
국내 초역

1850 주홍 글자
너새니얼 호손 | 양석원 옮김 | 40 |

1855 죽은 혼
니콜라이 고골 | 이경완 옮김 | 37 |
국내 최초 원전 완역

1866 죄와 벌
표도르 도스토예프스키 | 김희숙 옮김 | 55, 56 |
미국대학위원회 SAT 권장 도서
하버드 대학교 권장 도서

1880 워싱턴 스퀘어
헨리 제임스 | 유명숙 옮김 | 21 |

1886 지킬 박사와 하이드 씨 · 존 니컬슨
로버트 루이스 스티븐슨 | 윤혜준 옮김 | 81 |

작품
에밀 졸라 | 권유현 옮김 | 97 |

1888 꿈
에밀 졸라 | 최애영 옮김 | 13 |
국내 초역

1889 쾌락
가브리엘레 단눈치오 | 이현경 옮김 | 80 |
국내 초역

1890 인형
볼레스와프 프루스 | 정병권 옮김 | 85, 86 |
국내 초역

1896 키 재기 외
히구치 이치요 | 임경화 옮김 | 33 |
수록 작품: 섣달그믐, 키 재기, 탁류, 십
삼야, 갈림길, 나 때문에

1896 체호프 희곡선
안톤 파블로비치 체호프 | 박현섭 옮김 | 53 |
수록 작품: 갈매기, 바냐 삼촌, 세 자매,
벚나무 동산

1899 어둠의 심연
조지프 콘래드 | 이석구 옮김 | 9 |
수록 작품: 어둠의 심연, 진보의 전초기
지, 「청춘과 다른 두 이야기」, 작가 노트,
「나르시서스호의 검둥이」 서문
미국대학위원회 SAT 권장 도서
연세 필독 도서 200선

1900 라이겐
아르투어 슈니츨러 | 홍진호 옮김 | 14 |
수록 작품: 라이겐, 아나톨, 구스틀 소위

1903 문명소사
이보가 | 백승도 옮김 | 68 |

1908 무사시노 외
구니키다 돗포 | 김영식 옮김 | 46 |
수록 작품: 겐 노인, 무사시노, 잊을 수
없는 사람들, 쇠고기와 감자, 소년의 비
애, 그림의 슬픔, 가마쿠라 부인, 비범한
범인, 운명론자, 정직자, 여난, 봄 새, 궁
사, 대나무 쪽문, 거짓 없는 기록
국내 초역 다수

1909 좁은 문 · 전원 교향곡
앙드레 지드 | 이동렬 옮김 | 24 |
1947년 노벨문학상 수상

1914 **플라테로와 나**
후안 라몬 히메네스 | 박채연 옮김 | 59 |
1956년 노벨문학상 수상

1914 **돈키호테 성찰**
호세 오르테가 이 가세트 | 신정환 옮김 | 90 |

1915 **변신·선고 외**
프란츠 카프카 | 김태환 옮김 | 72 |
수록 작품: 선고, 변신, 유형지에서, 신임
변호사, 시골 의사, 관람석에서, 낡은 책
장, 법 앞에서, 자칼과 아랍인, 광산의 방
문, 이웃 마을, 황제의 전갈, 가장의 근
심, 열한 명의 아들, 형제 살해, 어떤 꿈,
학술원 보고, 최초의 고뇌, 단식술사
서울대 권장 도서 100선
연세 필독 도서 200선
미국대학위원회 SAT 권장 도서

1919 **데미안**
헤르만 헤세 | 이영임 옮김 | 65 |

1920 **사랑에 빠진 여인들**
데이비드 허버트 로렌스 | 손영주 옮김 | 70 |

1924 **마의 산**
토마스 만 | 홍성광 옮김 | 1, 2 |
1929년 노벨문학상 수상
서울대 권장 도서 100선
연세 필독 도서 200선
「뉴욕타임스」 선정 '20세기 최고의 책 100선'
미국대학위원회 SAT 권장 도서

송사삼백수
주조모 엮음 | 김지현 옮김 | 62 |

1925 **소송**
프란츠 카프카 | 이재황 옮김 | 16 |

요양객
헤르만 헤세 | 김현진 옮김 | 20 |
수록 작품: 방랑, 요양객, 뉘른베르크 여행
1946년 노벨문학상 수상
국내 초역 「뉘른베르크 여행」 수록

위대한 개츠비
프랜시스 스콧 피츠제럴드 | 김태우 옮김 | 47 |
미 대학생 선정 '20세기 100대 영문 소설' 1위
모던 라이브러리 선정 '20세기 100대 영문
학' 중 2위
미국대학위원회 추천 '서양 고전 100'
「르몽드」 선정 '20세기의 책 100선'
「타임」 선정 '20세기 100대 영문 소설'

1925 **서푼짜리 오페라·남자는 남자다**
베르톨트 브레히트 | 김길웅 옮김 | 54 |

1927 **젊은 의사의 수기·모르핀**
미하일 불가코프 | 이병훈 옮김 | 41 |
국내 초역

1928 **체벤구르**
안드레이 플라토노프 | 윤영순 옮김 | 57 |
국내 초역

마쿠나이마
마리우 지 안드라지 | 임호준 옮김 | 83 |
국내 초역

1929 **첫 번째 주머니 속 이야기**
카렐 차페크 | 김규진 옮김 | 87 |

베를린 알렉산더 광장
알프레트 되블린 | 권혁준 옮김 | 52 |

1930 **식(蝕) 3부작**
마오둔 | 심혜영 옮김 | 44 |
국내 초역

안전 통행증·사람들과 상황
보리스 파스테르나크 | 임혜영 옮김 | 79 |
원전 국내 초역

1934 **브루노 슐츠 작품집**
브루노 슐츠 | 정보라 옮김 | 61 |

1935 **루쉰 소설 전집**
루쉰 | 김시준 옮김 | 12 |
서울대 권장 도서 100선
연세 필독 도서 200선

1936 **로르카 시 선집**
페데리코 가르시아 로르카 | 민용태 옮김 | 15 |
국내 초역 시 다수 수록

1937 **재능**
블라디미르 나보코프 | 박소연 옮김 | 84 |
국내 초역

1938 **사형장으로의 초대**
블라디미르 나보코프 | 박혜경 옮김 | 23 |
국내 초역

1946 **대통령 각하**
미겔 앙헬 아스투리아스 | 송상기 옮김 | 50 |
1967년 노벨문학상 수상 작가

1949 **1984년**
소시 오웰 | 권진이 옮김 | 48 |
1999년 모던 라이브러리 선정 '20세기 100
대 영문학'
2005년 「타임」 선정 '20세기 100대 영문 소설'
2009년 「뉴스위크」 선정 '역대 세계 최고의 명
저' 2위

1954 **이즈의 무희·천 마리 학·호수**
가와바타 야스나리 | 신인섭 옮김 | 39 |
1952년 일본 예술원상 수상
1968년 노벨문학상 수상

1955 **엿보는 자**
알랭 로브그리예 | 최애영 옮김 | 45 |
1955년 비평가상 수상

1955 **저주받은 안뜰 외**
이보 안드리치 | 김지향 옮김 | 49 |
수록 작품: 저주받은 안뜰, 몸통, 술잔,
물방앗간에서, 올루야크 마을, 삼사라 여
인숙에서 일어난 우스운 이야기
세르비아어 원전 번역
1961년 노벨문학상 수상 작가

1962 **이력서들**
알렉산더 클루게 | 이호성 옮김 | 58 |

1964 **개인적인 체험**
오에 겐자부로 | 서은혜 옮김 | 22 |
1994년 노벨문학상 수상

1967 **콜리마 이야기**
바를람 샬라모프 | 이종진 옮김 | 76 |
국내 초역

1968 **현란한 세상**
레이날도 아레나스 | 변선희 옮김 | 96 |
국내 초역

1970 **모스크바발 페투슈키행 열차**
베네딕트 예로페예프 | 박종소 옮김 | 36 |
국내 초역

1978 **노인**
유리 트리포노프 | 서선정 옮김 | 89 |
국내 초역

1979 **천사의 음부**
마누엘 푸익 | 송병선 옮김 | 8 |

1981 **커플들, 행인들**
보토 슈트라우스 | 정항균 옮김 | 7 |
국내 초역

1982 **시인의 죽음**
다이허우잉 | 임우경 옮김 | 6 |

1991 **폴란드 기병**
안토니오 무뇨스 몰리나 | 권미선 옮김
| 29, 30 |
국내 초역
1991년 플라네타상 수상
1992년 스페인 국민상 소설 부문 수상

1996 **아메리카의 나치 문학**
로베르토 볼라뇨 | 김현균 옮김 | 17 |
국내 초역

1999 **이상한 물질**
테라지아 모라 | 최윤영 옮김 | 92 |
국내 초역

2001 **아우스터리츠**
W. G. 제발트 | 안미현 옮김 | 19 |
국내 초역
전미 비평가 협회상 브레멘상
「인디펜던트」 외국 소설상 수상
「LA타임스」, 「뉴욕」, 「엔터테인먼트 위클리」
선정 2001년 최고의 책

2002 **야쿠비얀 빌딩**
알라 알아스와니 | 김능우 옮김 | 43 |
국내 초역
바쉬라힐 아랍 소설상
프랑스 툴롱 축전 소설 대상
이탈리아 토리노 그린차네 카부르 번역
문학상
그리스 카바피스상

2003 **프랑스어의 실종**
아시아 제바르 | 장진영 옮김 | 95 |
국내 초역

2005 **우리 짜르의 사람들**
류드밀라 울리츠카야 | 박종소 옮김 | 69 |
국내 초역

2007 **시카고**
알라 알아스와니 | 김능우 옮김 | 71 |
국내 초역